河出文庫

ダーク・ジェントリー全体論的探偵事務所

長く暗い魂のティータイム

D・アダムス

安原和見 訳

河出書房新社

長く暗い魂のティータイム

ジェインに

1

これはまず偶然ではありえないと思うが、この地上のどの言語にも「空港のようにきれい」という表現は存在しない。

空港は醜い。なかにはひじょうに醜い空港もある。これほど醜くなるのは、わざとやっているとしか思えないレベルの醜さに達している空港もある。しかもその人々がみんな疲れていて、不機嫌で、自分の荷物がムルマンスクに行ってしまったと気がついたばかりだからであり（この絶対確実な規則において、ムルマンスク空港は知られているかぎり唯一の例外である）、建築家はおしなべて、その事実を空港の設計に反映させようと努めているからだ。

疲労と不機嫌のモチーフを強調するため、目にも不快な形状や神経にさわる色彩が選ばれているし、努力しなくても自分の荷物や家族と永遠に離ればなれになれるし、混乱に輪をかけているのが矢印で、窓とか遠くのネクタイ掛けとか、夜空の小熊座の位置とかを指しているとしか思えない。できるかぎり床に穴をあけて配管がちゃんと機能しているのを見せつけ、逆に出発ゲートの位置はできるだけ隠してあるのは、おそらくこちらはちゃんと機能していないからであろう。

ぼんやりした明かりの海とぼんやりした騒音の海に足をとられ、ケイト・シェクターは突っ立って疑っていた。

　ロンドンからヒースロー空港に来る途中、ずっと疑念に取《と》り憑《つ》かれていた。彼女は迷信深いほうではなく、神を信じる人間ですらなく、たんにノルウェーに行くべきかどうか確信が持てないだけだった。にもかかわらず、どんどん信じたくなってくるのはどうしようもなかった。神は――もし神が存在するとして、そして分子の配列を命じて宇宙を創造できるような神のごとき存在が、高速道路《M》4号線《4》の混雑状況にまで気を配っている、などということがありうるとすればの話だが、その神はまた、彼女をノルウェーに行かせまいともしているのではないだろうか。チケットを取るのもひと苦労だったし、猫の面倒を見てくれる隣人がどこかへ行っていて見つからないし、やっと見つかったら今度はその隣人に面倒を見てもらう猫がどこかへ行っていて見つからない。屋根からいきなり雨漏りはするわ、財布はなくなるわ、天候は不順だわ、隣人が突然死んでしまうわ、猫が妊娠しているのが見つかるわ――なにもかも綿密に仕組まれた障害のキャンペーンのようで、その壮大さはまさに神業の域に達していた。

　タクシーの運転手――そのタクシーもやっとの思いでつかまえたのだが――まで、「ノルウェー？　そんなとこ行ってどうすんの」と言うしまつ。すぐに「オーロラを見に」とも「フィヨルドを見に」とも返事をせず、ちょっと自信なさげな顔をして唇をかんでいると、「なあるほど、どっかの男に言われてしぶしぶ行こうとしてんだろ。悪いこた言わんから、そんなやつにはくたばれって言ってやって、テネリフェ（アフリカ北西岸のカナリヤ諸島中最大の島。観光地）にでも行きなよ」

それは一案だ。

テネリフェ島か。

あるいは、ほんの一瞬だが、家に帰ろうかとすら思った。黙ってタクシーの窓の外に目をやり、気が狂いそうにごちゃごちゃの渋滞を見つめた。この国がどんなに寒くてじめじめしていようと、ノルウェーにくらべたらなんでもない。それは故郷でも同じだ。いまごろはノルウェーにも劣らず氷に閉ざされているだろう。氷に閉ざされるなか、地面から定期的に蒸気の間欠泉が噴き出し、それが身を切るような空気に触れて吹き散らされていく——氷河の崖《がけ》のようにそそり立つ六番街のビルのあいだに。

この三十年間にたどってきた遍歴の旅をちらと見れば、ケイトがニューヨーカーなのを疑う人はいないだろう。ニューヨークにはほとんど住んでいないのに、たいていそこから一定の距離を置いて暮らしているからだ。ロサンゼルス、サンフランシスコ、ヨーロッパ。一時期は無分別にも南米をふらふらしていたこともある。五年前、新婚の夫ルークを亡くしたあとのことだ。ニューヨークでタクシーをつかまえようとして事故に遭ったのだ。

ニューヨークが故郷なのは悪くないと思うし、恋しくもあったが、ほんとうに恋しいのはじつはピザだけだった。ただのピザではない。電話をかけて注文すれば、わが家まで届けてもらえるたぐいのピザだ。あれこそが本物のピザだ。出かけていってテーブルに着き、赤いペーパーナプキンをにらんでいなければ食べられないのでは、それは本物のピザとは言えない。どんなにペパローニとアンチョビが追加でどっさり載っていてもである。

ロンドンは暮らすにはいちばん好きな街なのだが、ただもちろん問題はピザだ。それを思うと気が狂いそうになる。なぜピザの宅配がないのだろう。どうしてだれも気がつかないのか、それこそがピザというものに欠かせない基本条件だというのに。ピザは、熱々のボール紙の箱に入って玄関まで届けられなくてはならないのだ。油をはじく紙からずるりと抜き取って、丸めてテレビの前で食べられなくてはならない。英国人が愚かで頑迷で鈍感だと言っても、よほどの根本的な欠陥でもないかぎり、こんな簡単な原理が理解できないはずがない。どういうわけだか、どうしてもこの欲求不満を彼女は現実として受け入れることができなかった。月に一度か二度、ひどく気が滅入ったときには、ピザ・レストランに電話をかけて、いちばん大きくて、説明できるかぎりのいちばん贅《ぜい》沢《たく》なピザ――ピザのうえにもう一枚ピザを載せたも同然の――を注文し、それから愛想よく宅配を頼む。

「なにを頼むとおっしゃいました?」

「宅配よ。住所を言いますから――」

「すみません、こちらへ取りにみえるんじゃないんですか」

「ええ、宅配をお願いしたいの。住所は——」

「いえその、それはやっておりません」

「なにをやってないんですって?」

「その、宅配は……」

「宅配をしてない?　まさか、わたしの聞き違いじゃ……?」

その後は、あっというまに品のない雑言の応酬におちいってしまう。終わったあとはぐったりよれよれな気分になるが、翌朝目が覚めたときはずっと気分がよくなるのだ。こういうとき以外は、彼女はめったにお目にかかれないほど感じのよい人物だった。

しかし、今日はもういっぱいいっぱいに近づいていた。

高速道路はひどい渋滞だった。遠くに青いライトが点滅するのが見えて、渋滞の原因はどこか前方の事故だとわかって、ケイトはいよいよじりじりしてきた。しまいにタクシーが事故現場のわきを這うように通り過ぎたときには、反対側の窓の外をじっとにらんでいたものだ。

とうとう空港に着いてみたら、今度はタクシーの運転手が不機嫌になった。彼女が小銭を持っていなかったからだ。盛大にぶつくさ言いながら、ぴったりしたズボンのポケットをさんざん探って、しまいにやっと釣り銭を出してきた。空は雲が垂れ込め、雷でも鳴りだしそうな気配だ。そしていま、こうしてヒースロー空港第二ターミナルの中央チェックイン・コンコースのまんなかに突っ立って、彼女にはオスロ行きのチェックイン・カウンターが見つけられないのだった。

しばし身じろぎもせずに立ち尽くし、静かに深く息をしながら、ジャン＝フィリップのことは考えまいとした。

タクシーの運転手がみごと言い当てたとおり、彼女がノルウェーに行くのはジャン＝フィリップのためだった。だがそれと同時に、ノルウェーにはぜひとも行かないほうがいいと思うのもジャン＝フィリップのせいだった。そんなわけで、彼のことを考えると頭がぐらぐらしてくる。だから、彼のことはいっさい考えないのが一番よいような気がする。そしてノルウェーにさっさと行ってしまうのだ、どっちみちそこへ行くつもりだったような気分で。なんというホテルだったか、ハンドバッグのサイドポケットに彼のよこしたカードが入っているから、それに書いてあるホテルに行って、そこで彼にばったり会ったら彼女はびっくり仰天することだろう。

いずれにしてもびっくりすることに変わりはない。むしろ、そこで待っているのはどうせ彼からのメッセージだろう。急に用ができて、グアテマラとかソウルとかテネリフェとかに行くことになったから、そこからまた連絡すると言うのだ。ジャン＝フィリップぐらい、いつも留守の人間には会ったことがない。この点で彼は頂点を極めている。大きな黄色のシボレーのせいでルークを失って以来、彼女がつきあってきたのはそろいもそろって自分のことにしか関心のない男ばかりだった。かれらのせいで生じるぽっかり穴のあいた気分が、みょうな話だが、いまでは彼女のよりどころになっていた。

そんなあれこれを頭から閉め出そうとし、ついでに一秒ほど目も閉じてみた。次に目をあけたときには、「ノルウェーはこちら」と書かれた標識が見えて、あとはそのことももほかのこともなにも考えず、その指示に従いさえすればいい——だったらどんなにいいだろう。それで、先ほどたどっていた思考の流れの続きで、宗教というのはこのようにして始まるのではないかと思った。多くの新興宗教が空港をうろうろして、改宗者を募っているのもきっとそのせいにちがいない。空港ほど人が無力感にさいなまれ、途方にくれる場所はほかにない。だから、なにか指示されるとついそれに従いたくなるのだ。

ケイトは目をあけ、当然ながらがっかりした。しかし、それから一、二秒後、不可解にも黄色いポロシャツを着た不機嫌なドイツ人の長い大波が一瞬分かれて、オスロ行きのチェックイン・カウンターがちらと見えた。ガーメント・バッグ（衣服携帯用の折り畳みバッグ）を肩に担いでそちらへ向かう。

カウンターの列には、彼女の前にはひとり男性客がいるだけだった。ところが、その男は問題に見舞われているというか、むしろ問題を生み出しているさいちゅうのようだった。

大きな男だった。ほれぼれするほど大きくて立派な体格をしていた。建物だったら腕のいい職人の仕事だというところだ。それなのに、明らかに見た目におかしなところがある。それも、ケイトとしてはちょっと理解に苦しむおかしさだった。理解どころか、どこがおかしいと言うことすらできないのだが、ただいまのところは、いますぐ考えるべきものごとのリストにこの男を含める気にはなれなかった。なにかの記事で、人間の脳の中央処理装置には記憶レジスタは七つしかないというのを読んだことがある。つまり、同時に頭に容《い》れておけるものごとは七つまでで、そこにべつのことが入ってくると、先の七つのうちのひとつが即座に抜け落ちてしまうというのだ。

立て続けに頭に浮かぶのは、飛行機に間に合いそうかどうかであり、今日はとくべつさんざんな一日だというのはたんなる気のせいかどうかであり、愛想よくにこにこしながらぎょっとするほど無礼な空港の職員のことであり、ふつうの店よりずっと安く商品を売れるはずなのに——摩訶《まか》不思議にも——そうでない免税店のことであり、空港についての雑誌記事を書いたらこの旅行の費用ぐらい出るかもしれないがそんな記事が書けるかどうかであり、ガーメント・バッグを反対側の肩に担ぎなおしたほうが楽かどうかであり、そして最後に、まったく不本意ながらもジャン＝フィリップのことであり、そしてジャン＝フィリップという問題は、それだけで少なくとも七つの派生問題の集まりなのである。

そんなわけで、目の前に立って言い合いをしている男性のことは、あっさり彼女の頭から抜け落ちてしまった。

しかし、空港の館内放送でオスロ行きの最終案内が流れたとあっては、目の前の状況に頭を向けざるをえない。

大男は、ファーストクラスの座席予約がとれなかったことで苦情を言っていた。そしてなぜとれなかったかと言うと、そもそもファーストクラスのチケットを持っていなかったからであるらしかった。

ケイトの心はどん底まで沈み込み、そこをうろうろして低いうなり声を発しはじめていた。

彼女の前の男は、最初からまったくチケットを持っていないことがいまでは明らかになっていた。かくして議論は奔放かつ怒りに任せて広がっていき、空港のチェックイン・カウンターの女性係員の外見的特徴とか、その人間としての資質とか、祖先に関する仮説とか、彼女および彼女の勤める航空会社の未来にいかなる驚きが待ち受けているかという推測といったテーマが論じられたが、最後にたまたま、男のクレジットカードという明るい話題に落ち着いた。

男はクレジットカードを持っていなかった。

また新たな議論が起こったが、それは小切手に関係しており、また航空会社がなぜ小切手を受け付けないかにも関係していた。

ケイトは、自分の腕時計を長々と、ゆっくり、殺気だった目でにらんだ。

「すみません」と、ふたりのやりとりに割って入った。「お話はまだ終わりません？　わたし、オスロ行きの便に乗らなくちゃならないんですけど」

「こちらのお客さまが先ですので」カウンターの女性は言った。「少々お待ちください」

ケイトはうなずき、礼儀正しく少々が過ぎるのを待った。

「もうすぐ飛行機が出てしまうんです」それからまた言った。「手荷物はこのバッグひとつだし、チケットはあるし、予約はとってあります。だからほんとにすぐにすむのよ。割り込むのはいやなんですけど、たった三十秒のことで飛行機に乗り遅れるのはもっといやなので。ほんとにすぐにすみますから、『少々』じゃなくて。あなたの『少々』を待ってたら夜が明けちゃうわ」

チェックイン・カウンターの女性は、燃えるようなリップグロスをまともにケイトに向けてきたが、彼女が口を開く前に、大きな金髪の男がふり向いた。その顔には、人をいささか不安にさせるところがあった。

「おれもだ」と、怒気を含んだ北欧なまりの声でゆっくりと言った。「おれもオスロに飛びたいのだ」

ケイトは男を見つめた。どう見ても空港には場違いだ。というより、彼のまわりではどう見ても空港が場違いだった。

「そうですか」彼女は言った。「でもこんなふうに立ち往生していたら、わたしたちどっちもたどり着けそうにないわ。ちょっとなんとかできないのかしら。なにが引っかかってるの？」

カウンターの女性は、愛想のいい笑みを顔に貼りつかせて、「わたくしどもでは、社の方針として小切手でのお支払いはお受けしておりません」

「そう、でもわたしは受けるわ」ケイトは言って、自分のクレジットカードをカウンターに叩きつけた。「こちらの紳士のチケット料金はこっちに請求して。わたしはこのかたから小切手をいただくから」

「かまいませんよね？」と大男に向かって言うと、男の顔にゆっくりと驚きの表情が広がっていった。大きな青い目は、これまでにどっさり氷河を見てきたのだろうと思わせる。その目はびっくりするほど尊大で、同時に途方にくれていた。

「かまいませんよね？」とはきはきとくりかえした。「わたしはケイト・シェクターっていいます。シェクター（Schechter）は c がふたつ、h がふたつ、e がふたつ、それから t がひとつ、r がひとつ、s がひとつね。これがみんなそろってれば、どんな順番で並んでても銀行は気にしませんから。自分たちでもわかってないみたいだし」

ひじょうにゆっくりと、男は彼女に向かって小さく頭を下げた。ぶっきらぼうな感謝の敬礼だ。あなたの親切と心遣いと、意味のわからないノルウェー語のなにかに感謝すると彼は言い、このような応対を受けたのは久しくなかったことだと言い、あなたは気概とまたべつのノルウェー語のなにかのある女性であり、この恩は忘れないと言った。そしてまた、あとから思いついたように、自分は小切手帳を持っていないと付け加えた。

「そうですか」ケイトは言った。なにがあってもへこたれるつもりはなかった。ハンドバッグのなかをあさって紙を取り出し、カウンターのペンをとって、その紙にささっと走り書きをして男に押しつけた。

「わたしの住所です」彼女は言った。「お金はここに送ってください。お金がなければその毛皮のコートを質に入れてくださいな。とにかく、ここに送ってくだされればいいですから。一か八か、あなたを信用してみます」

大男はその紙切れを受け取り、そのわずか数語を恐ろしくゆっくりと読み、ていねいな手つきで畳んでコートのポケットに入れた。そしてまた、ごく小さく頭を下げた。

はたと気づいてみると、チェックイン・カウンターの女は黙ってペンが返ってくるのを待っていて、クレジットカードの用紙をまだ埋めていない。ケイトはいらいらしながらペンを押しやり、氷のような冷静さを装いつつ自分のチケットを渡した。

空港の館内放送が、ケイトたちの便の出発をアナウンスしている。

「パスポートを拝見できますか」カウンターの女は急ぐ様子もなく言った。

ケイトは自分のパスポートを渡したが、大男は持っていなかった。

「なんですって?」ケイトは叫んだ。カウンターの女は完全に身動きを止めた。カウンターの任意の一点を無言で見つめながら、だれかがなんとかするのを待っている。なにしろ彼女には関係のないことだ。

男は怒って、パスポートは持っていないとくりかえした。大声でそう怒鳴るや、カウンターにこぶしを叩きつけた。その怪力に、カウンターが少しへこんだ。

ケイトは自分のチケットとパスポートとクレジットカードを取りあげ、ガーメント・バッグをまた肩に担ぎあげた。

「それじゃ、わたしはこれで」彼女は言って、そのまま歩きだした。飛行機に乗るためにできることはすべてやり尽くしたが、結局乗れない定めだったのだと思った。ジャン＝フィリップには行けなかったというメッセージを送ろう。たぶんそれは、なぜ彼もまた来られなかったかを説明する彼のメッセージの隣に差し込まれるだけだろう。今度ばかりはふたりとも仲よく不在というわけだ。

とりあえず頭を冷やそうと思った。そこでまずは新聞を、次はコーヒーを探しにかかったが、それらしい標識に従うという手段ではどちらも見つけられなかった。次にはちゃんと使える電話が見つけられず、メッセージを送ることができなかった。そこで、空港にはもうすっぱり見切りをつけることにした。さっさとここを出て、タクシーを拾って家に帰ろう。

人込みを縫うようにチェックイン・コンコースを突っ切って引き返し、もう少しで出口に着くというところで、ふとふり向いて突破に失敗したチェックイン・カウンターを見やった。と同時に、カウンターは吹っ飛んで天井を突き抜け、オレンジの火球に呑み込まれた。

瓦礫《がれき》の下敷きになって、痛みと暗闇と窒息しそうな埃《ほこり》のなかで横たわり、手足の感覚を確かめようとしながら、少なくともひとつはほっとできることがあったと思った。今日は日が悪いというのは気のせいではなかったのだ。そう思いつつ、ケイトは気を失った。

いつものメンバーが自分たちの責任だと主張しようとした。

2

まずＩＲＡ、次がＰＬＯ、そしてガス委員会である。英国核燃料公社まで焦って声明を発表し、事態は鎮静化しており、これは百万にひとつのごくまれな事故であり、放射能漏れはほとんど起こっておらず、爆発現場はお子さんを連れてピクニックに一日出かけるのによい場所に生まれ変わるであろうと述べ、しまいにこの事故は英国核燃料とはなんの関係もないことを認めた。

爆発の原因はまったくわからなかった。

自発的に、自分の自由意志で爆発したかのようだった。さまざまな説明がひねり出されたが、そのほとんどはたんに、問題をべつの言葉で言い換えたにすぎなかった。要するに、この世に「金属疲労」という言葉を生み出したのと同じ原理に従っていたわけだ。実際、それとひじょうによく似た言葉が発明されて、木材と金属とプラスティックとコンクリートがとつぜん爆発状態に遷移したのは、「非線形カタストロフ的構造悪化」のせいだということになった。これをべつの言葉で言いなおせば、翌日の夜のテレビ番組である政務次官が言ったように（この言葉は、彼の経歴にその後ずっとついてまわるのだが）、チェックイン・カウンターはただ「そこに存在するのに根本的にうんざりした」ということになる。

　このような大惨事の例にもれず、犠牲者数の推計は大きく変化した。最初は死者四十七人、重傷者八十九人と発表されたが、それが死者六十三人、重傷者百三十人に増え、死者百十七人まで行ったところで、今度は下方修正が始まった。最終的な数字が明らかになってみると、つまり数に入れられる人々がみんな数に入ってしまうと、実際には死者はひとりもいなかった。打ち身やすり傷や、程度はさまざまながらトラウマ的ショックのために病院に搬送された人は何人かいたものの、実際にだれかが行方不明だというなんらかの情報をだれかが持っているというのでないかぎり、まあそういうことだったのだ。

　これもまた、このできごとの不可解な側面のひとつだった。爆発のエネルギーはすさまじく、第二ターミナルの正面部分の大半が瓦礫に変わるほどだったのに、その建物内にいた人々は、なぜかひじょうに運のいい倒れかたをしていたり、落ちてきた石がほかの落ちてきた石の盾になっていたり、爆発の衝撃が手荷物に吸収されたりで助かっていた。いっぽう手荷物のほうは、全般的に言ってほとんど助からなかった。これについて議会で質問がなされたが、大して面白い質問でもなかった。

　しかし事故から二日間、ケイト・シェクターはこういうことにまるで気がつかなかった。というより、外界のいかなることにも気がついていなかった。

その時間を、彼女は自分ひとりの世界で静かに過ごしていた。そこには目の届くかぎりどこまでも、過去の記憶の詰まった古いキャビン・トランク（列車や船の寝台の下に入れる箱型のトランク）が四方八方に並んでいて、そのなかをかきまわしては大いに面白がったり、ときには面食らったりしていたのだ。というか、少なくともキャビン・トランクの十個のうち一個には、彼女の過去のあざやかな、しばしばつらかったり不愉快だったりする記憶が詰まっていたのだが、残り九個にはペンギンが詰まっていたのには驚いた。これは夢だと認識できるかぎりにおいての話だが、自分の潜在意識を探っているのだろうというのはわかっていた。人間は脳の十分の一ほどしか使えないことになっていて、残り十分の九がなんのためにあるのかだれもよく知らないという話を聞いたことはあったが、まさかペンギンを保存するために使われているとは思わなかった。

　徐々に、トランクも記憶もペンギンも区別がつかなくなり、全体が白くぼやけてきて、次にはそれが全体に白くてぼやけた壁のようになり、しまいにたんに白い、というより黄色がかったというか緑がかった白の壁に変わり、それが彼女を取り囲んで小さな部屋になった。

　その部屋は薄暗かった。ベッドサイドの照明はついていたが、光量は低くしてあり、灰色のカーテンのすきまから街灯の光が射し込んできて、向かいの壁にナトリウム光の模様を描いている。自分の身体の影つきの輪郭がぼんやりと見分けられた。薄い色の毛布がきちんとかかっていて、その上の白いシーツはめくり返されている。しばらく不安な思いでその輪郭を見つめ、おかしなところはないか確認してから、恐る恐るあちこち動かしてみた。右手を試してみると、問題なく動くようだった。少しこわばっていて痛みはあるが、指はすべて思いどおりに動くし、長さも太さも変わっていないようだし、曲がるべき場所で曲がるべき方向に曲がるようだ。

左手がすぐに見つからなくてパニックを起こしそうになったが、すぐにお腹のうえにのっているのに気がついた。それがみょうな苦痛を訴えている。一、二秒ほど集中して、多数のなにやら不安な感覚を総合した結果、腕に針が刺さっていて絆創膏《ばんそうこう》で留めてあることがわかった。これには大きなショックを受けた。その針からはくねくねと長く細い透明な管が伸びていた。街灯からの光で黄色っぽく光っていて、ゆるやかならせんを描いて分厚いプラスティック袋につながっており、その袋は背の高い金属のスタンドに吊るされていた。この装置に関して一連の恐怖がしばし攻撃をしかけてきたが、薄暗いなかで袋に目を凝らすうちに、「ブドウ糖液」の文字が見えてきた。またほっと緊張をゆるめ、しばらくじっと休んでから現状評価を再開した。

肋骨《ろっこつ》は折れていないようだ。すりむけてひりひりするところはあるが、骨折を思わせるような鋭い痛みはどこにもない。腰や太腿に痛みがあってこわばっているが、大きなけがはしていないようだ。右脚を曲げてみ、次は左脚を曲げてみた。左の足首をくじいていたが、むしろそれでうれしくなった。

要するにまったくの健康体ということだ、と自分に言い聞かせた。それなのにこんなところでなにをしているのだろう。塗装のむかつく色合いからして、ここが病院なのは明らかなわけだが。

せっかちに上体を起こしてみたら、たちまちまたペンギンの仲間入りをして楽しい数分を過ごす破目になった。

次に気がついたときにはもう少し慎重にふるまうことにし、かすかな吐き気を感じながらじっと横になっていた。

なにがあったのかと、用心深く記憶をつついてみた。記憶は暗くてまだらで、北海のように吐き気を催すぬめぬめした波となって押し寄せてきた。そのなかの固まりかけた部分がごちゃごちゃに寄り集まって、それが徐々に形を整えたと思ったら波うつ空港が現われた。空港は彼女の頭のなかでひりひりと痛み、そのさなかに偏頭痛のように脈打ちだしたのが、景気よく瞬時に噴き出した光の渦巻きの記憶だった。

だしぬけにはっきり思い出した。ヒースロー空港の第二ターミナルのチェックイン・コンコースに隕石《いんせき》が落ちたのだ。ひらめく炎に、毛皮のコートを着た大男の影が浮かびあがっていた。あの人は、爆発の勢いをもろに受けたにちがいない。瞬時に原子の雲になって、その原子はそれぞれ好きなところに飛んでいったことだろう。そう思ったら、全身にぞっと震えが走った。腹の立つ尊大な人物だったが、なぜだか嫌いになれなかった。頑固でつむじ曲がりなところに、みょうな高貴さが漂っていた。というより、ああいう頑固でつむじ曲がりなのを高貴さの現われだと、彼女がそう思いたいだけかもしれない。なぜなら、異質で意地悪でピザの宅配の存在しない世界で、ピザの宅配を注文せずにいられない彼女自身の姿を彷彿《ほうふつ》とさせるからだ。日常生活に欠かせない細々したもののごとに大騒ぎすること、それを一語で表わす言葉が高貴さだ。もっともほかにもいろいろあるが。

急に恐怖と孤独感が押し寄せてきたが、そんな波はすぐに引いていき、あとに残ったのはもっと落ち着いてリラックスした気分であり、トイレに行きたい気分でもあった。腕時計によればいまは三時少し過ぎで、その他すべてによればいまは夜である。たぶん看護師を呼んで、意識が戻ったことを世間に知らせたほうがいいのだろう。部屋の側壁に窓があって、薄暗い廊下が見えた。ストレッチャーと、背の高い黒い酸素ボンベが置いてある。しかしそれ以外はからっぽで、ひっそりと静まりかえっていた。

周囲を見まわし、狭い部屋のなかを透かし見ると、白く塗ったベニヤ板の戸棚が見えた。またスチールパイプのビニール張りの椅子が二脚、暗がりにこっそり隠れていた。ベッド脇には白く塗ったベニヤの戸棚があって、そのうえに載った小さな鉢にはバナナが一本入っていた。ベッドをはさんで反対側には点滴のスタンドが立っている。そのスタンド側の壁に金属板がはめ込んであり、黒いつまみがふたつに、古いベークライトのヘッドホンがぶら下がっていた。ベッドの頭側のパイプの柱にはケーブルが巻きつけてあり、その先にはベルの押しボタンがついている。それに指を当ててみたが、押すのはやめにした。

具合が悪いわけではない。トイレぐらいひとりで行ける。

少し頭がぼんやりしていたが、両ひじをついてそろそろと上体を起こし、シーツの下の両脚をすべらせて床におろした。足の触れた床は冷たかった。とほとんど同時に、これはやめておいたほうがいいと気がついた。足のあらゆる部分が次々にメッセージを送り返してきて、それの触れている床のありとあらゆる部分がまんべんなく、あたかもこれまで一度も遭遇したことのない奇妙で不安なものであるかのように感じられると訴えてきたからだ。にもかかわらず、彼女はベッドのふちに腰をおろし、その床はどうしても慣れなければならないものであることを自分の足に受け入れさせた。

病院に着せられていたのは、大きな袋のような縞模様のものだった。たんに袋のようというのではなく、もう少しよく見てみたらほんとうに袋だった。青と白の縞模様が入ったぶかぶかの綿の袋だ。背中は開いていて、冷たい夜気が入ってくる。形ばかりの袖はぺらぺらで、腕の半分ぐらいしか覆っていない。光のなかで腕をまわしてみ、皮膚の状態を確かめ、こすったりつまんだりしてみた。点滴の針を留めている絆創膏の周囲はとくに念入りに。ふだんの彼女の腕はしなやかで、皮膚は張りと弾力があるのだが、今夜はちょっとニワトリみたいだった。両方の前腕をそれぞれ反対側の手でしばらくこすり、それからまた決然として顔をあげた。

手を伸ばし、点滴スタンドをつかんだ。ぐらぐらしたが、彼女自身のぐらぐらにくらべたらまだましだったので、それを支えにしてゆっくり立ちあがった。その場に立ったまま、ほっそりした長身をしばらくぐらぐらさせていた。しかし数秒後には、羊飼いが曲がった杖をつかむように、曲げた腕の長さぶんだけ離して点滴スタンドをつかんでいた。

ノルウェーには行きつけなかったが、少なくとも自分の足で立ってはいる。

点滴スタンドは、四個の小さな車輪で動かすようになっていたが、その車輪がそれぞれ個性的にひねくれていて、スーパーマーケットで泣き叫ぶ四人の子供のように扱いにくかった。それでもだましだまし進ませて、スタンドを先に押して歩きながらドアに向かった。歩きだすとくらくらが強くなったものの、それに屈するまいという決意も強まった。出口にたどり着き、ドアをあけ、先に点滴スタンドを押し出して、外の廊下を眺めた。

左手の先には両開きのスイングドアがあって、丸いのぞき窓がついていた。おそらくもっと大きな区画、たぶん外来棟に通じているのだろう。右手には小さめのドアがいくつか並び、廊下に向かって開いていたが、そう遠くない先で廊下は急角度に折れていた。開いたドアのひとつがたぶんトイレにちがいない。そのほかのドアは——まあそれは、トイレを探す途中でなかをのぞいてみればわかるはずだ。

最初のふたつは物置だった。三番めは少し大きめで、なかには椅子が一脚置いてあったから、たぶんここは部屋のうちなのだろう。たいていの人は物置のなかで座りたいとは思わないものだ。いくら看護師が、たいていの人がやりたいと思わないことをどっさりやらなくてはならないと言っても。重ねた発泡スチロールのコップ、固まりかけたコーヒークリームがどっさり、それに古いコーヒーメーカーが小さなテーブルのうえに寄せ集めて置いてあり、『イヴニング・スタンダード』紙をすっかりべたべたにしていた。

ケイトは、その濡れて黒ずんだ新聞を取りあげ、この失われた数日間をそこから復元しようとした。しかし、彼女自身は頭がくらくらしていて文字が読みにくい状態だし、新聞のほうは湿ってくっついている状態だったので、ろくに情報収集ができなかった。わかったのは、なにがあったのかだれにもよくわからないという事実だけだった。重傷者はまったく出ていないが、航空会社の従業員のひとりがいまだに行方不明らしい。いまでは、あの事故は公式に「天災《アクト・オブ・ゴッド》」に分類されていた。

「神さまもやるじゃない」ケイトは思った。新聞の残骸をおろし、部屋を出てドアを閉じた。

その次のドアをあけると、そこは彼女のそれとよく似た狭い個室だった。ベッド脇にテーブルがあり、果物鉢にバナナが一本入っていた。

ベッドには明らかにだれかが寝ていた。ケイトはあけたドアを急いで閉じようとしたが、急ぎかたが足りず、あいにく奇妙なものが目に入った。奇妙だと気がつきはしたものの、すぐにはそれがなんだかわからなかった。閉じかけたドアのそばに立ち、そのドアをにらみながら考えた。またなかをのぞいたりしてはいけないのはわかっている。しかし、どうせのぞくことになるのもわかっていた。

そろそろとまたドアを押しあけた。

室内は暗い影に包まれて冷えきっていた。その冷気からして、ベッドの人物についてはあまり愉快な気持ちがしなかった。耳をすました。なんの物音もせず、これまた愉快な気持ちはしない。それは健康的な熟睡ゆえの静けさではなく、遠くの低い車の音以外はなんの物音もしないという静けさだった。

彼女はずいぶん長いことためらっていた。戸口に輪郭を浮かびあがらせたまま、室内を眺めつつ耳をすましていた。ベッドに横たわる人物の巨体に驚き、あんな薄い毛布一枚では寒いにちがいないと心配になった。ベッドのそばに、パイプ脚のプラスティック製バケットチェア（座面がへこんだタイプの椅子）があったが、大きなどっしりした毛皮のコートが掛けてあり、そのせいでやけに小さく見えた。ベッドに横たわる寒そうな人物に掛けたほうがずっといいのに、とケイトは思った。

しまいに、できるだけそろそろと室内に入り、ベッドに近づいていった。大きな北欧人の男の顔を見おろす。この冷えにもかかわらず、また目は閉じてあるにもかかわらず、その顔はかすかにしかめられていた。あいかわらずなにか気にかかることがあるかのように。それを見ていたら、ほとんど底なしの悲哀に胸が締めつけられた。生前のこの人物は、大きな（いささか不可解ではあっても）困難に見舞われた人のような雰囲気を漂わせていた。それなのに、あの世にも安らぎなどないと早々に気がついてしまったようなこの死に顔は、気の毒すぎて見ていられなかった。

それにしても、まったくの無傷に見えるのには驚いた。肌にはなんの傷あともない。頑丈で健康に見える――いやその、つい最近まで頑丈で健康だったように見える。近くで見ると細かいしわが網の目のように走っていて、ぱっと見では三十代なかばだと思ったが、もう少し年上だったのかもしれない。健康で元気いっぱいの四十代後半だったとしてもおかしくない。

ドアのそばの壁ぎわに、思いがけないものが立っていた。大きなコカ・コーラの自動販売機だ。ここに備えつけられているものとは思えない。電源につながっていないし、いま一時的に使用できませんという小さなステッカーがきちんと貼ってあった。うっかりここに置き忘れられたもののように見える。ひょっとしたら、どの部屋に置いたのだったかといましもだれかが探しまわっているのかもしれない。大きな赤と白の波模様の入ったパネルは、室内を無表情に見つめるばかりで、自分からはなにも説明する気がなさそうだ。外界とつながっているのは、さまざまな金額の硬貨が挿入される投入口と、この機械が動いていれば（いまは動いていないわけだが）、さまざまな種類の缶が吐き出される取出口だけだった。また、この機械には古い大ハンマーが立てかけてあった。これまた、それなりに奇妙なことではある。

目まいが忍び寄ってきて、部屋がゆっくり回転しはじめた。ケイトの精神のキャビン・トランクのなかで、なにかが落ち着きなくがさごそ音を立てている。

ふと気がつくと、そのがさごそはただの気のせいではなかった。部屋のなかでまちがいなく音がしている――重いものがぶつかる音、引っかく音、くぐもったばたばたという音。その音は風のように強まったり弱まったりしていたが、頭がぼんやりくらくらしているせいで、最初のうちはどこから聞こえてくるのかわからなかった。しまいにカーテンに目が留まった。なぜドアがダンスをしているのかといぶかる酔っぱらいのように、不安に眉をひそめてそれをにらんだ。音はカーテンから聞こえてくる。おぼつかない足どりで歩いていき、カーテンを開いた。巨大な鷲《わし》がいた。翼に丸い模様が入っている。それが窓を揺らしたり叩いたり、大きな黄色い目でなかをのぞいたり、くちばしでガラスを滅茶苦茶につついたりしていた。

ケイトはよろよろとあとじさり、向きを変え、なんとか部屋の外へ出ようとした。廊下の端でのぞき窓のあるドアが開き、ふたりの人物がこちらへ入ってきた。ケイトが点滴スタンドに力なく取りすがり、それに巻きつくようにしてゆっくり倒れ込みはじめたとき、駆け寄ってきた手がそれを支えた。

彼女は気を失い、丁重に運ばれてもとの病室のベッドに寝かされた。三十分後、彼女が意識を失っているあいだに、ぎょっとするほど背の低い人物が疑わしいほど長い白衣を着てやって来て、ストレッチャーに大男を乗せて連れ去った。そして数分後、今度はコカ・コーラの自動販売機を取りに戻ってきた。

数時間後に目を覚ますと、冬の陽光が窓からしみ込んできていた。とても穏やかでふつうの一日のようだったが、ケイトはまだ震えが収まらなかった。

3

その同じ太陽は、のちに北ロンドンのとある家を訪れ、二階の窓から射し込んで安らかに眠る男を照らし出した。

男の眠っているのは広くてみすぼらしい部屋で、いきなり陽光が入ってきても大してありがたみはなかった。なにに出くわすか知れないと、陽光は用心しいしいベッドのうえを移動していく。それからベッドの側面をこそこそとおり、床で遭遇したいくつかの物体をぎょっとしたように飛び越え、二粒の埃をおっかなびっくりおもちゃにし、すみに吊るされた大コウモリの剝製《はくせい》をちょっと照らしてから逃げていった。

こんなに長時間ここに太陽が顔を出したのは最高記録に近く、それは一時間かそこらに及んだが、そのあいだ眠る男はほとんどぴくりともしなかった。

十一時に電話が鳴ったが、男は出ようとしなかった。出ようとしなかったのはこれが初めてではなく、電話は今朝の七時二十五分前にも鳴り、七時二十分前にも、それから七時十分前にも鳴り、また七時五分前に鳴りだしてから十分間鳴りつづけていた。しかしそのあとは、長く意味深長な沈黙を守っていた。静寂が乱されたのは、九時ごろにパトカーがサイレンを鳴らして近くの通りを走っていったのと、九時十五分に大きな十八世紀の両手用ハープシコードが搬送されてきたとき、それから十時少し過ぎにそれを役人が差し押さえに来たときだけだった。これはそう異例なことではない——関係者はドアマットの下に鍵があるのに慣れていたし、ベッドのなかの男はだれが入ってきても目を覚まさないのに慣れていたからだ。心正しい人のように安らかに眠っていると思う人はいないかもしれないが（正しい心が眠っているという意味ならべつだが）、それはまちがいなく、夜にベッドに入って電気を消すのをおろそかに扱ってよいとは思わない人の眠りだった。

その部屋は心が浮き立つような部屋ではなかった。適当に例をあげれば、たとえばルイ十四世の趣味には合わないだろう。日当たりが悪すぎ、鏡が少なすぎると思うにちがいない。靴下を拾わせ、レコードを片づけさせてから、焼き捨てさせるのではないだろうか。ミケランジェロなら部屋の比率にうんざりするにちがいない。天井は低いし、いかなる内的調和や対称性によって形作られているようでもない。ただ言えるのは、部屋のどこを見ても、汚れたコーヒーマグと靴とあふれそうな灰皿がほぼ等しく分布していて、そのほとんどがいまではお互いに役割を共有しているということだ。壁に塗られているのは、こんな色を使うぐらいならとラファエロが自分の右手を手首から嚙み切りそうな緑色だし（ラファエロ作の名高い肖像画（ユリウス二世、ビントゥ・アルトヴィティなど）の背景に緑が使われていることによるものと思われる）、ヘラクレスがこの部屋をひと目見たら、三十分後には船が通れるほどの大河を引っぱって戻ってくるのではあるまいか（三十年掃除されたことのない巨大な牛舎を掃除するため、ヘラクレスが大河の流れを変えて洗い流したという伝説による）。要するにこの部屋はごみためであり、これからもずっとそのままだろう——ここの住人が、ミスター・スヴラドこと「ダーク」、チェッリ改めジェントリーであるかぎり。

ついにジェントリーが動きだした。

シーツと毛布は頭のうえまでしっかり引きあげてあるが、そこからベッドの長さ半分ほど下ったあたりで、寝具の下から手が一本のろのろと現われて、小さくとんとんと指で探りながら床を進みはじめた。経験にものを言わせて、聖ミカエル祭（九月二十九日）からそこに置きっぱなしの、ひじょうに不気味なものの入った鉢をみごとによけ、しまいに目当てのものに行き当たった。半分からになったフィルターなしの〈ゴロワーズ（フランス製の煙草）〉の箱とマッチ箱だ。指は煙草の箱を振ってしわくちゃの白い筒を落とし、それとマッチ箱をつかむと、今度は頭のうえでからまっているシーツから抜け出そうとしはじめた。鳩の群れを解放しようとハンカチをつついている手品師のようだ。

煙草がやっと穴に差し込まれた。煙草に火がついた。しばらくのあいだ、ベッドじたいが大きく深々と煙草を吸っているようだった。ベッドは長々と騒々しく咳き込んで震え、それからやっと、もう少し規則的なリズムで呼吸しはじめた。かくして、ダーク・ジェントリーは覚醒に達した。

しばらく横になったまま、恐ろしい不安と罪悪感にさいなまれていた。肩にずっしりのしかかるものがあるのだ。忘れられたらいいのにと思い、すぐに忘れた。どうにかベッドを出て、数分してからどたどたと階段を降りていった。

ドアマットに積もっているのはいつもの郵便物だった。アメリカン・エキスプレス・カードを取りあげるという無礼な脅迫の手紙、アメリカン・エキスプレス・カードを作りませんかという勧誘の手紙、そしてそれよりさらにヒステリックで非現実的な請求書が何通か。なぜしつこく送りつづけてくるのか理解できない。郵送料ぶん損が増えるだけではないか。この世は意地の悪い無能者ばかりなのかとあきれて首をふり、郵便物を放り出すと、キッチンに入って用心深く冷蔵庫に近づいていった。

冷蔵庫はすみに立っている。

キッチンは広くて、深い闇に包まれている。照明のスイッチを入れても闇は去らず、たんに黄色くなるだけだ。ダークは冷蔵庫の前にしゃがみ込み、慎重にドアのへりを調べた。探していたものが見つかった。というより、探していた以上のものが見つかった。ドアの底部近く、冷蔵庫本体とドアのあいだの狭いすきま、灰色のパッキンがはまっているところに、髪の毛が一本渡してあった。乾いたつばでそこにくっつけてある。これは予想どおりだった。なにしろ三日前に自分でそこにくっつけて、それ以来ときどきチェックしていたのだ。予想外だったのは、髪の毛がもう一本増えていたことだ。

不審に思って眉をひそめた。髪の毛が二本？

それは、もう一本と同じようにすきまに渡すようにくっつけてあった。ただ、こちらは冷蔵庫のドアのてっぺん近くにある。こんなところにつけた憶えはない。しげしげと観察した。もう少し明るくしようと、わざわざキッチンの窓の古い鎧戸《よろいど》まであけてきた。

日光は警官隊のように押し入ってきて、部屋じゅうでなんだこれはいったいをやりまくった。寝室と同じく、鋭い美的感覚の持主なら苦痛を覚えそうな部屋だった。ダークの家の部屋はほとんどそうだが、ここも広くて薄暗くて散らかりほうだいだ。片づけようという努力を鼻で嗤《わら》い、片づけようとする者がいれば鼻で嗤って払いのける。ハエの死骸の小さな山でも払いのけるかのように――窓の下、古いピザの箱のうえに、がっかりして死んだハエがちょうどそういう山を作っていた。

日光のおかげで、その増えた髪の毛のありようが明らかに見えてきた――根元は白くて、残りは毒々しい金属光沢のオレンジ色に染めてある。ダークは唇を結び、一心に考え込んだ。だれの髪の毛かは考えなくてもわかる。このキッチンにひんぱんに出入りする人間のうち、産業廃棄物から金属酸化物を抽出するために使われたような頭をしている人物はひとりしかいない。ここで真剣に考察すべきは、この発見が、つまりその人物が髪の毛を冷蔵庫のドアにくっつけていたことが、なにを意味するかという問題だ。

その意味するところは、静かに続いていた掃除婦との戦争が、さらに恐ろしい次の段階に突入したということだ。この冷蔵庫のドアが最後にあけられてから、いまではまる三か月にはなるはずだ。掃除婦もダークも、先にこのドアをあけてなるものかと固く決意していた。冷蔵庫はもはや、キッチンのすみにたんに立っているというより、待ち伏せしていると言ったほうがいい。こいつが待ち伏せを始めた日のことを、ダークははっきり憶えている。それは一週間ほど前、ダークがエリーナ――あの婆さんの名はエリーナと言うのだ。掃除婦《クリーナー》と韻《いん》を踏んでいるのだが、その皮肉を思ってももう面白くもなんともない――を引っかけて冷蔵庫のドアをあけさせようと、単純な計略をめぐらしたときのことだった。その計略はまんまと裏をかかれ、危うくダークのほうがこっぴどくしてやられるところだった。

彼がとったのは、近所のミニマーケットに出かけて、ちょっと食料品を買ってくるという戦略だった。なんの罪もなさそうなものばかり――牛乳が少し、卵にベーコン、チョコレート・カスタードソースを一、二パック、それにただのバターを半ポンド。それをさりげなく冷蔵庫のうえに置いておいた。「ああ、ついでのときになかに入れといてくれれば……」というふぜいで。

その晩帰ってきたとき、彼の心は躍った。もう冷蔵庫のうえに食料品が載っていなかったからだ。なくなってる！　ただどかされたのでも、棚へ置かれたのでもなく、どこにも見当たらなくなっていた。ついにエリーナは降参して、あれを片づけたのだ。冷蔵庫のなかに。そしてあけたからには、きっと掃除してくれたにちがいない。これが最初で最後だったが、彼女に対する好意と感謝の念で彼は胸をふくらませ、ほっとしたのと勝利の喜びに任せて、冷蔵庫のドアを勢いよくあけようとした。だがそのとき、第八感（最後に数えたときには、彼には第十一感まであった）が用心のうえにも用心せよと警告してきた。冷蔵庫を掃除して出たごみを、エリーナがどこに捨てるかまずは考えなくてはならない。

言いようのない疑念に胸を嚙まれながら、流しの下のごみ入れにこっそり近づいていった。息を殺してそのふたをあけ、なかをのぞいた。

そこに、取り替えたばかりの黒い内袋のふところに、彼が買ってきた卵とベーコンとチョコレート・カスタードソース、それにただの半ポンドのバターが抱かれていた。二本の牛乳壜《びん》は、きれいに洗って流しのそばにきちんと並べてある。中身は流しにあけられてしまったのだろう。

エリーナは捨てたのだ。

冷蔵庫のドアをあけるどころか、人が買ってきた食料を捨てたのだ。彼はゆっくりとふり向いて、汚れてずんぐりした白い塊を見やった。まさにその瞬間、彼は一点の疑いもなく悟った。この冷蔵庫はいまでは、本気で人を待ち伏せしている。

濃いブラックコーヒーを淹《い》れ、かすかに震えながら腰をおろした。流しをまっすぐ見てもいなかったが、そこにきれいな牛乳壜が二本並んでいるのに無意識に気づいていたにちがいない。脳の忙しく働いている部分が、おかしいと思ってあやしんでいたのだろう。

翌日、彼は自分で自分にこんこんと説明して聞かせた。むやみに被害妄想をふくらませすぎだ。エリーナはうっかりミスをやらかしただけで、他意はなかったのだ。きっとほかのことに気をとられていたのだろう。息子が気管支炎の発作を起こしたとか、不機嫌だとか、同性愛者だとか、なにかそういう、しょっちゅうそのせいで来られなかったり、来てもどこを掃除したのかわからなかったりする問題のことで頭がいっぱいだったのだ。イタリア人だから、食料品をうっかりごみと見まちがったのかもしれない。
しかし、この髪の毛で状況はすっかり変わった。こうなってはもう疑う余地はない。向こうはすべて承知のうえでやっているのだ。彼が先にあけないうちは、なにがあろうとエリーナは冷蔵庫のドアをあけるつもりはなく、また彼のほうも、なにがあろうと彼女より先に冷蔵庫をあけるつもりはない。

エリーナが彼の髪の毛に気づかなかったのは明らかだ。気づいていたら、ただはがしておくのが最も効果的な作戦だっただろう。そうすれば彼はだまされて、彼女が冷蔵庫をあけたと思い込んでいたかもしれない。となれば、こちらも彼女の髪の毛をはがしておくべきかもしれない。同じ罠をしかけてやるのだ。しかし、こうしてしゃがんでいるいまですら、うまく行くまいという気がした。かれらはふたりとも、不開《あかずの》冷蔵庫という悪循環にからめとられている。悪循環は激化するいっぽうで、このままでは行く手に待つのは狂気か地獄だろう。

だれかを雇って、冷蔵庫をあけに来てもらうことはできないだろうか。

だめだ。いまの彼は、なにをするためだろうとだれかを雇える立場にはない。この三週間は、エリーナに給料を払える立場ですらなかったのだ。辞めてくれと言わずにいる理由はただひとつ、馘首《くび》にするには未払いの給与を清算しなくてはならないからであり、彼はいまそんなことのできる立場にないからだ。秘書もとうとう自分の意志で辞めて去っていった。これからは旅行業界で言語道断な仕事をするという。ダークは彼女の選択を見下してやろうとして、ただの給料などというつまらないもののために——

「ただのじゃありません。定期的な給料です」彼女は穏やかに訂正した。

——仕事のやりがいを犠牲にするのか、と言ってやった。

そう言われて、彼女は「仕事のなんですって？」と言いそうになったが、そのときはたと気がついた。それを言えば、彼が答えるのを聞かなくてはならない。すると絶対にむっとして言い返したくなる。初めて気がついたのだが、いままでここから逃げ出せなかったのは、そういう議論にかならず引き込まれていたせいだったのだ。なにも返事をせずにいれば、今度こそ自由に出ていけるだろう。やってみた。急に自由になって、彼女は出ていった。一週間後、そのときとほとんど同じ乗りで、旅客機のスチュワードをしているスミスという男と結婚した。

ダークは秘書のデスクを蹴飛ばして引っくり返し、あとで自分で起こす破目になった。彼女が戻ってこなかったからだ。

探偵業はいまのところ、賑わっていること墓場そこのけだった。なにかを探偵してもらいたがっている人間はひとりもいなくなってしまったようだ。そこで最近、生活費稼ぎのために、木曜の夜は女装して手相見をするようになったが、どうにも居心地が悪かった。我慢できないことはなかっただろう——忌《い》まわしくもおぞましく屈辱的な仕事だが、さまざまな意味でそんなことはもう気にならなくなっていたし、パブの裏庭の小さなテントのなかでは身元が知れる恐れもなかったし、そんなこんなで我慢できないことはなかっただろうが、いかんせん、彼はその仕事が怖気《おぞけ》をふるうほど得意だったのだ。自己嫌悪で冷汗が噴き出す。ありとあらゆるごまかしやでたらめを言い、意図的につむじ曲がりな解釈をして外そうとしてみるのだが、どんなにでたらめを言おうとしても決まって失敗し、いつでもかならず当たってしまう。

最悪だったのは、オックスフォードシャー（イングランド南部の州）の女性が見てもらいに来たときだった。いささか浮かれた気分だったものだから、旦那さんから目を離さないほうがいいでしょう、あなたの結婚線から見てちょっとぶっ飛んだ人のようだからと言ったのだが、じつはその女性の夫は戦闘機のパイロットで、わずか二週間前、北海上空での演習中に行方不明になったばかりだったのだ。

ダークはうろたえて、無意味に女性を慰めようとした。旦那さんは時が来ればあなたのもとへ戻ってくるのはまちがいないと思う、そうしたらなにもかもうまく行って、ありとあらゆることがすべてうまく行くでしょうとかなんとか。しかし女性は、そういうことはちょっと考えられない、北海で遭難した人の生存時間の世界記録は一時間未満だと言い、夫はもう二週間も杳《よう》として行方が知れないのだから、どれだけ想像をたくましくしても完全に死んでいるとしか思えない、いまはそれと折り合いをつけようとしているところなので、慰めていただかなくてもけっこうです。そう言う口調はかなり辛辣だった。

ここに至ってダークはすっかり頭に血が昇り、わけのわからないことを口走りはじめた。

　手相からはっきり読みとれるように、あなたはやがて大金を手にするであろう、それは大切な旦那さんを失ったことの埋め合わせにはならないだろうが、しかし少なくともこれを聞いたら慰めになると思うのだが、旦那さんはいま天のすばらしいどこだかに行っていて、ふわふわの真っ白い雲のうえに浮かび、新しい翼を得てとても凜々しくなっているのである、こんなとんでもないたわごとを吐き散らしてまことに申し訳ない、しかしあまりに思いがけないお話だったものですから。それはそうと、お茶かウォトカか、スープでもいかが？

　女性は断わった。このテントには間違って迷い込んだだけで、じつはトイレを探していたのだと彼女は言い、その大金というのはなんのことかと尋ねた。

「まったくの出まかせです」ダークは説明した。ひとつには裏声をずっと使っているので、このころにはかなり苦しくなってきていたのだ。「しゃべっているうちに勢いで言ってしまっただけなのよ」彼は言った。「まことになんとお詫びを申し上げてよいやら、お悲しみのところをぶしつけな口出しをしてしまいまして、それでご案内というか、えとその、道順をご説明しますと、つまりその、この状況ではトイレと言うしかない場所のことですが、このテントを出て左にあります」

　この一件でダークは落ち込んでいたが、数日後にはすっかり怖気をふるうことになった。というのも、あの気の毒な女性がプレミアム付き国債（無利子だが、抽選で多額の賞金を獲得できる）で二十五万ポンドを獲得していて、そのことを知ったのがまさにあの日の翌朝だったということがわかったからだ。彼はその夜、自宅の屋根のうえにのぼって、こぶしを暗い空に振りかざして「いい加減にしろ!」と何時間も怒鳴っていたが、やがて隣人が眠れないと警察に苦情の電話をかけ、警察がやかましくサイレンを鳴らしてパトカーで駆けつけたため、ほかの隣人もみんなたたき起こされてしまった。

そんなわけで今日の朝、ダークはキッチンに座り込み、意気消沈して冷蔵庫をにらんでいる。ふだんはつむじ曲がりの情熱に頼って日々を突っ走っているのだが、この冷蔵庫問題のショックで出だしからその情熱が消え失せた。意志力は冷蔵庫に閉じ込められ、一本の髪の毛がそれに錠をおろしてくれた。

いま必要なのは依頼人だ。どうか神さま、もし神がいるなら、どんな神でもいい、どうか依頼人を与えてください。頭のよくない依頼人がいい。頭が悪ければ悪いほどいい。お人好しで金持ちの依頼人、昨日の男のような。指でテーブルをとんとん叩いた。

ただ問題は、依頼人がお人好しであればあるほど、彼の本性の善良なほうの端が突っかかってくるのだ。いちばんありがたくないときにそっち側が持ちあがって、気まずい思いをさせてくれる。ダークはしょっちゅう、自分のなかの善人を投げ倒して気管をひざでつぶしてやると脅すのだが、いつもなんだかんだでそいつに出し抜かれている。罪悪感と自己嫌悪で着飾ってこられると、彼はあっさりリングの外に投げ飛ばされてしまうのだ。

お人好しで金持ち。何枚か、いや一枚でもいいから、いちばん目立ってやかましい請求書を清算できればいいのだが。煙草に火をつけた。朝の光のなか、煙が渦を巻いてのぼっていき、そのまま天井に張りついた。

昨日の男のような……

はたと考え込んだ。

昨日の男……

世界が固唾《かたず》を呑んで待っている。

静かに、穏やかに、気づきが頭にしみこんでくる。なにかが、どこかがおかしい。なにかが恐ろしくまちがっている。

災いがものも言わずに周囲に垂れ込めて、気づかれるのを待っていた。ひざがぴりぴりした。

いま必要なのは依頼人だ、そう彼は考えていた。そう考えていたのは、それがいつもの習慣だからだ。午前中のこの時間、考えるのはいつもそれなのだ。忘れていたのは、依頼人ならもう現われたということだ。

血走った目で時計をにらんだ。もうすぐ十一時半だ。頭のなかで音もなくベルが鳴っている。それを黙らせようと首をふった。あわてふためいて、ドアの裏にかかっている帽子と大きな革のコートに飛びかかった。

十五秒後には家をあとにしていた。五時間遅れだが、動きだせば速い。

4

一、二分後、ダークは立ち止まって作戦を練った。五時間遅刻して取り乱して到着するより、五時間とさらに数分遅れても、全体として見れば、意気揚々と自信たっぷりに到着するほうがましだ。

「早すぎましたかね」飛び込んでいって、開口一番はそれがいいだろう。ただ、そのあとには巧みな締めくくりも必要だ。しかし、なんと言えばいいか思いつかなかった。

引き返して車で出直したほうが早いかもしれないが、しかしなにしろすぐそこだし、彼は車を運転していると恐ろしく道に迷いやすくなる。これはおもに、「ゼン」的ナビゲーション法をとっているせいだ。つまり、行先をちゃんと心得ていそうに見える車を見つけて、そのあとをついていくだけという方法である。成功より驚愕に終わることのほうが多いが、たまに両方手に入ることもあるからこれでいいと思っている。

それに、車がちゃんと動くかどうか予断を許さないという問題もあった。

車は古いジャガーだ。ジャガー社の歴史においてひじょうに特殊な時期に製造されたもので、それはつまり、そのころこの会社が作っていた車は、ガソリンを入れに行くより頻繁に修理に持っていかねばならず、乗って出かける前には何か月もの休みをしょっちゅう必要としていたという意味である。というふうに考えてきて気がついたのだが、しかし確実に言えるのは、いまあの車にはガソリンが入っていないし、それにいまは現金も有効なプラスティックのカードも持ち合わせがなく、したがってガソリンを入れることもできないということだ。

まったく無益なので、これ以上その線で考えるのはやめにした。

あれこれ考えながら、途中で新聞を買った。売店の時計は十一時三十五分を指していた。ちくしょうちくしょう、ちくしょう。このまま手を引いてしまおうか。訪ねていくのはやめにして、すっぱり忘れて昼食をとりに行こうか。いずれにしても、これは多大な困難をともなう依頼だった。というより、ある特定の困難を多大にともなう依頼だった。つまり真顔でいるのがむずかしいのだ。この依頼はすみからすみまで徹頭徹尾ナンセンスだった。依頼人は明らかに頭がおかしかったし、ふつうならダークは引き受けようとも思わなかっただろうが、ただひとつひじょうに重要なものがからんでいたのだ。

一日三百ポンド、必要経費別である。

依頼人は値切ろうともせずに承知した。さらに、ダークがいつもの演説を始め、万物は万物と根本のところで相互に関係しあっているものであり、彼の手法ではその相互の関連性を用いるので、そこから生じる経費は、しろうと目には肝心の問題からいささかはずれたように見えることも多いという趣旨の話をしたところ、依頼人はそんなことはどうでもいいと手をふってみせたのだ。ダークはそういう依頼人が好みだった。

このほとんど超人的に話のわかる人ぶりを発揮しているさなか、依頼人が頑固に言い張ったことがひとつだけあった。なにがあろうとも絶対に、絶対と言ったら絶対に、準備万端整えてすっきりしゃっきりした状態で、まちがいなく、ほんのちょっぴり失敗の気配を匂わせることすらなく、午前六時三十分に来てもらいたいというのだ。これだけは譲れないと。

　まあ、それについても道理をわかってもらわなくてはなるまい。六時三十分はどう考えても非常識な時刻だし、彼つまり依頼人も本気だったはずがない。六時三十分が文明化されて昼の十二時、というのがまずまちがいなく依頼人の考えていたことだろう。もしこのことで依頼人が機嫌を損ねそうになったら、いささかお堅い統計を持ち出すしかあるまい。昼食前に殺される人はいない。ひとりもだ。人間にはそんなことはできないのだ。たっぷり昼食をとらなければ、血糖も血の飢えも濃度があがらないからである。それを証明する統計資料もある。

　ご存じでしたか、ミスター・アンスティ（依頼人の名はアンスティというのだ。しゃれの通じない変人で、三十代なかば、凝視するくせがあって、細い黄色いネクタイをしていて、ラプトン・ロードの大きな家に住んでいる。この依頼人のことがダークはじつはあまり好きではなく、魚を呑み込もうとしているような顔だと思っていた）、知られているかぎりでは、アンケートに答えた殺人犯の六十七パーセントは、昼食にレバー・アンド・ベーコン（焼いたレバーとベーコンにグレーヴィソースをかけた料理）を食べるんですよ。さらに二十二パーセントは、海老のビリヤーニかオムレツを食べているんです。つまり脳卒中の危険の高いこの八十九パーセントは除外できるわけですから、さらに昼食にサラダあるいはターキー・ハムサンドイッチを食べる集団も除外すれば、昼食をとらずにそのような凶行をもくろむ者しか残らないわけでして、したがってほとんどゼロに近い領域に足を踏み込むというか、むしろ空想の域に近づくことになるわけなのです。

二時半を過ぎて、むしろ三時に近くなってからですよ、そろそろ警戒しどきなのは。これはまじめな話です。なんの問題もないときでもです。たとえ、緑の目をした奇妙な巨漢から殺害予告を受け取っていなかったとしても、昼食どきを過ぎたら鵜の目鷹の目で警戒しなくちゃいけません。ほんとうに危険な時刻は四時を過ぎたあたりです。編集者やエージェントというごろつき集団が通りにあふれ出し、フェットゥチーネとキールで血を逆流させて、けんか腰でタクシーを拾おうとしはじめるころですからね。人の魂が試練に見舞われるのはこのころなんですよ。朝の六時半ですって？　そんな話は忘れましょう。わたしは忘れました。

固い決意でしっかり武装して、ダークは売店から外へ出た。身を切るように寒い通りを大またに歩きだす。

「すみません、ミスター・ダーク、よろしければ新聞代を頂戴できるとありがたいんですが」店主が穏やかに追いかけてきた。

「ああ、ベイツくん」ダークはふんぞり返って言った。「また無益な期待をしているね。

いつでも人にこうしてほしい、ああしてほしいと期待している。わたしとしては無念無想をお勧めしたいところだ。期待は重い荷物になって人生を苦しくする。その結ぶ果実は悲しみと失望だよ。瞬間瞬間を生きる喜びを学びたまえ」

「二十ペンスになります」ベイツは悟りすまして言った。

「これはきみだから言うんだがね、ベイツくん、書くものを持っていないかな。ふつうのボールペンでいいんだが」

ベイツは内ポケットからペンを取り出し、ダークに渡した。ダークは値段の印刷してある新聞のすみをちぎって「借用書《IOU》」と上のほうに書きなぐり、その紙切れを店主に渡した。

「それじゃ、これもいままでのといっしょにまとめておけばよろしいですか」

「どこでもきみの一番好きなところに置いておきたまえ。それ以下のところに置いてはいけないよ。では、これで失礼」

「ミスター・ダーク、よろしければわたしのペンを返していただけるとありがたいんですが」

「そういう手続きに好都合な時節が来たらな」ダークは言った。「ベイツくん、かならずその時は来る。しかしいまのところ、このペンにはより崇高な使命があるのだ。喜びたまえ、ベイツくん、どうか大きな喜びをもって手放してもらいたい」

もういちどおざなりに取り戻そうとしたものの、しまいに小男の店主は肩をすくめ、とぼとぼと店に引き返していった。

「それじゃミスター・ダーク、あとでまた寄ってくださるんですね」と、肩越しに期待薄の声をかけてきた。

ダークは、その遠ざかっていく背中に慇懃《いんぎん》にお辞儀をした。それからせかせか歩きだし、歩きながら新聞を開いて星占いの欄を見る。

「今日のあなたの選択はなにもかも裏目に出るでしょう」そっけなくそう書いてあった。

ダークは不機嫌にうなって新聞を手荒く閉じた。何光年もかなたをまわっている大きな岩の塊が、人々の一日について本人も知らないことを知っているなど、一瞬たりとも信じたことはない。ただ、この「大ザガンザ」はたまたま古くからの友人で、ダークの誕生日を知っていていつもわざと怒らせるようなことを書いてくるのだ。彼が星占いの欄を引き継いでから、この新聞の売り上げは十二分の一近く落ちているが、その理由を知っているのはダークと大ザガンザだけだった。

先を急ぎながら、残りのページをばさばさと眺めていった。いつものとおり、面白い記事はない。ヒースロー空港で行方不明になった航空会社の女子従業員、ジャニス・スミスの長い記事。捜索のもようと、どうしてこんなふうに消えてしまったのかという推測。彼女のいちばん最近の写真も掲載されていたが、それはお下げ髪でブランコに乗っている六歳のころの写真だった。父親のミスター・ジム・ピアスは、とてもよく撮れているが、いまではこのころよりずっと大きくなっているし、ふだんはもっとピントが合っているとコメントしていた。ダークはせっかちに新聞をわきの下に突っ込み、大またで歩きながら、もっと面白い問題に考えを向けた。

一日三百ポンド、必要経費別。

ミスター・アンスティのあの奇妙な妄想は、いつごろまで引っ張れると想定するのが妥当な線だろうか。その妄想というのが、身長二メートルを超えるぼさぼさ髪の怪物に生命を狙われているというのだが、その怪物は大きな緑の目をしていて、角がはえていて、いつも彼に向かって手にしたものを振ってみせるらしい。つまり、読めない言語で書かれて血しぶきで署名された契約書と、また大鎌のようなものを。この怪物のもうひとつの目立つ特徴は、依頼人以外にはだれの目にも見えないということだが、ミスター・アンスティはそれを目の錯覚で片づけていた。

三日か四日か。まる一週間も自分が真顔でいられるとはダークには思えなかったが、それでもその骨折りの見返りは一千ポンド近くにはなるわけだ。それに、あまり関係なさそうだが交渉不可の必要経費のリストに、新しい冷蔵庫を書き入れてもいい。悪くないアイデアだ。古い冷蔵庫を処分するのは、まちがいなく万物の相互関連性の一環だしな。

彼は口笛を吹きはじめた。人を呼んで、あれをさっさと運び出してもらおう。そう思いながらラプトン・ロードに折れ、そのとたんに驚いた。パトカーが何台も来ている。それに救急車が一台。ここにこんな車があるのは気に入らなかった。これはおかしい。新しい冷蔵庫のある心象風景には、その眺めはどうも収まりが悪かった。

5

ダークはラプトン・ロードのことは知っている。木々に縁取られた広い通りで、ヴィクトリア朝後期の大きなテラスハウス（横並び式の連続住宅。各戸に専用庭と通りに面する玄関がある）が並んでいる。テラスハウスは高くがっしりしていて、そしてパトカーを嫌う。と言っても、嫌われるのは何台も連なってやって来るパトカーであり、天井灯を閃《ひらめ》かせて来るパトカーだ。ラプトン・ロードの住民が見て喜ぶのは、こざっぱりしたパトカーが一台きりでやって来て、通りをパトロールする陽気で頼れる姿である。そういうパトカーなら、同じく陽気で頼れる不動産価格を保証してくれるからだ。しかし、背筋の冷える青い光が閃きだした瞬間に、きちんと目地塗りされたレンガ壁は青ざめた色合いを帯び、ついでにその壁が体現する不動産価格も青ざめる。

近所の窓ガラスから不安げな顔が外をうかがい、青いストロボの光に浮かびあがっていた。

パトカーは三台来ていた。その三台が道路に対してななめに停まったまま放置されていて、ただ駐車しているだけだと思うなよと言っていた。全世界に向けて大音声で信号を発しているのだ。いまここは法の支配のもとにあるのだから、ラプトン・ロードにふつうの用事でのどかにやって来た人々はどうぞ失《う》せやがってくださいというわけである。

ダークは通りを急いだ。重い革のコートの下で汗がちくちくする。前方に警官が立ちはだかり、両手を広げて柵になったふりをしたが、ダークは言葉の奔流でその柵を突破した。警官には、とっさになんと答えてよいかわからなかったのだ。ダークは目指す家に走った。

玄関でもべつの警官に止められて、ダークは期限切れの〈マークス&スペンサー〉百貨店のカードを出してみせようとした。ほかにやることもない長い夜、鏡の前であざやかに手首を返してちらと見せるわざを何時間も練習してきたのだが、そのとき警官が急に「そうだ、ひょっとしてあんたミスター・ジェントリー?」と言った。

ダークは目をぱちくりさせ、用心深く小さくうなった。状況しだいで「イエス」とも「ノー」ともとれるようにというわけだ。

「部長があんたを探してたよ」

「部長が?」とダーク。

「人相を聞いてたからわかったんだ」警官はにやにやしながら、ダークの頭のてっぺんからつま先まで眺めまわした。

「じつを言うと」と警官は続けた。「あんたの名前を口にするときは、人に聞かれちゃ困る言葉みたいな口ぶりだったぜ。人捜しのビッグ・ボブ《ビッグ・ボブ・ザ・ファインダー》まで車で送り出してたし。でもあいつに見つけられたわけじゃないみたいだね、あんたはまあ元気そうな顔をしてるもんな。ビッグ・ボブに見つけられると、たいていの人間はちょっとふらふらしてやって来るんだ。こっちの質問にはなんとか答えられるが、それで精いっぱいってやつで。まあ入んなさいよ。わたしはごめんだがね」と小声で付け加えた。

ダークは家に目を向けた。どの窓もストリップト・パイン（ニスや塗料を剝がした松材。一般にアンティーク家具をきれいにするためにおこなう）の鎧戸に覆われている。それを除けば、どこもきちんと手入れされていて、清潔で、かけるべきところにふんだんに金をかけているように見える。それなのに、閉じた鎧戸だけが突然の荒廃の気を漂わせているかのようだ。

みょうなことに、地下室から音楽が聞こえてくるようだった。というより、ズンズン腹に響く音楽から一節だけが抜き出されて、それが何度もくりかえされている。針がレコードの溝で引っかかっているらしい。なぜだれも止めないのかとダークは不思議に思った。少なくとも針をちょっと押して、曲を先に進めるぐらいはしてもいいのに。なんとなく聞き憶えがある曲のような気がした。最近ラジオで聞いたのではないかと思うが、はっきり思い出せなかった。その歌詞の断片はこんなふうに聞こえた——

「手にとるな、とるな、とる——
手にとるな、とるな、とる——
手にとるな、とるな、とる——」そのくりかえしだ。

「地下室に降りていったらいい」警官が気のない声で言ったが、正気の人間ならだれがそんなことをするものかと言いたげな口ぶりだった。

ダークはそっけなくうなずき、玄関に通じる階段を急ぎ足でのぼった。玄関のドアはわずかに開いている。首をふり、肩に力を入れて、頭がくらくらするのを止めようとした。

なかに入った。

もともと学生時代に培われた趣味嗜好に財産が押しつけられるとどうなるか、この廊下を見ればよくわかる。床はニスや塗料を剝がした古い板張りだったが、それにべっとりポリウレタンが塗られている。ギリシアの敷物を壁掛けにされて壁は鼻白んでいたが、ギリシアの敷物と言っても高級品だ。賭けてもいいが（もっとも賭け金は出さないかもしれないが）、ここを徹底的に家捜しすれば、ほかにどんな後ろ暗い秘密が暴かれるにせよ、ともあれ〈ブリティッシュ・テレコム〉の株五百株に、ボブ・ディランのアルバムが『血の轍《わだち》（一九七五年の大ヒットしたアルバム）』まですべてそろっているのはまず確実だ。

その廊下にも、警官がひとり立っていた。恐ろしく若く見えたが、ほんの少し身体をななめにして壁に寄りかかり、床をじっとにらみながら制帽を腹部に当てて持っていた。顔は青ざめて汗で光っている。無表情にダークを見ると、ちょっとあごをしゃくって、地下にくだる階段のほうを指し示した。

その階段の下から、あの一節がくりかえし聞こえてくる。

「手にとるな、とるな、とる――
手にとるな、とるな、とる――」

ダークは憤りに震えていた。その憤りは身内を行ったり来たりうろうろして、ぶん殴るか絞め殺すかできる相手を探していた。自分は悪くないと激しく否定したかったが、みんなおまえが悪いと言う者がまだ出てこないのでできなかった。

「あんたら、何時ごろ来たんだ」彼はそっけなく尋ねた。

若い警官は、すぐには返事ができなかった。

「三十分ぐらい前です」やっと気をとりなおしてしゃがれた声で言った。「ひでえ朝だった。大騒ぎで」

「大騒ぎのことならよく知ってる」とまったく無意味なことを言って、ダークは階段を降りはじめた。

「手にとるな、とるな、とる――

手にとるな、とるな、とる――」

階段を降りきると、そこは細い廊下になっていた。廊下に面する主室のドアは派手に割られていて、蝶番《ちょうつがい》からはずれてぐらぐらしている。その向こうは広いふたり用の寝室になっていた。ダークが入ろうとすると、なかから人影が現われて行く手をふさいだ。

「この事件におまえが関わってるってのが気に入らん」人影は言った。「まったくもって気に入らん。どう関わってるのか説明しろ。そうすりゃ、なにが気に入らないのか正確にわかるってもんだ」

ダークは、きちんとひげを当たった細面の顔を驚いて見つめた。

「ギルクスじゃないか」彼は言った。

「そんなとこに突っ立って、あれがびっくりしたみたいな顔してるんじゃない。なんて言うんだっけあれ、あのあざらしじゃないやつ。あざらしよりずっと不細工で、でっかくてぶよぶよした――ジュゴンだ。そんなとこに突っ立って、ジュゴンがびっくりしたみたいな顔してんじゃない。どういうわけで、あの……」ギルクスは背後の室内を指さし、「あの……あの、あそこの男が、おまえの名前と電話番号を書いた封筒を持ってるんだ。それも金の入った」

「いくら……」とダークは言いかけて、「いくらその、なんでもジュゴンはないだろう。ちょっと訊くが、なんであんたがここにいるんだ。フェンズ（イングランド東部のもと湿地帯。いまは干拓されている）ははるかかなただぜ。驚いたよ、ここはあんたにはからっとしすぎじゃないのか」

「三百ポンドだ」ギルクスは言った。「どういうわけだ」

「とりあえず、依頼人と話をさせてもらえないかな」ダークは言った。

「依頼人と話がしたいか。そうか」ギルクスは陰にこもって言った。「よし、わかった。好きなだけ話したらいい。おまえがなにを言うつもりか、ぜひとも拝聴したいもんだぜ」ぎくしゃくと一歩さがり、なかに入れと手招きをした。

　ダークは考えをまとめながらなかに入っていった。精いっぱい平静を装っていたが、その平静は一秒とちょっとしかもたなかった。

　依頼人のほとんどは、ハイファイ・セットの前の安楽椅子に静かに腰をおろしていた。

椅子が置かれているのは音楽鑑賞に最適な場所——スピーカーからの距離が、スピーカーどうしの距離の二倍にあたる——で、これは一般に立体音響を再現するのに理想的とされている位置だ。

　全体的にゆったりくつろいでいるように見えた。脚は組んでいるし、わきの小さなテーブルには飲みかけのコーヒーカップも置かれている。ただ嘆かわしいことに、依頼人の首だけは、ターンテーブルで回転しているレコードのちょうどまんなかに載っていた。プレイヤーの針がその首にすり寄っていくと、そのたびに跳ね返されて同じ溝に戻るということをくりかえしている。回転する首は、だいたい一・八秒ごとにこちらを向いて、ダークに非難の眼差《まなざ》しを投げてくるかのようだった。「だから言ったのに、時間どおりに来ないからこのざまだ」と言っては、また壁のほうに向きを変えていき、くるりと一回転してまたこちらを向いて、また非難の眼差しを投げてくるのだ。

「手にとるな、とるな、とる——

　手にとるな、とるな、とる——」

　周囲で部屋がゆらゆら揺れている。ダークは片手を壁に当てて部屋の揺れを止めた。

「この依頼人のためになにかやるって契約になってたのか」背後から、ギルクスが押し殺した声で尋ねた。

「いやその、ちょっとしたことで」ダークはか細い声で言った。「こんなのとはぜんぜん関係のないあれで。つまり、こういうことはなんにも言ってなかった。ええとあの、あんたも忙しいだろうし、報酬を受け取って失礼したほうがいいと思うんだが、おれ宛ての封筒があったとか言ってなかったっけ」

そう言うと、ダークは背後にあった小さな曲げ木の椅子にどさっと腰をおろし、椅子を壊した。

ギルクスはそれをぐいと引っぱり起こすと、壁に寄りかからせた。いったん部屋を出ていき、すぐに水差しとコップをのせたトレイを持って戻ってきた。コップに水をつぎ、ダークに持っていって水を浴びせた。

「気分はよくなったか」

「なるもんか」ダークは水を吐きながら言い、「せめてレコードぐらい止めたらどうなんだ」

「それは科学捜査班の仕事なんだよ。賢い兄ちゃんたちが来るまで、手を触れちゃいかんことになってるんだ。おや、どうやらお出ましみたいだぞ。中庭《パテイオ》に出て空気を吸ってこい。手すりに自分で手錠をかけて、ちっとばかし自分で自分を叩きのめしとけ。おれにはそんなひまがないんでな。それからその真っ青な顔をなんとかしろ。ふだんと色が違うじゃないか」

「手にとるな、とるな、とる――

手にとるな、とるな、とる――」

疲れていらいらした様子でこちらに背を向け、ギルクスは部屋から出ていこうとした。

階段をのぼり、新参者――声が一階から聞こえてくる――を出迎えようというのだ。そこでふと立ち止まり、ふり向いて首を眺めた。重い大皿に載ったまま、首は疲れも見せずにまわりつづけている。

「まったく」数秒後、ようやく口を開いた。「こういう利口ぶった、これ見よがしの自殺にはほとほとうんざりだぜ。ひとに嫌がらせして喜んでやがるんだ」

「自殺だって?」ダークは言った。

ギルクスはこちらに顔を向けた。

「窓には、太さ一センチ強の鉄格子がはまってる」彼は言った。「ドアは内側からロックされてて、鍵は鍵穴に刺さったまんまだった。ドアの内側には家具が積みあげてあったし、パティオに出る両開き窓には彫り込み錠がかかってた。トンネルなんぞどこにも見当たらない。これが殺しだったら、犯人は逃げる前によっぽど念入りにガラスを嵌《は》めていったんだろう。ただし、パテはどれも古いもので、おまけにうえからペンキが塗ってあるがな。

いいや、この部屋を出ていった者はおらんし、入ってきた者もおらん。おれたちはべつだが、おれたちが犯人だってことはまあないだろうと思うぜ。

こんなのにかかずらってるひまはないんだ。まちがいなく自殺だ、ただ手が込んでるってだけさ。公務執行妨害で故人を逮捕したいぐらいだぜ、警察に要らん手間かけさせやがって。ものは相談だがな」と腕時計を見て、「十分やるから、どうやって自殺したのかもっともらしい説明をひねり出してくれ。報告書に書けるようなやつ。そしたらその封筒の証拠はとっといていい。ただし、二十パーセントはこっちによこすんだぞ。精神的苦痛に対する慰謝料だ、おまえに一発食らわすのを我慢したんだからな」

ダークはしばらく迷っていた。依頼人がたびたび訪問を受けていたという、珍妙にして凶暴な巨漢の話をしておくべきだろうか。緑の目、毛皮をまとい、いつもどこからともなく出現して、大音声で契約の履行を迫りつつ、長さ一メートル近い大鎌の刃をぎらつかせていたという——が、あれこれ考えた結果、やめておくことにした。

「手にとるな、とるな、とる——
手にとるな、とるな、とる——」

ついに、自分自身に対する怒りがふつふつと沸きあがってきた。依頼人の死に関しては、その責任はあまりに重すぎ恐ろしすぎて、まともに怒りを沸かすことができなかった。しかし、ギルクスにこうして侮辱されているのに、いまは動揺して弱気になっているせいでやり返すことができず、おかげで自分に対する怒りを沸かすことができたわけである。

いまいましいギルクスにくるりと背を向け、沸きあがる怒りを抱いてひとりパティオへ出ていった。

パティオは狭くて舗装されていた。家の裏にあって西に面しており、ほとんど日は射さない。家の裏側の高い壁と、この庭に接して建つ工場かなにかの裏の高い壁にさえぎられている。それなのに、どういうわけか見当もつかないが、まんなかには石造りの日時計が置かれていた。その日時計に日光が当たることがあるとしたら、いまはグリニッジ平均時で正午にとても近いということがわかっただろう。それはそれとして、いまは鳥が止まっていた。草花が何本か、むっつりと植木鉢に植わっていた。

ダークは煙草を口に突っ込み、その先端を猛然と燃やしにかかった。

「手にとるな、とるな、とるな、とる――

手にとるな、とるな、とる――」外に出てもやはりしつこく聞こえてくる。

庭の左右はこぎれいな塀で仕切られていて、両隣の庭から隔てられている。左隣の庭はここと同じ広さだが、右隣の庭はもう少し先まで張り出していた。工場かなにかの建物が、ちょうどその塀のところで切れているおかげだ。見まわせば、きちんと手入れされているという印象を受ける。豪壮でも華やかでもないが、なにもかも順調で、家の手入れにも楽に手がまわりますと言っているかのようだ。とくに右隣の家は、レンガ壁の目地と窓枠をつい最近塗りなおしたばかりのようだった。

ダークは深々と息を吸いながら、一部しか見えない空を見あげた。灰色にくすんでいる。雲の下で黒い点がひとつ輪を描いているのをしばらく目で追う。さっき目にした、室内の惨劇から気をそらすことができればなんでも歓迎だ。背後の部屋の気配がなんとなく伝わってくる。人が出たり入ったりしている。寸法取りが盛んにやられている。どうやら写真が撮影されているようだ。切断された首の回収作業が始まったらしい。

「手にとるな、とるな、とる――
手にとるな、とるな、とる――
手にと――」

だれかがやっと手にとって、執拗な非難の反復がやっとやむと、遠くのテレビのかすかな音が昼どきの空に平和に漂いはじめた。

ダークはしかし、そういうあれこれを呑み込めずに悪戦苦闘していた。ひゅーんと飛んできては頭をがつんとやっていくもののほうに、ずっと気をとられていたのだ。それは罪悪感の攻撃だった。と言っても、通常のBGM的な罪悪感ではない。二十世紀も後半に生きていれば、ただ生きているというだけで罪悪感は発生するものだし、ふだんのダークなら対処に困ることなどない。しかしこれは生々しい衝撃の感覚だった――「まさにこのおぞましい事件が起こったのは、まさしくおぞましく自分の責任だ」という感覚。ふつうの精神活動などでは、この巨大な振り子のコースから意識をそらすことはできない。振り子はくりかえし襲ってくる。ひゅーん、がつん、何度も何度も、がつん、がつん、がつんと。

いまは亡き依頼人（がつん、がつん）が言っていたこと（がつん）を具体的に思い出そうとしたが、こんなにがつんがつんが襲ってくる（がつん）のではほとんど不可能（がつん）だ。依頼人は追われている（がつん）と言っていた（がつん）。追ってくるのは（ダークは深く息を吸った）（がつん）、大きくて毛むくじゃらで緑の目をした怪物で、手には大鎌を……

がつん！

それを聞いたとき、ダークは内心にやにやした。

ぼかん、がつん、ぼかん、がつん、ぼかん、がつん！

そして「なんてばかなやつだ」と思ったのだ。

ぼかん、ぼかん、ぼかん、ぼかん、がつん！

大鎌（がつん）、そして契約（がつん）。

契約と言われても、なんの契約なのかわからない、というかさっぱり見当もつかないと依頼人は言った。

「そうだろうとも」とダークは思った（がつん）。

ただなんとなく、ポテトに関係することではないかという気がするのだが、これにはちょっと複雑な事情がからんでいるのだと依頼人は言った（ぼかん、ぼかん、ぼかん）。

ダークはここで重々しくうなずき（がつん）、メモ用紙にいかにもそれらしくチェック（がつん）を入れてみせた。このメモ用紙は、いかにもそれらしいチェックを入れるためだけに（がつん）、わざわざデスクに置いてあるのだ（がつん、がつん、がつん）。

あのときダークは内心鼻を高くしていた。「ポテト関連」という項目のボックスにチェックを入れたという印象を、相手に与えることができたと思ったのだ。

がつん、がつん、がつん、がつん！

ミスター・アンスティは、ダークが依頼どおり家に来たら、ポテトのことはそのときくわしく説明すると言った。

そこでダークは、気軽に（がつん）、ろくに考えもせずに（がつん）、気どって手をふってみせながら（がつん、がつん、がつん）、午前六時半にうかがうと（がつん）約束したのだ（がつん）。というのも契約の（がつん）期限が七時だったからである。

ダークはそこで、架空の「ポテト契約期限午前７：００」のボックスにもチェックを入れたのを思い出した（がつ……）。

このがつんがつんには、もうこれ以上耐えられない。起こってしまったことについて、自分で自分を責めることはできない。いやその、できないわけではない。もちろんできるし、やっている。なにしろ、これは彼の責任なのだ（がつん）。ただ問題は、起こってしまったことで自分を責めつづけていると、落ち着いて考えなくてはならないのに落ち着いて考えることができないということだ。このおぞましい事件（がつん）を深く掘り下げて真相を究明しなくてはならないのだが、こうがつんがつん来ていてはとても無理だ。なんとか逃れる（がつん）すべを見つけなくてはならない。

わが身の不運と苦難でごちゃごちゃの人生について考えるうちに、憤怒の大波が押し寄せてきた。このきちんとしたパティオには我慢ならない。この日時計も、きちんと塗装された窓も、おぞましくきちんとした屋根も、なにもかも我慢ならない。悪いのは自分ではなく、このきれいな塗装がなにもかも悪いと思いたかった。この吐き気を催すきちんとしたパティオの敷石が、胸がむかつくほど忌まわしくきれいに目地を塗りなおされたレンガの壁が悪いのだと。

「あの、失礼ですけど……」

「ああ？」不意をつかれて、ダークはくるりとふり向いた。ひとり憤怒をたぎらせていたら、いきなり邪魔をされたのだ。もの静かで丁重な声に。

「なにかご存じかしら、この……？」その女は小さく手首をひらひらさせて、隣家で起こっている不愉快きわまったり地下室だったり厭《いと》わしい警察騒ぎやらなんやらだったりを指し示した。その手首には赤いブレスレットがはまっていて、それが眼鏡のフレームとおそろいだった。右側の家の庭から、塀ごしにこちらを見ている。不安まじりの嫌悪感をかすかに漂わせていた。

ダークはものも言わずに女をにらんだ。四十いくつか、きちんとした身なり。まぎれもなくそれらしい雰囲気をまとっていて、広告業界人なのはひと目でわかる。

女は困ったようにため息をついた。

「たぶんなにか大変なことが起こってるんだろうとは思いますけど、でもまだ長くかかるかしら。なにかご存じ？　うちが警察に電話したのは、ただあの気味の悪いレコードのせいなんですよ。頭がおかしくなりそうだったわ。ほんとに、これはちょっと……」

あとは言わず、訴えかけるような眼差しを投げてきた。それでダークは、なにもかもこの女のせいだと思うことにした。少なくとも当面、この一件の片がつくまでは、この女がなにもかも悪いことにしておこう。これも本人の身から出たサビだ。あんなブレスレットをしているだけでもういけない。

　無言のまま女に背を向け、胸の憤怒を家のなかに持って戻った。そこではすべてが急速冷凍されて、固くて使い勝手のよいものに変化しつつあった。

「ギルクス!」彼は言った。「あんたの言ってたこれ見よがしの自殺説だけどな、気に入ったよ。おれにとっても好都合だし。それで、あのお利口さんがどういう手を使ったのかわかったと思う。ペンと紙はないか」

　大仰なしぐさで、桜材の大きなテーブル——部屋の奥の部分のまんなかにでんと置かれている——の前に腰をおろし、自殺の手口を細かく描写しはじめた。それには多数の家庭用・台所用器具と、重たい揺れる照明器具、それにひじょうに厳密なタイミングが必要で、プレイヤーのターンテーブルが日本製だということが決定的に重要な役割を果たしていた。

「これなら、科学捜査の人らも気に入るんじゃないか」ダークはギルクスに向かって自信ありげに言った。科学捜査の人らはそれをざっと見て、その要点を飲み込んで、悪くないと言った。単純にして荒唐無稽で、マルベリャ（観光地として名高いスペイン南部の港町）のような場所で休暇を過ごすのが好きな検死官なら、そしてかれらはそういう休暇が大好きだが、まちがいなく喜びそうだった。

「ただし」とダークはさりげなく言った。「こういう話に興味はありませんか——故人は超自然的な代理人と一種悪魔的な契約を結んでいて、その代償がいまこうして取り立てられたんじゃないかという」

科学捜査の人らは顔を見あわせ、首をふった。もう午前もほとんど過ぎてしまったし、せっかくランチの前に片づくはずだったのに、そんな話を始めたら事件がむだに複雑になるだけだと思っているのがひしひしと伝わってくる。

ダークはそれならけっこうと肩をすくめ、自分の取り分を証拠から抜き、最後に警官たちに軽く会釈をすると、また上階へ戻っていった。

廊下に出てみて、ダークはふいに気がついた。庭に出たときに昼どきのテレビのかすかな音がしていたが、あれがさっき屋内で聞こえなかったのは、針が溝に引っかかったレコードのしつこい音楽にかき消されていたせいだったらしい。

いまになって気づいて驚いたのだが、あのテレビの音はこの家の上階から聞こえてきていた。すばやく周囲をうかがい、だれにも見られていないことを確かめてから、階段の下に立って目を丸くして上階を見あげた。

6

階段には、上品に渋い敷物的な物質が敷かれていた。静かにのぼっていくと、最初の踊り場には壺があって、上品に乾いた大きなものが挿してあった。そのわきを通り過ぎ、二階の部屋のなかをのぞく。そこもやはり上品で乾いていた。

ふたつある寝室のうち、いま使われている形跡があるのは大きめのほうだけだった。そこは明らかに、美しく活けた花や、干草のようなものを詰めた上掛けに朝日が射し込むようにデザインされていたが、いまではそれに代わって、靴下と電気シェーバーの使用済みの替え刃に侵食されはじめているようだった。女性的なものの欠落のあとが明らかにうかがわれる——絵がはずされたあとに、その欠落のあとが壁に明らかに残るように。葛藤《かっとう》と悲哀の気配が、そしてベッドの下を掃除しないとそろそろやばいという気配が漂っていた。

その寝室につながる浴室には、便器の正面の壁にゴールド・ディスクがかかっていた。『ホット・ポテト』というレコードが五十万枚売れた記念のディスクで、歌ったのは〈拳闘と第三の自閉症的カッコウ〉というグループだった。ダークはなんとなく、そのグループのリーダー（といってもメンバーはふたりしかおらず、うちいっぽうがリーダーだった）のインタビュー記事を、新聞の日曜版で拾い読みしたような憶えがあった。グループ名について尋ねられて、これには面白い話があるのだとリーダーは答えたが、そのじつ大して面白い話でもなかった。オックスフォード・ストリート（ロンドンのウェストエンドにある繁華街）のそばにあるマネージャーのオフィスのソファで、「自分の好きなように解釈してくれていいんだよ」と彼は肩をすくめて付け加えていた。

ダークはそれを読んで、聞き手の新聞記者が礼儀正しくうなずいて、それを書き留めるさまを思い描いたものだった。胃の腑に苦いものがわだかまって、それを散らすのにしまいにジンをあおったのだ。

「『ホット・ポテト』か……」赤いフレームに嵌まってかかっているゴールド・ディスクを見るうちに、ダークははたと思いついた。いまは亡きミスター・アンスティの首が載っていたのは、このレコードに決まっているではないか。焼けたじゃがいも《ホット・ポテト》。熱いぞ、手にとるな。

いったいどういう意味だろう。

好きなように解釈すればいいんだろう、ダークは憮然《ぶぜん》としてそう思った。

そのインタビューでもうひとつ思い出したことがあった。ペイン（〈拳闘と第三の自閉症的カッコウ〉のリーダーの名前はペインといった）の言うところによれば、この歌の歌詞は、カフェだかサウナだか飛行機だか、ともかくそういう場所で、彼だかだれかだかが小耳にはさんだ会話であり、それをほとんどそのまま書き留めたものだという。

その会話の主たちはどんな気がしただろうか、とダークは思った——さっき彼が聞いたような状況で、自分たちの言葉がくりかえされているのを聞いたら。

ゴールド・レコードに顔を近づけて、中央のレーベルをよく読んでみた。レーベルのてっぺんには「ぎゃああ！」としか書かれていないが、ほんとうのタイトルの下には作者の名前があった——「ペイントン、マルヴィル、アンスティ」。

マルヴィルというのは、たぶん〈拳闘と第三の自閉症的カッコウ〉のリーダーでないほうのメンバーだろう。そして大ヒットしたシングルの作者に名を連ねたおかげで、ジエフ・アンスティはこの家を購入することができたのにちがいない。契約について「ポテト」に関係することだと言ったとき、その意味をダークは承知しているものとアンスティは思い込んでいたのだろう。そしてダークのほうは、アンスティがたわごとを言っているとあっさり思い込んでいたわけだ。大鎌をもった緑の目の怪物の話をしている人物が、今度はポテトがどうこうと言いだしたら、またたわごとが始まったと思い込むのはきわめてたやすいことである。

いたたまれない思いで、ダークはひとりため息をついた。この記念品が壁にきちんとかかっているのがどうも気に入らなくて、少し傾けて、もっと人間的なだらしない角度に直した。とそのとき、フレームの裏から封筒が一枚落ちてきた。床に落ちる前につかまえようとしたが、しくじった。運動不足にうめき声をあげながら、身をかがめて拾いあげる。

それは大きめのクリーム色の封筒で、分厚い高級な紙でできていたが、いっぽうの端がぞんざいに開かれていて、それをセロテープで貼りなおしてあった。というか、何度もあけては貼りなおされたかのようにテープが層をなしている。そしてその印象を裏付けるように、かつてこの封筒を渡された受取人の名がいくつも書かれていた——順番に線を引いて抹消して、新しい名前に書き換えられている。

最後の名前はジェフ・アンスティだった。少なくとも、ダークの見るところではそれが最後だった。ほかの名前はすべて線を引いて抹消されているからだ。それも何本も線を引いてしっかり抹消されていた。ダークは目を凝らし、そのほかの名前をなんとか読みとろうとした。

ふたつほどどうにか判読してみて、なんとなく聞き憶えがあるような気がした。しかし、この封筒はもっとくわしく調べる必要がある。探偵業を始めて以来、拡大鏡を買おうとずっと思っていたのだが、いつもそこまで手がまわらなかった。それにペンナイフも持っていない。そこで万やむをえず、これが最も賢明な方法だということで、封筒をしばらくコートの奥まった部分にしまい込むことにした。あとで、人目のない落ち着ける場所でじっくり調べることにしよう。

ゴールド・ディスクのフレームの裏側をすばやくのぞき込んだ。ほかにもなにか隠れていないかと思ったのだが、空振りに終わった。そこで浴室を出て、屋内の捜索を再開した。

もうひとつの寝室はきちんと整っていて、生活感がなかった。使われていないらしい。目ぼしい家具といえば、松材のベッドと、上掛けと古めかしいたんす――酸につけて再生加工したもの――があるぐらいだ。なかには入らずそのままドアを閉じる。最上階に通じる階段は、狭くてがたがたしていて白く塗られていた。そこをのぼりはじめると、テレビアニメ『バッグス・バニー』の音声がだんだん大きく聞こえてくる。

のぼりきったところはミニサイズの踊り場で、片側は浴室になっていた。それがじつに狭い浴室で、なかに入って洗うより、外に立っていて手足を一本ずつ突っ込んで洗うのがいちばんよさそうに見えるほどだ。浴室のドアは開いていて、緑色のホースがなかから伸びている。ホースの先は洗面台の水道の蛇口に取り付けてあり、そこから踊り場を横切って、浴室を除けばこの最上階で唯一の部屋に引き込んであった。

そちらの部屋は屋根裏部屋だった。急勾配の屋根のせいで、まずまず平均身長の人間が直立できる場所はところどころにしかない。

ダークは首をすくめて戸口に立ち、なかのあれこれを眺めながら、そのあれこれのあいだになにが隠れているかと冷や冷やしていた。全体的にすさんだ雰囲気だった。カーテンは閉じていてほとんど外光は入ってこず、室内はアニメのうさぎのちらつく光で照らされているだけだ。天井のとくべつ低いあたりにベッドが押し込んであるが、シーツは湿ってくしゃくしゃで整えられた形跡もない。壁の大部分、それに傾いた天井のなかでも垂直に近い部分には、雑誌からぞんざいに切り抜いた写真がべたべた貼ってあった。

その切り抜きには、共通するテーマも目的も見られなかった。かっこいいドイツ車の写真が二枚、変てこなブラジャーの広告のほかに、やはりぞんざいに破りとられたフルーツプリンの写真、生命保険の広告の一部など、なんの一貫性もないさまざまな写真が貼ってある。その選択や並べかたには、それらが持っていたはずの意味にも、狙ったはずの効果にもまるで無反応な、牛のような鈍重さが表われているように思えた。

ホースは曲がりくねって床を伸び、古めかしい肘掛け椅子の向こう側に続いていた。そしてその椅子はテレビの前に引っ張ってきてある。

アニメのうさぎが大騒ぎしていた。その大騒ぎの光が、肘掛け椅子のすり切れた縁で躍っている。うさぎは飛行機の操縦桿《かん》と格闘していて、飛行機は地面に向かって急降下していた。とそのとき、「自動操縦」と書かれたボタンが見つかる。それを押すと戸棚が開いて、ロボット操縦士がよっこらしょと出てくるが、状況をひと目見るやパラシュートで脱出してしまった。飛行機は地面に墜落していく。ところがあわやというところで運よく燃料が切れて、おかげでうさぎは命拾いをした。

ダークの立っているところから見えるものはほかにもあった。頭のてっぺんだ。その頭には黒っぽい髪がはえていて、それがもじゃもじゃで脂じみていた。胸のしめつけられる思いで、ダークはそれを長いこと見守っていたが、やがてそろそろと室内に足を踏み入れた。その頭がなににくっついているか(くっついていればだが)確かめなくてはならない。肘掛け椅子の向こう側にまわったダークは、締めつけられた胸がゆるむ思いだった。頭はちゃんと生きた肉体につながっていたのだ。しかし、その頭がくっついている生きた肉体を見て、ゆるんだ胸がまた少し締めつけられた。

　肘掛け椅子にだらしなく座っていたのは少年だった。

　十三歳か十四歳ぐらいだろう。身体的にはとくに悪いところはなさそうだったが、どう見ても健康な少年ではなかった。髪の毛は頭のうえでへたっているし、その頭は肩のうえでへたっている。ぐったりとくずおれるように肘掛け椅子に座る姿は、まるで走り去る列車からそこに放り出されたかのようだ。着ているものは安物の革のジャケットと寝袋だけ。

　ダークは少年を見つめた。

　この少年はだれだろう。こんなところでテレビを見ているとは、いったいどういうつもりなのか。ついさっき、この家のなかで人が首を刎《は》ねられたというのに。なにがあったか知らないのだろうか。ギルクスはこの少年のことを知っているのか。そもそもギルクスはここまであがってきてみただろうか。なにしろ階段をいくつものぼってこなくてはならないし、それでなくても忙しいのに、警察はいま厄介な自殺まで抱え込んでいるのだ。

　ダークがそこに立ち止まって二十秒ほども経つころ、やっと少年の目がのろのろとこちらに上がってきた。しかし、よくも悪くもまるで気づいた様子もなく、その目はまた下がっていって画面のうさぎに釘付けになった。

ダークは初対面の相手にびっくりされるのに慣れているから、これほど反応が薄いのにとまどった。念のため確かめてみたが、びらびらの革のコートを引っかけ、滑稽《こっけい》な赤い帽子をかぶっているのはいつものとおりだ。戸口からの光を受けているから、全体の輪郭もちゃんと劇的に浮かびあがっている。

いささかがっくりして、「あの……」と自己紹介をしようと口を開いたが、少年はこちらに目もくれない。ダークはむっとした。この小僧は、彼への当てつけにわざとテレビを見ているのだ。と、そこでダークは眉をひそめた。室内の蒸気圧かなにかが高まってきているような気がする。部屋じゅうの空気に気むずかしい猫のうなりを感じさせるところがあって、それにどう反応していいかわからない。それはしだいに切迫の度を増していく。と思ったらいきなりカチッと音がして止まり、ダークはぎょっとして飛びあがりそうになった。

少年は、のろまの太ったヘビのように身体を伸ばし、肘掛け椅子の向こう側にその身体を乗り出して、ダークからは見えないところでなにやら細かい作業にとりかかった。いま気がついたが、それには明らかに電気ケトルが関係しているようだ。もとのだらしないかっこうに戻ったとき、今回は右手に持った発泡スチロールの容器が付け加わっていた。そしてそこから、湯気のたつゴムひも状のぬるぬるしたものを少年はフォークで口に運びだした。

うさぎの大騒ぎに結着がつくと、代わって登場したのは毒舌のコメディアンで、特定のブランドのラガーを買えと勧めはじめた。彼自身の公平無私にはほど遠い言葉以外にはなんの根拠もないままに。

ダークは、ことの成り行きに自分がろくに影響を及ぼしていないのを感じ、そろそろなんとかせねばならないと思った。そこで少年の視線の向かう真正面にまわり込んだ。「なあ、きみ」と話しかける。断固としていながら穏やかな口調であればいいと思いながら、ついでになにがあっても恩きせがましいとか気どっているとか無神経だと感じられなければいいと思いながら、「ちょっと訊きたいんだが、きみは――」

そのとき、新たな立ち位置に立ったおかげで目に入ったものに彼は気を取られた。肘掛け椅子の向こう側には、大きな運送用のカップヌードルの箱（半分あいている）と、運送用のマーズ・バーの箱（半分あいている）と、缶入りソフトドリンクの山（半分崩れている）と、ホースの先端があった。ホースの先にはプラスティックのノズルがついていて、どうやら電気ケトルに水を入れるのに使われているようだ。

ダークはたんに、きみはだれだと少年に尋ねるつもりだったのだが、この角度から見ると血のつながりは見逃しようもなかった。どう見ても、先ほど首を切られたジェフリー・アンスティの息子なのはまちがいない。こんな態度をとるのは、少年なりのショックへの対処方法なのかもしれない。あるいは、なにがあったかほんとうに気がついていないのかもしれない。あるいは……ダークはその先はあまり考えたくなかった。

というより、まともにものが考えられなかった。すぐそばでテレビがかなりたてて、歯磨き粉メーカーになりかわって、口のなかでいましもこんなことやあんなことが起こっているかもしれないと言って人を震えあがらせようとしているからだ。

「なあ」ダークは言った。「できればそっとしておきたいところなんだが、いまはきみにとってつらく悲しい時なのはわかっているからね。しかし、まずどうしても訊かなくちゃならないことがある。きみはそもそも、いまが自分にとってつらく悲しい時だってことに気がついてるのか」

返事はない。

そう来たか、とダークは思った。そろそろ慎重に、しかし少し厳しく接しなくてはなるまい。壁に背中を預け、ポケットに両手を突っ込み、そっちがその気ならこっちにも考えがある式の態度で、むっつりと床をにらんでいたが、ややあってさっと顔をあげ、少年の目と目のあいだをまっすぐに見すえた。

「きみに言わなくちゃならないことがある」彼は手短に言った。「お父さんが亡くなったんだ」

かりに効果があったとしても帳消しだった。ちょうどそのとき、大人気で長く続いているコマーシャルが始まってしまったのだ。これはダークの見るところ、他の追随を許さぬあっと驚くコマーシャルだった。

冒頭、大天使ルシフェルが天から地獄の底に突き落とされる。そこで火の海に横たわっていると、通りかかった悪魔が〈日陰《シェーズ》（sHades）〉という缶入り炭酸ドリンクを差し出す。ルシフェルはそれを受け取ってひと口飲む。続いてごくごくと飲み干し、カメラに顔を向け、ポルシェ・デザインのサングラスをかけてひとこと。「ようし、本気出して焼くぞ！」そしてまた横たわり、周囲にうずたかく積まれた燃える石炭の光を浴びるのだ。

そこで、ありえないほど低い、唸るようなアメリカなまりの声が響く。その声じたいまるで地獄の底から這いあがってきたかのよう、というか、少なくともソーホー（ロンドンの地区。レストラン街として有名）の地下酒場から這いあがってきたかのようで、そして次の吹き替えに備えて、一刻も早くまたそこへ漬かりに戻りたいと思っているかのようで、ともかくそういう声が「シェーズ。地獄のドリンク……」と言う。すると缶の向きが少し変わって先頭の「s」の字が隠れ、それでスペルは「地獄《ハデス》（Hades）」になるというわけだ。

神学的にいささか混乱があるような気がする、とダークは思った。しかし、これほど怒《ど》濤《とう》の勢いで誤った情報が流れているときに、さらにほんの一滴誤情報が加わるぐらいなんだろう。

次にまたルシフェルの顔が現われ、カメラに向かって言う。「こいつのためなら何度落ちてもいい……」。ここまでの出来事で視聴者がすっかり度肝を抜かれているかもしれないから、念のためルシフェルが天から落とされる冒頭の場面が短く挿入され、「落ちる」の語が強調される。

少年はこれに完全に心を奪われていた。

ダークは、少年とテレビのあいだに割り込んで身をかがめた。

「ちょっと聞きなさい」と切り出す。

少年は首を伸ばして、ダークの向こうのテレビを見ている。テレビを見ながらカップヌードルをフォークですくいつづけるために、わざわざ肘掛け椅子のうえで手足の配置を変えた。

「聞きなさいというのに」ダークはめげずにまた言った。

ダークは、深刻な危機が迫ってきているのを感じた。自分のほうが優位にあると思っていたのに、それがどんどん失われていく。少年はたんにテレビに気をとられているというのでなく、それ以外のものは彼にとってなんの意味もない、というより独立の存在と認めてすらいないようだった。ダークはたんに、テレビをふさいでいる形も定かでない障害物にすぎないのだ。少年は悪意を抱いているわけではなく、たんにダークの向こうを見たがっているだけのようだった。

「なあ、ちょっとテレビを消してもいいかな」ダークは言いながら、不機嫌な口調にならないように気をつけた。

少年は返事をしない。肩のあたりがわずかにこわばったような気がする。肩をすくめたのだろうか。ダークはふり向いたものの、どのボタンを押せば消せるのかわからなかった。つけたままにしておくことしか想定していないかのようで、「入」とか「切」と書かれたボタンがどこにも見当たらないのだ。しまいにダークは壁のコンセントからプラグを抜いて電源を切り、また少年に向きなおって鼻の骨を折られた。

少年のひたいが猛烈な勢いでぶつかってきて、ダークは鼻中隔がつぶれるのを感じた。ふたりはそろって後ろざまに引っくり返ってテレビにぶつかったが、骨の折れた音も、それが折れたときの彼自身の苦痛の悲鳴も、少年の口から噴き出す憤怒の雄叫びで完全にかき消されていた。この攻撃からわが身を守ろうと、ダークはむだに手足をふりまわしたが、少年はひじをダークの目に押しつけ、ひざをまずダークのあばらに、次はあごに、しまいにすでに痛めつけられた鼻にのせて乗り越えていき、抜かれたテレビのプラグをコンセントに差し込んだ。それからまた肘掛け椅子に戻って居心地よく座りなおすと、画面に映像が結ばれるのをむっつりと落ち着かない目で見守っていた。

「せめてニュースまで待ったっていいだろ」と少年は気のない声で言った。

ダークはあきれて少年を見やった。床にぐったりと座り、血の流れる鼻を両手でそっと包みながら、少年の人間離れした無関心ぶりにあいた口がふさがらない思いだった。

「いっだ……だんの……！」なじろうとしたが、いまのところはあきらめて、鼻の状態を調べてみた。

指のあいだに明らかにぐらぐらする部分があり、かくかくと不気味に動く。鼻全体が急に、恐ろしく異様な形に変化したような気がした。ポケットからハンカチを取り出して顔に当てた。あっというまに血が滴り落ちてくる。ダークはふらつく足で立ちあがり、差し出されてもいない助けの手を払いのけると、足音も荒く部屋を出て狭い浴室に向かった。腹立ちまぎれに蛇口からホースを引き抜き、タオルをとって水に濡らして顔に当てた。一、二分ほどそうしていると、出血の勢いは徐々に弱まっていき、しまいに止まった。鏡に映った自分の顔をにらむ。どう見ても、鼻がわずかに歪んでいやな角度を描いている。勇敢にもそれをまっすぐに直そうとしたが、勇敢さが足りなかった。飛びあがりそうに痛かったので、濡れタオルでもう少し押さえるだけにして、声を出さずに毒づいた。

しばらく洗面台に寄りかかって立ち、荒い息をつきながら、鏡に向かって「よし、わかった！」と厳しく言う練習をした。だが「よじばがっだ」としか聞こえず、威厳もなにもあったものではなかった。どうにか気を取りなおせたと思って、というより、少なくとも近い将来に可能な程度に気を取りなおせたと感じたところで、向きを変え、さっきのけだもののねぐらにどすどす戻っていった。

けだものは座ったまま、静かにお知らせに見入っていた。お待ちかねの視聴者のために、わくわくどきどきのクイズ番組が今夜放送されるらしい。そんなわけで、ダークがまた入ってきても顔もあげなかった。

ダークはさっさと窓ぎわへ歩いていき、勢いよくカーテンをあけた。日光を浴びたら悲鳴をあげて縮みあがるのではないかとなかば期待していたのに、けだものはちょっと顔をしかめてみせただけだった。そのとき窓にさっと黒い影がよぎったが、屋根の角度のせいでなんの影かはわからなかった。

ふり向いて、少年の姿をしたけだものに目をやった。テレビでは正午のニュース速報が始まっていた。そのせいか少年の拒絶的な態度は少しやわらぎ、ちらつく色つきの四角い世界の外にも多少は興味を持ちはじめたようだった。顔をあげ、不機嫌な疲れた目をダークに向けてくる。

「んでなんの用なわけ」彼は言った。

「だんど用がど言えばだだ」ダークは厳しくも残念な口調で言った。「どでは……おや、ちょっど待て……ごの顔はじっでるど！」

ダークの目はだしぬけにテレビ画面に釘付けになった。そこに映っていたのは、行方不明になっている空港のチェックイン係のもっと最近の写真だった。

「あんたなにしに来たの」少年は言った。

「じーっ！」ダークは言って、椅子の肘掛けに尻をのせ、画面に映る顔をまじまじと見つめた。それは一年ほど前に撮影されたもので、チェックイン係が完全無欠のリップグロスを学ぶ前の顔だった。縮れた髪に冴えない顔、恨みがましい表情を浮かべている。

「あんただれ？　なんかあったの」少年はしつこく尋ねる。

「いいがら、ぢょどだばっでで」ダークはぴしゃりと言った。「いばごれをびでるんだ」

そのニュースによれば、事故現場からジャニス・スミスは煙のように消え失せており、警察も首をひねっているとみずから認めている。同じ建物を何度も捜索するにも限度があると警察は言っており、彼女の居所について心当たりのある人がいたら名乗り出てほしいと訴えているという。

「あではおれの秘書だ！　ビズ・ビアズだ！」ダークは驚いて声をあげた。

少年はダークのもと秘書になど興味がなかった。ダークの注意を惹こうとするのをあきらめて、寝袋からもぞもぞと這い出すと、ぶらりと部屋を出て浴室に向かった。

ダークはテレビを見ながら、行方不明の女性がだれだかなぜいままで気づかなかったのかといぶかった。しかし、考えてみれば気がつかないのも当然ではないか。結婚して姓が変わっていたし、ちゃんと彼女だとわかる写真が出たのはこれが初めてなのだ。これまで大して興味もなかったのが、いまではこの空港の奇妙な事故にすっかり心を奪われていた。

あの爆発事故は、いまでは公式に「天　災《アクト・オブ・ゴッド》」と認められていた。

しかし「神 の 業《アクト・オブ・ゴッド》」だとすれば、どんな神の、またなんのための業《わざ》だというのか。

一五時三七分発オスロ行きの便に乗るために、ヒースロー空港の第二ターミナルをうろついているような、そんな神がいるものだろうか。

この数週間ほど情けない無気力に落ち込んでいたのが、ただちに考えなくてはならない問題を急に山ほど抱えることになってしまった。ダークはしばらく眉をひそめて一心に考え込んでいた。そのせいでろくに気がつかなかったが、少年の姿をしたけだものはいつのまにか戻ってきて、ちょうどコマーシャルが始まるのに合わせて寝袋にもぐり込んでいた。その始まった最初のコマーシャルの言うところによると、ごくふつうの固形スープの素が正常で幸福な家庭生活の中核をなすのは当たり前のことであるらしかった。

ダークははっとして立ちあがったが、質問を始めようとするひまもなく、少年の様子を見てまた暗い気持ちになった。けだものは遠くへ行ってしまい、光のちらつく暗いねぐらの奥深くに引っ込んでいる。この状態の少年にまたちょっかいを出す気にはとてもなれない。

無反応の少年に向かって、また来ると大声で言うだけにして、長いコートのすそを派手にばたつかせて階段をどたどたと降りていった。

廊下に出たところで、いまいましいことにまたギルクスに出くわした。

「なにがあった」ダークの腫れあがった鼻に気づいて、刑事は鋭く追及してきた。

「あんだじ言ばれだどおり」ダークは悪びれずに言った。「自分で自分をぶぢのべじだんだよ」

なにをしていたのかとギルクスがしつこく尋ねるので、上階に興味深い情報をもった証人がいるとダークは包み隠さず説明し、話を聞いてきてはどうかと勧め、ただしその前にテレビを消したほうがいいと教えてやった。

ギルクスはそっけなくうなずいて階段をのぼりはじめたが、そこをダークは呼び止めた。

「ごの家にどごがぼがじなどごどをがんじだいが」

「なんだって？」ギルクスは気短に言った。

「ぼがじなどごろだよ」

「なになところだって?」

「ぼがじなどごろだよ!」

「おかしなところ?」

「ぞうぞれ、ぼがじなどごろだ」

ギルクスは肩をすくめた。「どんな?」

「ばるででいぎがかんじだでだい」

「なにが感じられないって?」

「でいぎだよ!」ダークは言いなおそうとした。「で・い・ぎ! ごでばびじょうにぎょうびぶがいとおぼう」

そう言うと、ダークは礼儀正しく帽子を持ちあげ、玄関を飛び出して通りをせかせかと歩きだしたが、そこへ空から一羽の鶩が彼を目がけて急降下してきたせいで、危うく南行きの七十三番バス(ロンドンの路線バスのひとつ。ロンドン中心部と北東部を結ぶ)の前に倒れ込みそうになった。

それから二十分間、ラプトン・ロードに面する問題の家の最上階からは血も凍る絶叫と悲鳴があがり、近所にただならぬ空気が流れた。救急車がやって来て、ミスター・アンスティの上下の遺体と、顔から血を流す警察官を運んでいった。しばしの静寂が訪れた。

しかしそれもつかのま、やがて家の前にまたパトカーが一台停まった。「ボブが来た」というたぐいの声がいくつも屋内からあがったかと思うと、並外れて大柄のがっちりした警察官がパトカーからのそりと降りてきて、威勢よく階段をのぼっていった。数分後、盛大な絶叫と悲鳴ののち、彼もまた顔を押さえて家から出てきて、パトカーに乗り込み、乱暴かつ無意味にタイヤをきしらせつつ憤懣《ふんまん》やるかたなげに走り去った。

二十分後、一台のヴァンがやって来て、またべつの警察官が降りてきた。小さなポケットテレビを持っている。家に入っていき、出てきたときはおとなしい十三歳の少年をともなっていた。少年は新しいおもちゃをもらって満足している。

警察官がみな引きあげていき、家の前に見張りのパトカーが一台駐《と》まっているだけになったとき、巨大で毛むくじゃらで緑の目をした人影が現われた。広い地下室の分子の陰に隠れていたのだ。

手にした大鎌をハイファイのスピーカーに立てかける。ターンテーブルのうえに溜まって固まりかけている血だまりに、長い節くれだった指をひたすと、黄ばんだ分厚い紙の下段にその指をなすりつけた。そして、奇妙で不気味なメロディを口笛で吹きながら、人に知られぬ暗い異世《ことよ》に消え失せた。そのあと、忘れた大鎌を取りにちょっとだけ戻ってきた。

7

時は同じ午前中の少し時間をさかのぼるころ、ところはこういう騒ぎから快適に離れた部屋。ちょうどいい大きさの窓から午前なかばの薄い光が流れ込んでいて、その窓から快適に離れた場所に真っ白なベッドが置かれていて、そこにひとつ目の老人が横たわっていた。新聞が一部、崩れかけたテントのように床に落ちている。いまから二分前、ベッドわきのテーブルの時計で十時を少し過ぎたころにそこへ放り出されたのだ。

部屋はさほど広くなかったが、並外れて穏やかで上品に内装されていた。まるで高級な私立病院か療養所の一室のようだが、それはまさしくそういう一室だったからである。ウッズヘッド病院の敷地は、広くはないが美しく整えられていて、コッツウォールド丘陵の広くはないが美しく整えられた村のはずれにあった。

老人は目が覚めていたが、気分はよくなかった。

彼の皮膚は上品に年老いて、薄く引き延ばされて半透明の羊皮紙のようで、上品にしみが散っていた。純白のリネンのシーツのうえで、繊細に華奢《きやしゃ》な両手が軽く握られて、ごくかすかに震えていた。

老人は、ミスター・オドウィンとかウォーディンとかオーディンとか、さまざまな名で呼ばれていた。彼は神だった、というかいまも神である（オーディンは北欧神話の最高神）。そのうえ、いまは最もそばにいてありがたくない神、つまり不機嫌な神だった。ひとつ目がぎらぎら光っている。

不機嫌なのは、いま新聞で読んだ記事のせいだった。べつの神がほっつき歩いて世間に迷惑をかけたとあったのだ。もちろん新聞にそう書いてあったわけではない。「神がほっつき歩いて、空港で人に迷惑をかけた」と書いてあったわけではなく、たんにその結果として起こった災厄が報道されていて、納得できる説明ができずに新聞も困っているというだけだ。

この事故は、あらゆる意味でまったく期待はずれだった。しり切れとんぼでわけがわからないし、まったくもって無意味だし、まともな犠牲者がひとりもいなくてつまらない（新聞の見かたによれば）。もちろん犠牲者がいないことも謎ではあるのだが、ただの謎より大量の犠牲者のほうが、どんなときでも新聞にとっては好ましいのである。

しかしオーディンにとっては、なにが起こっているか火を見るより明らかだった。この事故には、全体に「トール（北欧神話の雷神。オーディンの息子）」の文字がべたべた書かれている。その文字はあまりに大きすぎて、神ならぬ身には見えないのだ。彼はかっとなって朝刊をわきへ放り投げ、このことであまりかっかせずにいられるように、いまは精神を統一してリラクセーション・エクササイズに集中しようとしていた。それはある特定の方法で息を吸い、ある特定のべつの方法で息を吐くというもので、血圧とかそういうあれこれによいエクササイズだった。べつにオーディンは死にかけているとか――ばかな！――そういうわけではないが、なにしろもう高齢――ばかな！――なのだから、なにごともあまり気に病まず、健康に気をつけたほうがいいのはまちがいないのである。

しかし、なにより好きなのは眠ることだった。睡眠は彼にとって重要きわまる活動だ。かなりの長期にわたって、長い時を超えて眠るのが好きだった。たんにひと晩眠ったぐらいでは、真剣にこの活動に携わったことにならない。夜ぐっすり眠るのが楽しみで、なにがあってもその機会を逃すつもりはなかったが、それだけではとうてい、まったくじゅうぶんとは言えない。できれば午前十一時半まで眠りたい。そしてその前には、心地よく朝寝をしていたのであればさらに言うことはない。軽い朝食のあと、ベッドのシーツ交換のあいだにさっと入浴をすませるのはまことにもって結構なことだが、そのせいで眠気が去って午睡ができなくなってはいけない。ときにはまる一週間も眠りつづけることもあったし、彼に言わせればこれぐらいでないとちゃんとしたうたた寝とは言えない。一九八六年などはまる一年眠りとおして、それで惜しいとは少しも思わなかった。

しかし、不満きわまりないことながら、まもなく起き出さなくてはならないのはわかっていた。神聖にしていらだたしい責任を果たすためだ。神聖というのは神の業、というか少なくとも神々に関係することだからであり、いらだたしいのはある特定の神に関係することだからだった。

こっそりと、神意のみの力で離れたところのカーテンを引いた。重いため息をつく。

考えなければならないことがあるし、なにより朝の入浴の時間だ。

ベルを鳴らしてオーダリー（病院の付添い・雑用係）を呼んだ。

オーダリーはすぐにやって来た。糊《のり》のきいたゆるやかな緑の上着を着て、爽やかに朝のあいさつをすると、てきぱきと動いて室内履きとガウンを用意した。そのうえでオーディンがベッドから起きあがるのに手を貸すのだが、それは剝製のカラスを転がして箱から出すのに少し似ていた。オーダリーに付き添われて、オーディンはゆっくり浴室へ移動する。ぎくしゃく歩くその姿は、縦縞のビエラ（綿と毛の柔らかく軽い織物）と白いタオルを二本の太い支柱に掛けて、そのまんなかに頭が下がっているかのようだった。オーダリーはオーディンをミスター・オドウィンだと思っていて、神だとは気づいていない。オーディンはそれに関しては口が重かったし、トールにもそうであってもらいたいと思っていた。トールは雷神であり、早い話が雷神らしくふるまっていた。これは遺憾なことだ。トールは頑固なのか昔かたぎなのか、あるいはたんにばかなのかもしれないが、どうしても理解するというか受け入れることが……オーディンはそこで自分に待ったをかけた。内心で怒鳴りちらしはじめているのを感じたのだ。トールに対して次はどんな手を打つべきか、落ち着いて考えなくてはならない。そしていまは、じっくりものを考えるのにふさわしい場所に向かっているところなのだ。

オーディンが浴室のドアに向かって堂々たるよちよち歩きを終えると、すぐに看護師がふたり急いで入ってきて、ベッドのシーツを剝がし、正確無比にベッドを整えはじめた。清潔なシーツのしわを手でのばし、ぴんと張って折り込んでいく。看護師のひとり、明らかに先輩のほうは、ふくよかで母親然としていた。もういっぽうの若いほうは、髪や目の色がもっと濃くて全体に鳥に似ている。ふたりは床の朝刊を拾ってきちんと畳みなおし、手際よく掃除機をかけ、カーテンを開いてふさで留め、花を取り替え、手もつけられていない果物も取り替えた。これまでずっとそうだったように、この果物もまた手もつけられないまま取り替えられるのだろう。

ややあって老いた神が朝の沐浴を終え、浴室のドアがまた開いたときには、室内は一変していた。もちろん、実際にはさほど大きな違いがあるわけではない。しかしそのささやかな違いが、微妙ながら魔法のような変容をもたらし、そこは生まれたてのような爽快な部屋に変わっていた。オーディンはそれを見て満足し、なにも言わずにうなずいた。整列した兵士を観閲する君主のように、ベッドをちょっと検査するまねをしてみせる。

「ちゃんとたくし込まれているかな」と老いたささやき声で尋ねた。

「はい、ミスター・オドウィン。しっかりたくし込んでおきました」年長の看護師が、おもねるような笑みを浮かべて言った。

「きれいに折り返してあるかな」まちがいなくきれいに折り返されていた。これはたんなる儀式だ。

「はい、ミスター・オドウィン。とてもきれいに折り返してあります」看護師は言った。

「シーツを折り返すときは、わたしが自分で監督しましたから」

「ありがたいね、ベイリー師長。ほんとうにありがたい」オーディンは言った。「きちんとひだを作ることにかけては、あなたはとてもよい目をしている。あなたがいなくなったらどうなるかと、それを思うとぞっとするよ」

「まあミスター・オドウィン、わたしはどこへも行きませんよ」ベイリー師長は、明るい励ましのにじみ出る声で言った。

「しかし、いつかはいなくなるだろう」オーディンは言った。この言葉を聞くたびに、ベイリー師長は面食らう。その口調には明らかに、ひとかけらの人情味もこもっていないからだ。

「ええ、人はみんないつかはいなくなるものですからね」そうやさしく言いながら、もうひとりの看護師とともに困難な任務にとりかかった。プライドを傷つけることなく、オーディンをベッドに戻らせなくてはならないのだ。

具合よくベッドに収まると、彼は尋ねた。「ベイリー師長、あなたはアイルランド人だったね」

「はい、そうです」

「むかし、アイルランド人の男をひとり知っていた。フィンなんとかという。どうでもいい話をいやと言うほど聞かされたが（アイルランド神話の賢人フィンタンのことと思われる。ノアの洪水後のできごとを長く語り伝えたとされる）、リネンのことはひとことも言ってなかった。でもまあ、いまはこうしてよく知っているから」

その思い出に小さくうなずくと、しっかりふくらませた枕にぎくしゃくと頭を沈め、細かくしみの浮いた手の甲を折り返したリネンのシーツに滑らせた。彼はただもうリネンが愛しかった。清潔で、軽く糊をきかせた、真っ白なアイリッシュ・リネン（丈夫で肌触りのよい最高級リネン。古くからアイルランドで生産されてきた）。プレスして、ひだを寄せて、たくし込む——そう言葉にするだけで、彼にとっては願いごとの呪文も同然だった。この数百年というもの、これほど彼をとりこにし、胸を揺さぶるものはほかになかった。どうしたらこんなになにかを愛することができるのか、いくら考えてもわからないほどだ。

リネン。

それと睡眠。睡眠とリネン。リネンのうえの睡眠。睡眠。

ベイリー師長は、いわば所有者の愛情をこめて彼を見つめた。彼が事実神であることを彼女は知らなかったし、それどころか、もと映画プロデューサーかナチの戦争犯罪者だろうと思っていた。まちがいなくどこのものかわからないなまりがあるし、無頓着な礼儀正しさ、わがままを通して当然と思っているところ、そして清潔さに対する強迫的な執着から考えて、恐怖《ホラー》に彩られた過去の持主なのは明らかだったからだ。

もしアスガルドに連れていかれて、この謎めいた患者が玉座に着き、戦神《いくさがみ》たちの父なる戦神として君臨する姿を見たとしても、彼女はおそらく驚かなかっただろう。いや、そう言ってしまっては嘘になる。もちろん腰が抜けるほど仰天するだろう。しかし少なくとも、彼女の見知っている彼の人となりが、まさしくそれにふさわしいことは認めたにちがいない。もっとも、その前にショックから立ち直ることが必要だ。なにしろ、人類がこうだといいなと思って信じてきた物事が、ほとんどすべて真実だった（というより、それが真実であることを人類がもう必要としなくなってからも、ずっと真実でありつづけた）ことに気づくわけだから。

オーディンは身ぶりで看護師たちに下がってよいと伝えたが、その前にまず彼の個人アシスタントを探してまた戻ってくるよう伝えてほしいと頼んだ。

これを聞いて、ベイリー師長はごくわずかに口をへの字にした。ミスター・オドウィンの個人アシスタント、あるいは雑用係、召使、なんと呼んでもかまわないが、ともかく彼女はあの男がきらいだった。目つきが悪くて不気味だし、休憩中の若い看護師たちに、口にするのも汚らわしい誘いをかけているのはまちがいないとにらんでいたのだ。

彼は、人がオリーヴ色の肌と呼ぶ色だとベイリー師長の思う肌色をしていて、それはつまり驚くほど緑色に近かった。ベイリー師長には、それはとてもまともな肌色とは思えなかった。

彼女はもちろん、人を肌の色で判断するような人間ではない——いやその、絶対にないとは言えないかもしれない。少なくともつい昨日の午後、アフリカ人の外交官が胆石をとるために担ぎ込まれたときには、ひと目で嫌悪感を抱いてしまった。好きになれなかった。だが、どこが好きになれないのかよくわからない。彼女は看護師であってタクシー運転手ではないのだから、個人的な感情をすぐにむき出しにしたりはしない。あくまでもプロであり、有能な看護師であり、だれに対してもほとんど同じ、能率も愛想もよく丁重に接している。たとえ相手が（と思ったところで、氷のように冷たいものが背筋に走った）ミスター・ラグであっても。

「ミスター・ラグ」というのが、ミスター・オドウィンの個人アシスタントの名前だった。彼女にはどうすることもできない。ミスター・オドウィンの個人的な選択を批判する立場にはないからだ。しかし、もし彼女にその権限があれば、といってもないわけだが、ともかくもしあれば、彼女自身のためだけではなく、ミスター・オドウィン自身の幸福のためにも、なにしろそれが肝心なことだから、彼がだれかほかの人間を、怖気をふるわずにいられるだれかを雇ってくれたら、じつにありがたいことだと思うだろうという、要はそういうことだった。

それ以上考えるのはやめにして、彼女は言われたとおり彼を探しに行った。今朝出勤してきたとき、ミスター・ラグが前夜この病院を立ち去ったと知ってほっとしたのだが、また戻ってきているのを一時間ほど前に見つけて、心底がっかりしたところだった。

ミスター・ラグは、まさしくいてはいけない場所にいた。待合室の椅子にうずくまっていたのだ。身に着けているのは、汚れて廃棄された医師の白衣におぞましいほどよく似た服で、おまけにどう見てもだぶだぶだった。のみならず、なんとなく耳障りなメロディを笛のようなもので吹いていた。その「笛」は明らかに使い捨ての大きな皮下注射器から作ってあり、それは絶対に彼が持っていてはいけないものだった。

彼は、いつものすばやくきょときょと動く目でこちらを見あげ、にたりと笑って、ピーピーヒューヒューをそのまま、ただしいままでより一段と大きな音で鳴らしつづけた。

ベイリー師長は、胸のうちでそれやこれやをすばやく検討した。白衣や注射器のことや、待合室でほかの患者を脅かしていること、あるいは脅かそうと待ち構えていることについて、なにか言ってもなんの意味もない。悪気はなかったと傷ついたふりをするだろうし、どうせ突拍子もないくだらない言い訳をするだろうが、それをやられたら彼女にはとうてい我慢できない。唯一の道は、なにも気づかなかったふりをして、できるだけ早く待合室から追い出して厄介払いをすることだ。

「ミスター・オドウィンがお呼びですよ」彼女は言った。ふだんの弾むような明るい調子を声に押し込もうとしたが、どうしても入らなかった。彼の目があんなにきょときょと動かなければよいのにと思う。医学的にも美容の面でもひじょうに問題があるのはともかく、あの目つきを見るとどうしてもむっとしてしまうのだ。この部屋には、彼女より見る甲斐のあるものが少なくとも三十七個はある、と言われているような気がして。

そのいらいらする目つきで彼女を数秒ほど見ていたが、悪党には休むひまもない、大悪党でもそれは同じだとぶつぶつ言いながら、ベイリー師長を押しのけて一目散に廊下を走っていった。急いで命令を聞かなくてはならないのだ、ご主人さまが眠り込まないうちに。

8

正午前にはケイトは自主退院していた。最初はいささかの抵抗を受けた。まずは病棟の看護師長が、次にはケイトを担当する医師が、まだ退院できる状態ではないと頑強に主張したからだ。軽い昏睡状態から回復したばかりだし、いま必要なのは治療と——

「ピザです」ケイトは言い張った。

——安静であり、それに——

「——家に帰ることと新鮮な空気も必要です。ここは空気が悪すぎるわ。掃除機の脇の下みたいなにおいがするし」

——投薬も必要であり、あと一日二日は経過を観察して、完全に回復したことを確認しなくてはならない。

ともあれ、かれらはずいぶん頑強ではあった。その午前中、ケイトは電話を使うことを認めさせると、ピザを注文して病室に配達させようとしはじめた。知るかぎりとくべつ非協力的なロンドンじゅうのピザ屋に電話をかけ、熱弁をふるって店を非難し、次にウェストエンドを巡回するバイク便に電話をかけて、アメリカン・ホット（ペパローニ、グリーン・ペッパーなどをのせた辛口のピザ）を買ってこさせようと大騒ぎをした。追加のペッパーやマッシュルームやチーズのリストをずらずらあげていったら、バイク便の受付はそれをメモしようとすらしなかった。一時間かそこらこんな行動を続けるうちに、ケイトの自主退院に反対する声は少しずつ小さくなっていった——花びらを散らしていく秋のバラのように。

そんなわけで、正午少し過ぎには、寒々としたロンドン西部の通りに立っていた。脚に力が入らなくてふらふらするが、だれの指図も受けることなく。ガーメント・バッグはぼろぼろで空っぽになっていたものの、捨てられなくてまだ持っていた。また、ハンドバッグには名前をひとつ走り書きした小さな紙片も入っている。

タクシーを止めてバックシートに座り、ほとんど目をつぶったままでいるうちに、プリムローズ・ヒル（ロンドン北西部、リージェンツ・パーク北側にある丘。ロンドン市街を見渡せる）の自宅に着いた。階段をのぼり、最上階の自宅フラットに入る。留守番電話にメッセージが十件入っていたが、一件も再生せずに消去した。

寝室の窓をあけ、身を乗り出してしばらく外を眺めた。かなり危なっかしい格好だが、こうするとリージェンツ・パークの一角が見えるのだ。ごく狭い一角で、プラタナスが二本ほどはえているだけだ。あいだにある家々の裏側が区切りをなし——というより、完全に覆い隠すのにちょっと失敗していると言うべきだろうが、そのおかげで、ケイトにとってそこはとても個人的な秘密の場所になっていた。広々とした眺めが開けていたら、そんなふうには感じられなかっただろう。

あるとき、公園のその一角に出かけていって、部屋から見える範囲を区切る架空の境界線にそって歩いてみた。ほんとうにここが自分の領地であるかのような気がした。所有者然とした手つきでプラタナスをぽんと叩き、その木陰に座って、太陽がロンドンに——その醜いスカイラインと、宅配もしてくれないピザ屋のうえに——沈んでいくのを眺めた。そして、なにかとても深い感情を抱いて戻ってきた。それがなにかはよくわからなかったが、たとえよくわからないにしても、深い感情というだけで近ごろではありがたいことだと自分に言い聞かせた。

窓から勢いよく離れると、戸外の冷気が入ってくるのもかまわず開けっぱなしにして、ぱたぱたと狭い浴室に入っていってお湯を張りはじめた。エドワード朝ふうの浅くて広いタイプの浴槽で、空間をすばらしく不釣り合いに占領しているし、残りの空間はクリーム色に塗った配管であらかた埋まっている。蛇口から噴き出す湯が渦を巻く。蒸気が充満して浴室がほどよく暖まると、ケイトはさっそく服を脱いで、大きな浴室の戸棚をあけた。

浴槽に入れるものがずらりと並んでいて、その多さに少し恥ずかしくなった。どういうわけか、薬局やハーブショップを見かけると、なかに入ってガラス栓の壜に手を伸ばさずにいられないのだ。それに入った青や緑やオレンジ色のオイルは、毛孔《もうこう》のなかのなんとかいう物質——そんなものが自分の毛孔に存在することすら知らなかったのに——の自然なバランスを回復するというのである。

戸棚の前で、どれにしようかとちょっと考えた。

ピンク色のにしようか。ビタミンBを添加したのは？　でもビタミンB12にするか、それともB13？　番号違いのビタミンBの添加されているものがいくつもあって、それだけでも選ぼうとすると途方にくれる。オイルのほかに粉末もあるし、チューブ入りのジェルや、なにか匂いのきつい種子の入った包みまであった。身体のどこかよくわからないところに、人知を超えた効き目を発揮するらしい。

緑の結晶はどうだろう。いつだったか、わざわざ選ぶ手間などかけることはない、全部少しずつ入れてしまえばいいと考えたことがある。どうしてもそうしたくなったときにはそうしようと。今日こそはその日だという気がした。うれしくなって急に元気がでてきて、戸棚のものを全部一滴か二滴ずつ、湯気の立つ浴槽に入れていった。しまいにそれが混ざって、得体の知れない泥のような色になり、触れるとねばねばしそうになってきた。

お湯を止めて、ちょっとハンドバッグのところへ行き、戻ってきてから浴槽に身を沈めた。目を閉じ、じっとしてゆっくり呼吸をする。ゆうに三分ほどもそうしていてから、やっと病院から持ってきた紙片に目を向けた。

それには単語がひとつ書いてある。今朝検温に来た若い看護師から、みょうに言い渋るのを説き伏せて聞き出した単語だった。

ケイトはその看護師にあの大男のことを尋ねた。空港で出会って、前の晩に近くの病室で遺体を見たのだがと。

「あら、いいえ」看護師は言った。「亡くなってなんかいませんよ。ちょっと昏睡状態なだけで」

それじゃ会えるかしら、とケイトは尋ねた。なんてお名前?

さりげなく、思いついて訊いてみたという口調で訊こうとしたのだが、体温計をくわえた状態ではこれは難題だった。うまくやりおおせた自信はない。看護師は、それは言えない、ほかの患者さんのことを話題にしてはいけないことになっていると答えた。それに、あの男性はもうここにはいませんし。よそに移されたんですよ。救急車が来て、べつの病院に運んでいったんです。

これを聞いてケイトは大いに驚いた。

どこへ連れていかれたのか、なにか特別な病院なのだろうか。しかし、看護師はますます口が重くなったし、まもなく看護師長に呼ばれて行ってしまった。看護師が漏らした唯一の単語を急いで書き留めておいたのが、いまケイトの見ている紙片だった。

その単語は「ウッズヘッド」だった。

いまこうして落ち着いて考えてみると、その名前にはなんだか聞き憶えがあるような気がした。ただ、どこで聞いたのか思い出せない。

思い出したとたん、ゆっくり浴槽につかっていられなくなった。飛び出してまっすぐ電話に走ったが、その前にざっとシャワーを浴びてねばねばを洗い落とした。

9

大男は目を覚まし、あたりを見まわそうとしたが、頭がほとんどあがらなかった。上体を起こそうとしたが、それもできなかった。まるで床に強力接着剤でくっつけられているかのようだ。そして数秒後、その理由に気がついてあっと驚いた。

力まかせに頭をあげたら、床に貼りついた黄色い髪がごっそり抜けて痛かった。周囲を見まわすと、どうやら見捨てられた倉庫のなからしい。たぶん上の階なのだろう、すすけて割れた窓から冬空が忍び入ってくる。

天井は高く、蜘蛛《くも》の巣が張っていた。この巣を張った蜘蛛は、はがれた漆喰《しっくい》や埃しか巣にかからなくても気にしないらしい。天井を支える柱は垂直に立てた鉄骨で、汚れたクリーム色の古い塗料が浮きあがってはがれかけている。そしてその柱が立っているのが古いオークの床で、その床に彼は明らかに接着されていた。彼の裸身から五十センチほど外へ広がるかっこうで、床がだいたい楕円形に黒ずんで鈍く光っている。うっすらと、鼻孔を掃除しにきたような蒸気がそこから立ちのぼっていた。信じられない。かんかんになって怒号を発し、身をよじったりゆすったりしてみたが、皮膚が引っ張られて痛んだだけだった。オークの板にしっかり貼りついているのだ。

親父のしわざにちがいない。

頭を後ろにふって力いっぱい床にぶつけると、床板にはひびが入り、こっちは耳鳴りがした。また怒号をあげ、これ以上に無意味でばかげた騒音は立てられまいと思ったらむかつきながらも愉快だった。怒号のすさまじさに鉄骨の柱が共鳴し、ひび割れた窓ガラスが細かく砕け散った。腹立ちまぎれに首を左右にふっていたら、一、二メートル先の壁に彼の大ハンマーが立てかけてあるのが目に入った。ひと声かけると宙に浮きあがり、広い倉庫のなかをぐるぐる飛びまわりながら、柱という柱をがんがん叩いていき、しまいに倉庫全体が発狂したゴングのような共鳴を響かせはじめた。

もうひと声かけるとハンマーはこちらに飛んで戻ってきて、彼の頭のすぐそば、手のひらの幅ほど先に体当たりし、床をぶち抜いて、板とその下の漆喰を木っ端みじんにした。

暗い下階の空中で、ハンマーはスピンしながら鈍重な放物線を描き、ゆっくりと上昇に移った。周囲では漆喰が降り注ぎ、コンクリートの床に落ちてからから音を立てている。やがてハンマーは勢いを増しつつ天井に激突し、びっくりした大きな破片を吹っ飛ばしつつ、今度は大男の足から手のひらひとつぶん離れたあたりで、オークの床板をぶち抜いてまた穴をあけた。

ハンマーは空中高く舞いあがり、急に重さがなくなったかのように宙に浮いた。が、やがてきれいに反転して短い柄をヘッドのうえにまわすと、また急降下して床をぶち抜いた。こうして上昇と下降をくりかえし、次々に穴をあけて、主人のまわりに木っ端みじんの輪を描くうちに、長く重々しいうめきとともに、ぶち抜かれた楕円形の部分がついに抜けて、裏返りつつ空を切って落ちていった。下階の床にぶつかって砕け、漆喰の破片の雨が降り注ぐなか、やがて大男の影がよろよろと立ち現われた。咳き込みながら、もうもうたる埃をを手で払っている。背中にも両腕両脚にも、まだかなり大きな床板の破片がくっついていたが、少なくとも身動きはできるようになった。両手を壁にぺったり当てて寄りかかり、激しく咳き込んで肺に吸った埃を吐き出した。

ふり返ると、ハンマーが躍るように空を切って飛んできた。だが、つかもうとする手をひょいとよけて、楽しそうに床をすべっていき、大きなヘッドでコンクリートを打っては火花を散らし、身を翻してはねあがると、小粋に角度をつけて近くの柱に止まった。収まりかけた埃の雲の向こうから、大きなコカ・コーラの自動販売機の形をしたものが、大男の目の前にぬうっと姿を現わした。それを見る彼の目には、深い猜疑《さいぎ》心と不安が浮かんでいる。いわばつるんとした無表情な顔つきで、それはそこに立っていた。フロントパネルには彼の父からのメモが貼りつけてあり、いまやっていることをいますぐやめろと書いてあった。署名は「だれでしょう」とあったが、上から線を引いて消してあり、まずは「オーディン」、次にもっと大きな文字で「父より」と書き直してあった。息子の知的能力を自分がどう思っているか、オーディンはことあるごとに見せつけようとする。大男はメモをむしり取ると、怒りの目でそれをにらんだ。追伸として陰険にこう追加してあった。「ウェールズを忘れるな。またあれをやりたくはなかろう」。くしゃくしゃに丸めて近くの窓から外へ投げ捨てたら、風に巻きあげられて飛んでいった。そのせつな、奇妙な甲高い音が聞こえたような気がしたが、たぶん吹きすさぶ風の音だろう。周辺の廃墟化したビルのあいだを吹き抜けていったのにちがいない。

向きを変え、窓ぎわに歩いていって、険悪に顔をしかめて外をにらんだ。接着剤で床に貼りつけられた。この歳で。いったいなにが言いたいのだろう。「おとなしくしていろ」ということかもしれない。「じっとしていられないのなら、わたしが動けないようにしてやる」とか。要するに「地面に張りついていろ」ということだ。

まさにそのとおりのことを、父親から言われたのを思い出した。あのジェット戦闘機〈ファントム〉のせいでほとほと困りはてたときだ。「どうして地面に張りついていられないんだ」と言われたのだ。あの脳たりんが罪のない意地悪のつもりで、自分のお説教をまったく文字どおりに解釈してみせ、それを大いに面白がっているのが目に見えるようだ。

憤怒が身内でごろごろと脅すようにうなりはじめたが、それを無理やり抑えつけた。最近では、腹を立てるととんでもなく困ったことが起こるようになった。今度もまた、そういうとんでもなく困ったことが起こったにちがいないという不安を感じて、コカ・コーラの自動販売機をふり返った。見つめながらくよくよ考えた。

気分が悪い。

ここのところしょっちゅう気分が悪かった。こんなにいつも軽い風邪を引いているような気分がしていては、いまも残る神としての務めを遂行というか放電することもできない。頭痛がするし、ときどきは目まいもするし、罪悪感とか、テレビコマーシャルでしょっちゅうやっているありとあらゆるいやな気分に襲われる。恐ろしいことに、激しい憤怒にとらわれるたびに意識が飛ぶようにさえなってしまった。

昔からずっと、腹を立てては愉快な時間を過ごしてきた。生涯を通じて、輝かしい怒りの疾風に乗って飛びまわってきたのだ。大物だと感じ、力と光とエネルギーに満ちていると感じていた。腹を立てる愉快なネタにはこと欠かなかった。挑発や裏切りといった大問題もあったし、彼の兜《かぶと》に乗って大西洋に隠れた人間もいた。こちらに大陸を落としてきたり、酒に酔ったあげくに木のふりをしたやつもいた。本気で腹を立てて、ぶん殴ることのできる相手がいた。要するに、雷神でいるのが楽しかったわけだ。それがいまになって、急に頭痛だの神経の緊張だの、言いようのない不安だの罪悪感だのに襲われるようになった。これは神にとって新しい経験であり、そしてありがたくない経験でもあった。

「なんてざまだい！」

その甲高いキーキー声に、トールは脳の奥にある黒板を爪で引っかかれたような気がした。品がなくて悪意に満ちたせせら笑うような声、安物のナイロンのワイシャツのような、派手にてかてかするズボンに細い口ひげのような、早い話がトールにとっては虫酸の走る声だった。たいていいつでもこれを聞くと恐ろしく機嫌が悪くなるのだが、いまはいつにも増して頭にかっと血がのぼった。なにしろ、老朽倉庫のまんなかに素っ裸で突っ立っているうえに、背中にはオークの床がまだだいぶくっついているのだ。

トールはかっとしてくるりとふり向いた。できれば静かに、周囲を圧する威厳をこめてふり返りたいところだが、この畜生が相手ではそういう戦術がうまく行ったためしがなかったし、それにトール自身、いまさらどんな態度をとったところで、こけにされて間抜けな思いをするだけなのだから、いちばん楽な戦法をとるほうがましというものだ。

「トウ・ラグ（浮浪者、いやなやつの意）！」彼は吠えて、回転しつつ飛んできたハンマーをぐいとつかむと、あっと驚く怪力をふるって小柄な畜生めがけて投げつけた。いっぽうその畜生のほうは、影のなかにうずくまってのうのうとしていた。小さな瓦礫の山のうえで、こちらに少し身を乗り出している。

トウ・ラグはハンマーをつかまえ、そばに積んだトールの服のうえにそれをきちんと置いた。にたりと笑うと、迷い込んだ一条の日光に歯がぎらりと光る。これは偶然ではない。トールがまだ意識を失っているうちに、時間をかけて準備していたのだ。トールが目を覚ますまでどれぐらいかかるか計算し、まさにあの場所を選んでせっせと瓦礫の山を作り、高さを確認し、さらに身を乗り出す角度まで正確に計算する。人を挑発する腕にかけては専門家を自任しているのである。

「きさまか、おれにこんなことをしてくれたのは」トールは怒鳴った。「きさまが――」

トールは、「おれを床に糊付けした」と聞こえないように「おれを床に糊付けした」と言う方法を探したが、しまいに間があきすぎてあきらめた。

「──おれを床に糊付けしやがったのか」とついに尋ねた。こんなばかな質問をしなければよかったと思った。

「いいや、返事は要らん！」とむかむかして付け加え、これもまた言わなければよかったと思った。足をどんと踏み鳴らすと、倉庫の基礎が少し揺れて、言いたいことを伝えられた。なにが言いたいのか自分でもよくわからなかったが、伝えなくてはならないと思ったのである。埃がふわりとまわりに落ちてきた。

トウ・ラグは、光る目できょときょととこちらを見ている。

「わたしはただ、お父さんに命令されたとおりやってるだけですよ」と言う声音は、おもねるような口調の醜怪なパロディだ。

「きさまが仕えるようになってから、親父の出す命令はどんどんおかしくなっていくみたいじゃないか」トールは言った。「親父はきさまのあくどい手で操られてるんだ。どんなあくどい手を使ってるのか知らんが、絶対なにか手を使ってるだろう。まちがいなく……」言い換えようにも同義語が思いつかず、「あくどい手を」と締めくくった。

トウ・ラグは、ワインのことで苦情を言われたイグアナのような顔をした。

「わたしが？」と心外そうに言う。「どうしてわたしが、お父さんを操ったりできるんですか。オーディンさまはアスガルドで最も偉大な神のなかの神で、わたしは忠実な召使としてどんな命令にも従ってるだけですよ。『こうしろ』と言われればするし、『ここへ行け』と言われれば行く。『また厄介ごとを起こさないうちに、うどの大木の息子を病院から運び出して、床かなにかに糊付けしてこい』と言われたら、言われたとおりに実行するまでです。わたしはただの卑しいしもべですから、どんなにささいでつまらない仕事だろうと、オーディンさまのご命令に従うのが務めです」

不可謬《ふかびゅう》と言われたのもいまは昔、耄碌《もうろく》して甘やかされた神が相手ならなおのこと、それこそまさしく強力な操縦法ではないかと反論できればよかったのだが、あいにくトールは人間性——というか、この場合は神性とかゴブリン(邪悪な醜い小鬼)性とか言うべきかもしれないが——にじゅうぶんに通じているとは言えなかった。わかるのは、とにかくこいつが悪いということだけだ。

「よし、それなら」と彼は怒鳴った。「わが父オーディンにこう伝えろ。われ雷神トールは、父に謁見を求める。だが、あの病院なんぞで会う気はないぞ！　親父がシーツの交換を待ってる横で、雑誌を読んだり果物を眺めたりしていられるか。雷神トールは、アスガルドの神々の父オーディンに謁見を求める。今宵、異議申立の刻に、アスガルドの宮居《みやい》で！」

「またですか」トウ・ラグは、コカ・コーラの自動販売機にちらと横目をくれた。

「ええと、そうだ」とトール。「そのとおり！」とむかっ腹を立ててくりかえした。「またで悪いか！」

トウ・ラグは小さくため息をついた。気まぐれな薄のろの命令に、しかたがないと忍従する人のように。「わかりました。お伝えしときますが、お喜びにはならないと思いますよ」

「親父が喜ぼうが喜ぶまいが、きさまの知ったことか！」トールは怒鳴り、また倉庫の基礎を揺るがした。「これは親父とおれの問題だ！　トウ・ラグ、きさまは自分が頭の切れるやつだと思ってるんだろう。それで、おれのことはぼんくらだと――」

トウ・ラグは片方の眉をあげてみせた。こういうときの対応はかねてから考えてある。彼はなにも言わず、迷い込んだ日光にきょときょとする目をただ光らせていた。これほど雄弁な沈黙もないだろう。

「きさまがなにを企んでるのかはわからんし、おれはあんまりものを知ってるほうじゃないかもしれん。だが、わかっていることがひとつある。おれはトールだ、雷神だ。ゴブリンなんぞになめられはせん！」

「なるほど」薄く笑って、「ということは、もうひとつなにかわかったときには、いまより二倍賢くなるわけですな。それはそうと、外へ出る前に忘れずに服を着てってくださいよ」そばの服の山を無頓着に指さすと、トウ・ラグは立ち去った。

10

拡大鏡やペンナイフを売っているような店で困るのは、それ以外にもありとあらゆる面白いものを売っていることだ。プラスドライバーと爪楊枝《つまようじ》とボールペンを組み込んだナイフと、十三歯の軟骨ノコギリと溶接されたリベットのついたナイフのどちらを選んでよいか途方にくれたダークが、しまいに買って出てきたようなじつに驚くべき道具がその例である。

しばらくは拡大鏡のとりこになっていた。とくに二十五ジオプトリーの高屈折率レンズ、真空蒸着の金めっきガラスのモデルで、一体型の柄と取り付け具、ノッチレス・シーリングのものには心を奪われたが、そのときたまたま目に留まったのが小さな電子易《えき》占《せん》計算機で、彼はこれにやられてしまったのだ。

そんなものがあるとすら、それまで夢にも思ったことがなかった。しかし、なにも知らなかったところから、どうしても欲しいを経てついに所有するに至るまで、しめて四十秒ほどで全段階の移行を完了するというのは、ダークにとっては悟りを開いたようなものだった。

電子易占計算機は作りが雑だった。これを製造したのはたぶん東南アジア諸国のどこかで、韓国が日本に対してせっせとやっていることを韓国に対してやろうとしてせっせと設備を整えているところなのだろう。明らかに、その国では接着技術がまだ発達しておらず、ものとものをうまく接ぎあわせられる段階に達していなかった。すでに裏側はとれかけていて、セロテープでくっつけなおさなくてはならなかったほどだ。

それはありきたりの電卓によく似ていたが、ただ液晶画面がふつうより少し大きかった。六十四種類の卦《け》について、文王の解釈の要約版はもちろん、その子周公が各卦の一行一行について加えた注釈まで表示しなくてはならないからだ。電卓の液晶画面を流れていくにしては異様な文章だった。ここまで翻訳される途上で、中国語から日本語をへて、さらに数々の冒険を乗り越えてきたのだろうからなおさらだ。

ふつうの電卓と同じ機能もついていたが、それには限界があった。どんな計算でもできるのだが、答えが「４」を超えないかぎりという条件つきなのだ。「１＋１」はできる（「２」）。「１＋２」（「３」）、「２＋２」（「４」）、あるいは「タンジエント74度」（「３・４８７４１４４５」）も大丈夫。しかし答えが「４」を超えると、ただ「全面の黄色（A Suffusion of Yellow）」と表示されるだけなのである。これはプログラム・ミスなのか、それとも彼には窺い知れない深い洞察がこもっているのかわからないが、ともかくダークは惚れ込んでしまい、これにいそいそと二十ポンド以上も支払ったというわけだ。

「ありがとうございます」店主は言った。「それはいいお品ですよ。きっとお気に召すでしょう」

「ぎびいっだよ」ダークは言った。

「それはよかった」店主は答えた。「お気づきですか、鼻の骨が折れてますよ」

ダークは、新たな所有物をちやほやするのを中断して顔をあげた。

「ああ、わがってるよ」つっけんどんに答えた。

店主は満足したようにうなずいた。

「そういうことになかなか気がつかないお客さんが、うちにはおおぜい見えるもんですからね」と説明する。

ダークはそっけなく礼を言うと、買った品を持って急いで店をあとにした。数分後、イズリントンの喫茶店の小さな角のテーブルに腰を落ち着けて、量は少ないがありえないほど濃いコーヒーを注文し、今日の成果をつらつら検討してみようとした。ちょっと考えてみて、量は少ないがありえないほど強いビールも必要になるのはまずまちがいないと結論し、追加で注文しようとした。

「あんだって?」ウェイターは言った。漆黒の髪をヘアオイルでつやつやさせている。長身で、ありえないほど引き締まった身体つき。こんなにきまっていては、客の注文を聞いたり子音を発音したりしていられないのだろう。

ダークは注文をくりかえしたが、喫茶店のＢＧＭと折れた鼻とウェイターの無敵のきまりかたの壁は乗り越えがたく、しまいにこっちのほうが早いと気づいて、ちびた鉛筆でナプキンに注文を書いてみせた。気分を害したような顔でそれを見ると、ウェイターは離れていった。

隣のテーブルの若い女性が、本を読むふりをしながらこちらのやりとりを気の毒そうに眺めていたので、ダークは彼女と愛想よくうなずきあった。それから、午前中の収穫をテーブルに並べる仕事にとりかかった。新聞、電子易占計算機、そして封筒——ジェフリー・アンスティの浴室の壁から、ゴールド・ディスクの裏に隠してあったのを持ってきたやつ。次に一、二分ほどハンカチで鼻を軽く押さえ、そっとつついてどれぐらい痛むか確かめたところ、「ことのほか激しく」であることがわかった。ため息をついて、ハンカチをまたポケットに突っ込んだ。

そこへウェイターが戻ってきたが、持ってきたのはスティックパンを一本添えたハーブ入りオムレツだった。ダークは、これは自分の注文とちがうと説明した。ウェイターは肩をすくめ、自分のせいではないと言った。

ダークはなんと返事してよいかわからなかったため、なんと返事してよいかわからないと言った。あいかわらずなかなかまともに話ができない。鼻が折れてるよとウェイターが指摘してきたので、わがってる、ごじでぎあじがどうとダークは答えた。ニールという友人も以前鼻を折ったことがあるとウェイターが言うので、ずごぐいだいおぼいをじだのだらいいぎびだとダークが言ったところ、これで会話は締めくくられたようだ。ウェイターはオムレツを取りあげ、二度と来るかと捨てぜりふを残して離れていった。

隣のテーブルの女性が目を離したすきに、ダークは身を乗り出して彼女のコーヒーをかっさらった。咎《とが》められる心配がないのは確実だ。まさかこんなことが起こるとは、彼女にはとうてい信じられないだろう。ぬるくなったコーヒーを飲みながら、彼はいまいちど今日の出来事を思い返してみた。易《えき》に伺いを立てる前には、それが電子版であっても、気持ちを整理して心を落ち着けておいたほうがいい。

しかしそれがそう簡単ではなかった。

邪念を払い、穏やかに落ち着いてものを考えようとどんなにがんばっても、ジェフリー・アンスティの首が心のなかで執拗にまわりつづけるのを止めることができない。首は非難がましく回転しつつ、指を突きつけて糾弾してくるかのようだった。突きつけて糾弾しようにも指はないわけだが、そのせいで逆に、それが突きつけようとする糾弾がいっそう深く身に突き刺さってくるのだ。

ダークは目をぎゅっとつぶり、ミス・ピアスの謎の失踪という問題のほうに考えを向けようとしたが、こちらにはどうも集中できなかった。彼の事務所で働いていたとき、彼女はよく続けて二、三日謎の失踪をしてくれたものだが、当時はこんなに新聞で騒ぎ立てられたりはしなかった。もっとも、あのころは彼女の周囲でものが爆発したことはなかった。少なくとも彼の知るかぎりではなかったし、なにかが爆発したという話をとくに彼女から聞いたこともない。

それに、彼女の顔を思い出すたびに、最後に見たのはジェフリー・アンスティの家のテレビだったことを思い出し、するとあっというまに、彼の考えはそこから三階下まで落ち込んで、そこでせっせと回転していた（毎分三十三と三分の一回の速さで）首のほうにどうしても向かってしまう。静かな瞑想にふけろうとしても、これではとうていそんな気分にはたどり着けない。おまけに喫茶店のBGMもやたらにやかましかった。

ため息をつき、電子易占計算機をじっと眺めた。

順序立ててものごとを考えたいのであれば、発生順に考えてもいい道理だ。そこで、今日の始まりのことから考えることにした。あのときはまだこういうおぞましいことは起こっていなかった――というか少なくとも、彼の身にはまだ降りかかってきていなかった。

最初の問題は冷蔵庫だった。

冷蔵庫をどうするかという問題は、ほかのあれこれにくらべたら、いまではずいぶん扱いやすいサイズまで縮んできたような気がする。いまでも恐怖と罪悪感のうずきははっきり感じられるものの、これぐらいなら比較的落ち着いて立ち向かえそうだった。

小さな取扱説明書を読むと、心を「悩ましている」問題に「魂をこめて」意識を集中し、それを紙に書き、じっくり考え、静寂を楽しみ、内面の調和と平安に到達したら、そこで赤いボタンを押すようにとあった。

赤いボタンがない。しかし、「赤」と書かれた青いボタンがあったので、たぶんこれのことだろうとダークは思った。

しばらく一心にこの問題について考えてから、紙はないかとポケットをあさったが、見つからなかった。しかたなく、ナプキンのすみに「冷蔵庫を買うべきか」と質問を書きつけた。次は内面の調和と平安に到達しなくてはならないが、ひと晩かかっても到達できそうにないと思ったので、そこは飛ばして、ともかく「赤」と書かれた青いボタンを押してみた。画面のすみにぱっと記号が現われた。その卦はこんな形をしていた。

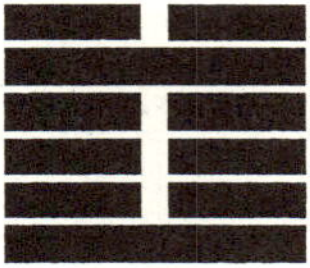

3 屯《ちゅん》

易占計算機は続いて、その小さな液晶画面に次のような文章を表示してきた。

「文王の解釈

屯は産みの苦しみを表わす。草の葉が石を押し上げようとするごとくである。変則性とあいまいさに満ちた時期である。経《たて》糸と緯《よこ》糸をより分けるように、上に立つ人はものごとの進めかたを調節する。正しきを固く守れば最後には成功がもたらされる。あせって進まず用心せよ。封建領主を置くのがよい。
第六行変化
周公による注釈
馬の牽《ひ》く戦車は後退をしいられる。
血の涙が川のように流れる」

ダークはこれを読んでしばし考え、全体的に見て、これは新しい冷蔵庫を買うのがよいと言っているようだと判断した。驚くべき偶然で、それは彼自身が望ましいと思っている行動方針でもあった。

暗い四隅のひとつに公衆電話があったが、そのあたりではウェイターたちがだるそうに立って、互いに不機嫌ににらみ合いをしていた。ダークはそのあいだを縫って進みながら、このウェイターたちはだれかに似ているような気がすると首をひねった。しまいにそうかと思いついたのが、ミケランジェロの「聖家族」で聖家族の背後に固まって立っている数人の裸の男たちだった。ミケランジェロが気が向いたから描いたという以外には、そこにいる理由がまったくなさそうな連中だ。

電話をかけた相手は、知り合いのノビー・パクストンという男、というかそう名乗っている男で、家庭電化製品販売業界の暗い裏側で仕事をしている。ダークはさっそく本題に入った。

「ドビー、でいぞうごがぼじいんだが」

「ダーク、ひとつとってあるぜ、あんたがそのうちそう言い出すと思って」

それはちょっとありそうにないとダークは思った。

「おではだだ、いいでいぞうごがぼじいだけだんだが」

「こいつは最高級品だぞ、ダーク。日本製だからな。マイクロチップ制御の」

「でいぞうごにだんでバイグロヂッブが要るんだ」

「そりゃ冷たく《クールに》するためさ。すぐにうちの若いやつらに持ってかせるよ。ちっとばかし急いでこっから運び出す必要があってな、まあ理由はどうでもいいだろうから言わんが」

「だずがるよ、ドビー」ダークは言った。「だだな、おでいばうぢにいだいんだよ」

「主人が留守んときに家にもぐり込むぐらい、うちの若いのにとっちゃ朝飯前だぜ。なんせ多芸多才なもんでよ。それはそうと、あとでなんかなくなってるもんがあったら連絡してくれ」

「ぞうずるよ、ドビー。じづを言うと、おだぐのばがいびどだぢがぼのをばごびだじだいぎぶんだっだだ、ばっざぎにうぢのぶるいでいぞうごをぼっでってぐでるどあじがだいんだが。ぼうどうじでもずでだぎゃだらだいんで」

「ちゃんとやらせとくよ。それでなダーク、あんたの近所じゃここんとこ、踏み倒しがいつも一、二件出てるようなありさまでな。あんたはちゃんと払ってくれるんだろうな。それとも、みんなが時間をむだにしてかっかしなくてすむように、おれがこの手であんたのひざを撃ち抜いてやったほうがいいか」

　ノビーが冗談を言っているのか本気なのか、いつも完璧に区別がつくというわけではないし、ダークとしては試してみる気にはちょっとなれなかった。そこで、今度会ったときにかならず払うと請け合った。

「そんじゃ、なるべく早く会おうぜ、ダーク」ノビーは言った。「ところで、あんただれかに鼻を折られたみたいな声してるけど、気がついてるか」

　間があった。

「もしもし、ダーク、聞こえてるか」ノビーが言った。

「ああ」とダーク。「いばぢょっどデゴードをぎいでだんだ」

「ホット・ポテト！」喫茶店のステレオががなっていた。

「手にとるな、とるな、とるな、
　急げ、次にまわせ、まわせ、まわせ」

「だれかに鼻を折られたみたいな声してるけど、気がついてるかって言ったんだが」ノビーが言った。

　ダークはわかっていると言い、指摘してくれてありがとう、それじゃと言って電話を切った。しばらくそのまま考え込んでいたが、また二本ほど電話をかけた。それから突っ立っているウェイターの群れをかき分けて戻ってみると、さっき彼がコーヒーを失敬した若い女が彼のテーブルに座っていた。

「お帰りなさい」彼女は意味ありげに言った。

ダークは精いっぱい慇懃にふるまって、うやうやしく帽子をとってお辞儀をした。これで一、二秒ほど時間を稼いで気を取り直したところで、腰をおろしてもいいかと許可を求めた。

「どうぞ」彼女は言った。「ここはあなたのテーブルよ」と鷹揚《おうよう》なしぐさで席を勧める。小柄な女で、きちんと整えた髪は黒っぽく、年齢は二十代なかば。テーブルの中央に置かれた、半分からになったコーヒーカップをいぶかしげに眺めている。

ダークは彼女の向かいに腰をおろし、内緒話でもするように身を乗り出した。「あなたのゴービーのごどをぎぎだいんでじょう」と低い声で言った。

「まあね」女は言った。

「がらだにどぐでずがだで」

「コーヒーが?」

「ぼぢろん。ガブェインばどぐだじ、ビルグにはゴレズデドールがばいっでるじ」

「なるほどね。それじゃわたしの健康のことだけ考えてたっていうのね」

「わだじはだぐざんのごどをがんがえでばずがね」ダークは気どって答えた。

「隣のテーブルにわたしが座ってるのを見て、『おや、あのすてきなお嬢さんは自分の健康のことを考えていない。ひとつ助けてあげなくては』って考えたわけね」

「がんだんに言えばぞういうごどでず」

「ねえ、鼻が折れてるのに気がついてる？」

「ぼぢろん」ダークはぶすっとして答えた。「びんながおなじごどを——」

「いつごろ折ったの」女は尋ねた。

「折られだんでずよ」ダークは言った。「二十分ぐだいばえだっだがな」

「だろうと思ったわ」女は言った。「ちょっと目をつぶって」

ダークは探るような目で彼女を見た。

「だんで？」

「大丈夫よ」と笑顔で言う。「べつに痛いことしようっていうんじゃないから。ほら、目をつぶって」

面食らって眉をひそめながら、ダークはほんの一瞬目をつぶった。そのほんの一瞬に女は身を乗り出し、彼の鼻をしっかりつかんで思い切りひねってくれた。痛みのあまり爆発しそうになって、ダークは大声をあげた。危うくウェイターがこちらに目を向けそうになったほどだ。

「だじをずる！」彼はわめき、顔を押さえて立ちあがり、勢いあまって後ろによろめいた。「ごのばが女！」

「まあ、そんなに怒鳴らないで、座りなさいよ」女は言った。「まあね、痛いことしないって言ったのは嘘だったけど、でも少なくとももう曲がってはいないはずよ。あとで治そうと思ったらずっと大変なんだから。これからすぐ病院に行って、固定してもらわなくちゃだめよ。わたし看護師なの、だからちゃんとわかっててやったのよ。少なくともわたしはそのつもり。だからちょっと見せて」

息を切らし、怒りに任せて毒づきながら、ダークは両手で鼻をかばったまままた腰をおろした。だいぶ経ってから、またそっと鼻に触れてみ、それから女に見せた。

「ところでね、わたしはサリー・ミルズっていうの」と彼女は言った。「ひとの身体にさわるときには、前もってちゃんと名乗るようにしてるんだけど」とため息をつき、「たまにはそのひまがないときもあるのよ」

ダークはまた鼻の両側を指でなぞってみた。

「ばっずぐにだってるびだいだ」しまいに言った。

「まっすぐでしょ」とサリー。「ちゃんと『まっすぐ』って言ってみて。もっと気分がよくなるから」

「まっすぐ」とダーク。「だるぼど。あだだの言うどおじだ」

「なんですって?」

「あなたの言うとおじだ」

「よかった」とほっとしたようにため息をついた。「うまく行ってほっとしたわ。今朝星占いを見たら、今日のあなたの選択はなにもかも裏目に出るでしょうって書いてあったから」

「ああ、あんなたわごとは信じちゃいけない」ダークはぴしゃりと言った。

「信じてないわ」とサリー。

「大ザガンザのなんかはとくに」

「あら、あなたもあれ読んだのね」

「いや。いやつまりその、そういう理由で読んだわけじゃない」

「わたしはね、患者さんが今朝、自分の星占いを読んでほしいって言うから読んだのよ。その人、そのすぐあとに亡くなっちゃったんだけど。あなたはどうして読んだの」

「その、複雑な事情があって」

「ああそう」サリーはうさんくさげに言った。「これなに?」

「電卓だよ」とダーク。「ええとその、あまりお引き留めしちゃいけないな。ほんとうにお世話になって、親切に手当てをしてもらったし、コーヒーも飲ませてもらって、しかし残念ながら、時間はどんどん過ぎていくし、あなたには重傷患者のお世話をするという予定がぎっしり詰まってるだろうから」

「そんなことないわ。わたし、今朝九時に夜勤があけたところなの。今日はこれからずっと目を覚ましてなきゃいけないだけなのよ、でないと今夜ちゃんとふつうの時間に眠れないでしょ。だから、喫茶店で知らない人とおしゃべりするぐらいしかすることがないの。それはそうと、あなたはなるべく早く外傷科へ行かなくちゃだめよ。ただし、その前にわたしのお勘定を払ってね」

　身を乗り出して、最初に座っていたテーブルに手を伸ばし、これまでの合計額の書かれた勘定書を皿のそばからとりあげた。それを見て、やれやれと首をふった。

「コーヒー五杯飲んでるみたい。昨夜の病棟は大変だったのよ。夜中に来たり出たりで。昏睡状態の患者さんがひとり、夜明け前に私立病院に移されたの。なんで夜のあんな時間にあんなことをするのかしらねえ。よけいな苦労が増えるだけなのに。わたしだったら、二度めのクロワッサンのぶんは払わないわ。注文したけど来なかったんだもの」

　そう言って、勘定書を押しつけてきた。ダークはため息をつき、しぶしぶそれを手にとった。

「ぶったくりだな」彼は言った。「やらずぶったくりとはこのことだ。それに、この状況で十五パーセントのサービス料はばかにしてるのかという感じだな。ナイフを頼んでも持ってきやせんだろうし」

　期待はしていなかったが、それでもふり向き、ウェイターの注意を惹こうとした。ウェイターたちは、奥の砂糖壺置場のそばに固まってのらくらしている。

　サリー・ミルズは自分の勘定とダークのそれを手にとり、ダークの電卓で足し算をしようとした。「合計は『全面の黄色』みたいよ」彼女は言った。

「ありがとう、それ返してくれるかな」ダークは不機嫌にこちらに向きなおると、易占計算機を取り返してポケットに入れた。そのうえで、活人画をやっているウェイターたちにまたむなしく手を振った。

「それはそうと、ナイフでなにをするの」サリーが尋ねる。

「これをあけたいんだ」とダークは言って、セロテープでがっちり留めてある大きな封筒を振ってみせた。

「ナイフならあるわよ」サリーは言った。近くのべつのテーブルに若い男がひとりで座っていたが、その男がちょっと向こうを向いたすきに、彼女はすばやく身を乗り出して男のナイフをかっぱらってきた。

「恩に着るよ」ダークは手を差し出してナイフを受け取ろうとした。

サリーはナイフを持つ手を引っ込めた。

「その封筒、なにが入ってるの」

「きみはじつに詮索好きでずうずうしいお嬢さんだな」ダークは声をあげた。

「あなたはすごく変な人だわ」サリー・ミルズが言い返す。

「たんに必要に迫られて変人をやってるだけだ」

「ふうん」とサリー。「その封筒、なにが入ってるの」あいかわらずナイフを渡そうとしない。

「この封筒はきみのじゃない」ダークはきっぱり言った。「なにが入っていようと、きみには関係ない」

「でもすごく面白そうなんだもの。なにが入ってるの」

「わかるわけがないだろう、まだあけてないのに！」

こちらをうさんくさげに見ていた、と思ったらサリーは彼の手から封筒を引ったくった。

「そんなことをしては――」ダークは説教しようとしたが、最後まで言えなかった。

「あなたの名前は？」サリーが追及してくる。

「ジェントリーだ。ダーク・ジェントリー」

「ジェフリー・アンスティじゃないのね。線で消してあるほかの名前のどれでもないわ」眉をひそめ、ずらりと並ぶ名前をちらと眺めた。

「ああ」とダーク。「ちがう」

「それじゃ、この封筒はあなたのでもないってことでしょ？」

「それは――つまりその――」

「ああ、つまりあなたも、じつに……なんだったかしら」

「詮索好きでずうずうしい。それは否定しないよ。だが、わたしは私立探偵なんでね。詮索好きでずうずうしく行動して報酬をもらってる。残念ながら、そう頻繁にでもなくたんまりでもないが、それでも詮索好きでずうずうしいのは仕事のためなんだ」

「残念ね。詮索好きでずうずうしいのは、趣味でやるほうがずっと面白いと思うわ。それはともかく、あなたはプロで、わたしはオリンピックの基準で言うただのアマチュアなわけね。でもあなたは私立探偵には見えないわねえ」

「私立探偵に見える私立探偵はいないよ。私立探偵の心得その一だ」

「でも、私立探偵に見える私立探偵がいないとしたら、自分がどんなふうに見えちゃいけないか私立探偵にどうしてわかるの。矛盾してるんじゃない？」

「そのとおりだが、それを考えると夜も眠れないような矛盾じゃないな」ダークはいらいらして言った。「それに、わたしはほかの私立探偵とはちがう。わたしの手法は全体論的で、まさに文字どおりの意味ででたらめなんだ。万物の根本的な関連性を調べるというやりかたをとっているから」

　サリー・ミルズはなにも言わず、彼を見てただ目をぱちくりさせた。

「この宇宙のあらゆる粒子は」ダークは続けた。得意の話題で熱が入り、少し目が光りはじめる。「ほかのあらゆる粒子に影響を与えてる。どんなにかすかであいまいだろうと、影響は影響だ。万物が万物と相互に関連しあってるんだよ。中国で蝶が翅《はね》をひらひらさせたら、そのせいで大西洋のハリケーンの進路が変化するかもしれない。このテーブルの脚に、わたしにとって意味のある、というかテーブルの脚にとって意味のある質問をすることができたら、この宇宙に関するどんな質問にも答えてくれるかもしれない。だれかれかまわず、まったく偶然に選んだ相手に、思いつくかぎりのでたらめな質問をしても、相手の答えは、あるいは相手が答えないことが、わたしが解決しようとしている問題になんらかの形で関係しているんだ。たんにどう解釈するかの問題なんだよ。こうしてまったく偶然に出会ったきみも、わたしの調査を左右する重要情報を提供してくれるかもしれない。なにを尋ねたらいいかわたしが知っていて、わざわざ尋ねる気になればだがね。あいにく知らないし、その気にもなれないわけだが」

いったん口をつぐみ、それから言った。「頼むから、その封筒とナイフをこっちにくれないか」

「これに人の生命がかかってるみたいな口ぶりね」

ダークはしばしうつむいた。

「と言うより、それに人の生命がかかっていたと思ってるよ」彼は言った。その口調に、ふたりの頭上を雲がよぎったかのようだった。

サリー・ミルズは折れて、封筒とナイフをダークに渡した。気が抜けたような顔をしている。

ナイフはなまくらだし、セロテープは何層にも重なっているしで、しばらく格闘していたものの、ダークにはどうしても切り裂くことができなかった。疲れていらいらした気分で上体を起こした。

「もっと切れる刃物がないか訊いてこよう」と言うと、封筒を握って立ちあがった。

「ちゃんと鼻を治してもらいに行ってね」サリー・ミルズが静かに言う。

「ありがとう」ダークはごく小さく頭を下げた。

勘定書を取りあげると、店の奥に張りついている展示品のウェイターたちに近づいていった。いささかの冷淡さ《クール》に遭遇しつつ、規定の十五パーセントのサービス料を足すつもりがなく、彼個人の感謝のしるしを自発的に追加するつもりもないことを表明し、それからこの店にはその種類のナイフしかないと言われ、それで話は終わりだった。

ダークは礼を言って、出口に向かって店内を歩いていった。

さっきまで彼が座っていた席に座り、サリー・ミルズと話をしているのは、彼女にナイフをかっぱらわれた若い男だった。ダークは彼女にうなずきかけたが、向こうはこの新しい友人と話し込んでいて気づかなかった。

「……昏睡状態だったの」と彼女は話している。「それなのに、夜明け前に私立病院に移さなくちゃならなかったのよ。どうして夜のあんな時間にそんなことするのかしらねえ。よけいな苦労が増えるだけだわ。だらだら長話してごめんなさいね、でもその患者さんたら、自分専用のコカ・コーラの自動販売機に大ハンマーまで持ってたのよ。そういうことって、私立病院ならなんにも問題ないんでしょうけど、人手不足の公立病院じゃねえ、そのせいでわたしほんとにくたくたなの、それでくたくたになると話が止まらなくなるのよ。もしわたしが急に気を失って倒れちゃったら、そのときは教えてね」

ダークはそのまま歩いていこうとして、サリー・ミルズが本を置きっぱなしにしているのに気がついた。最初に着いていたテーブルで読んでいたやつだ。その本にはどこか気になるところがあった。

大きな本で、タイトルは『あとは野となれ』とある。大きいと言うよりまれに見る大きい本で、少し角が折れていて、本というよりパイ菓子の崖のようだった。表紙の下半分はごくふつうで、銃の照準にとらえられたカクテルドレス姿の女が描かれていたが、上半分は完全に著者の名前で占領されていた。ハワード・ベルと銀で型押しされている。

その本のどこに引っかかったのかすぐにはわからなかったが、表紙のなにかがどこかの琴線に触れたのはまちがいない。彼がコーヒーをくすねて、あげくにコーヒー五杯とクロワッサンふたつ、うちひとつはとうとう来なくて食べられなかったぶんの料金を代わりに支払わされた女のほうをこっそりうかがった。向こうを向いていたので、ダークはその本もくすねることにして、革のコートのポケットにすべり込ませた。

通りに足を踏み出したところで、通りかかった一羽の鷲が彼を目がけて空から急降下してきたため、危うく自転車の前に飛び出しそうになった。自転車男は毒づき、自転車乗りにしか生息できないらしい道徳的高みからダークをののしった。

11

美しく整えられたコッツウォールド丘陵のふもと、美しく整えられた村のすぐはずれにある美しく整えられた敷地に、美しく整えられたとは言えない一台の車が道をそれて入っていった。

それはおんぼろの黄色いシトロエン2CV《ドゥーシーボー》だった。安全運転の所有者もひとりはいたものの、ほかに自殺的に向こう見ずな所有者を三人も経験してきた車で、それが私道を見るからにしぶしぶ走っている。いまの望みは周囲の草地のどこかで溝に平和にはまり込んで、そこで優雅に廃棄されたままでいることだと言わぬばかりだ。それなのに、こうしてえっちらおっちら長い砂利敷きの私道を走らされている。そしてまずまちがいなく、またすぐに今度は逆方向にえっちらおっちら走らされるのだ、いったいなんのためなのかそれ自身にはまったく想像もつかないのに。

本館に通じる上品な石造りの玄関の前で車は停まったが、それからまたゆっくりと後ろ向きに動きだした。乗り手がハンドブレーキを力まかせに引くと、首を絞められたような「キーッ」という悲鳴があがる。

ドアが開いたのはよかったが、蝶番がひとつしか残っていないせいで、ぐらぐらしていまにも落ちそうだ。車のなかから現われた二本の脚は、サウンドエディターが見たらどうしても煙ったサキソフォンのソロを全体に入れずにいられないような脚だったが、しかしなぜそんなソロを入れなくてはならないのか、その理由はサウンドエディター以外のだれにも理解できないだろう。しかしこの場合には、すぐそばにカズー笛（滑稽な音の出る小型の笛）が入っているせいでサキソフォンは黙らされるはずだ。というのも同じサウンドエディターが、この車の走りを見ればその場面全体にそれを入れていたにちがいないからである。

　その脚の持主は、ごくふつうにその脚に続いて姿を現わし、車のドアをそっと閉めると、建物のなかへ入っていった。

　車は玄関前に駐まったままだ。

　数分後、守衛が出てきてその車を見、感心できないという顔をしたが、ほかに建設的なことができるわけでもなく、またなかへ引っ込んだ。

　それからまもなく、ケイトはミスター・ラルフ・スタンディッシュのオフィスに案内されていた。上級精神分析医にしてここウッズヘッド病院の理事のひとりだが、彼はいまちょうど電話を終えようとしていた。

「ええ、おっしゃるとおりです」と彼は言っていた。「飛び抜けて頭がよくて感受性の強いお子さんが、愚鈍《ぐどん》に見えるというのはときにあることです。ですがミセス・ベンスン、愚鈍なお子さんもやはり愚鈍に見えることがあるのですよ。そこをお考えになるべきではないでしょうか。ええ、非常につらいことなのはわかります。ではミセス・ベンスン、これで失礼します」

電話機をデスクの引出しに入れ、しばらく考えをまとめるふうだったが、ややあって顔をあげた。

「ずいぶん早いお着きですね、ミス……えーと……シェクター」しまいに彼は言った。だが、実際のせりふはこんなふうだった。「ずいぶん早いお着きですね、ミス……えーと――」そこで言いよどんで、デスクのべつの引出しをのぞき込みながら、「シェクター」と締めくくる。

来客の氏名のメモを引出しのなかにしまっておくとは、かなり変わっているとケイトは思った。しかしそれはそれとして、彼はデスクにものを散らかすのが嫌いな性分らしかった。上品な、しかしまったく飾り気のないクロトネリコのデスクのうえには、なにひとつ置かれていなかった。きれいさっぱりなにもない。そしてそれは、このオフィスのどこを見ても同じだった。スチールとガラスのきちんとした小さなコーヒーテーブルが、バルセロナ・チェア（ステンレス枠にクッションを載せた、肘掛けのない椅子）二脚のあいだにまっすぐに置かれていたが、そのうえにもなにも載っていない。奥には値の張りそうなファイリング・キャビネットがふたつ置かれていたが、そのうえにもなにも載っていなかった。

書棚はなかった。本があるとしても、なんの装飾もない大きな作り付けの戸棚の扉の奥にしまい込んであるのだろう。壁にはあっさりした黒い額縁がかけてあったが、これは一時の気の迷いらしく、なんの絵も嵌《は》まっていなかった。

ケイトは目を丸くして室内を見まわした。

「ミスター・スタンディッシュ、ここにはなんの装飾も置いてらっしゃらないんですか」彼女は尋ねた。

この大西洋の向こう側ふうの遠慮のなさに、いささかひるむふうだったが、ややあって彼は答えた。

「いいえ、置いてありますよ」またべつの引出しを開くと、なかから小さな陶器の置物を取り出した。毛糸玉にじゃれる子猫をかたどったものだ。それを目の前のデスクにきちんと置いた。

「わたしは精神分析医ですから、装飾品が大切な役割を果たしているのはよく知っています。心を豊かにしてくれるんですよ」と誇らしげに言った。

その陶製の子猫をまたなかに戻し、引出しをするすると滑らせてかちりと閉じた。

「さて」

彼はデスクのうえで両手を組み、もの問いたげな目を向けてきた。

「こんなにすぐにお会いくださって、ほんとうにありがとうございます、ミスター・スタンディッシュ――」

「ええわかってます、その話はさっきもしましたね」

「――でも、ご存じとは思いますが、なにしろ新聞の締め切りはこういうものですので」

「新聞については、もうこれ以上は知りたくないと思う程度には知っていますよ、ミス……えーと――」

　また引出しをあけた。

「ミス・シェクター、しかし――」

「それもあって、先生にご連絡したんです」ケイトは愛想よく嘘をついた。「こちらではその、ちょっと不運な報道をされてご迷惑をこうむられたとうかがってますから、このウッズヘッド病院でなさっている研究について、実像をもう少しきちんと紹介する機会があれば、きっといやとはおっしゃるまいと思いまして」とにっこりしてみせる。「お目にかかったのはひとえに、あなたを強く推薦する人がいたからですよ。わたしのたいへん親しい友人で、同業者であるミスター……えーと――」

「フランクリン。アラン・フランクリンですね」精神分析医がまた引出しをあけないうちにと、ケイトは助け船を出した。アラン・フランクリンは心理療法家で、夫ルークを亡くしたあと、彼女は何度か治療を受けたことがある。スタンディッシュは優秀だが、変人でもあるから気をつけるように、と彼は前もって注意してくれた。変人ぞろいの精神科医の基準で見ても、その変人ぶりは度を超しているというのだ。

「フランクリンです」スタンディッシュは言葉を継いだ。「最初に警告させていただくが、このインタビューの結果として、『ウッズヘッドで不気味な実験が』などという虚報が新聞にふたたび掲載されるようなことがあれば、わたしは、その――」

「『――なにをするかまだ決めてはおらぬが、世界が震えおののくような、そのような復讐をしてくれるぞ』」ケイトはほがらかに言った。

スタンディッシュはむっとしたように目を細めた。

「『リア王』第二幕第四場ですね」彼は言った。「ただ、『世界が』ではなく『全世界が』だったと思いますが」

「あら、そうでした。おっしゃるとおりですね」ケイトは答えた。

ありがとうアラン、と思いながら微笑《ほほえ》みかけると、スタンディッシュはほっとしたように優越感にひたっていた。おかしなものだ、とケイトは考えた。こちらを見下さずにいられない相手ぐらい、簡単に操ることのできる人種はいない。

「それでミス・シェクター、具体的にはどんなことをお聞きになりたいんですか」

「わたしがなにも知らないという前提でご説明いただけます？」

スタンディッシュは笑顔になった。それ以上に愉快な前提はないと言わぬばかりに。

「わかりました」彼は言った。「ウッズヘッドは研究病院です。心理学・精神医学の分野を中心に、珍しい、あるいは前例のない症例の患者の治療研究を専門としています。資金を集める手段はさまざまですが、大きな柱になっているのは、桁外れに高い料金で個人負担の患者さんを受け入れるという単純な手法です。患者さんは喜んで支払ってくれますよ。というか少なくとも、苦情を言って喜んでらっしゃいますね。実際には苦情を言う理由などなにもないのです。個人負担の治療を受けに見えるかたがたはみな、この料金が法外に高い理由をよくご存じですから。しかし、それだけの料金を払っているわけですから、患者さんたちには苦情を言う正当な権利があります。というより、苦情を言う権利は患者さんの特権であって、料金のうちなのです。場合によっては、特別な契約を結んで、患者さんの財産の単独受益者に指定していただく代わりに、亡くなるまでのお世話を保証することもあります」

「つまり基本的に、こちらではとくべつ将来性のある病気の患者さんに、奨学金を支給する仕事をなさってるわけですね」

「そのとおりです。じつに言い得て妙ですね。ここでは、とくべつ将来性のある患者さんに奨学金を支給する事業をしているのです。これはメモしておかなくては。ミス・メイヒュー！」

そう言ったときには引出しをすでにあけていた。なかにインターホンが入っているらしい。呼びかけに応えて戸棚のひとつが開いた、と思ったら、それは隣のオフィスに通じるドアだった。この新機軸は、思想的にドア嫌悪を抱く建築家にならきっと受ける機能にちがいない。そのドアからいそいそと現われたのは、なんだかぽかんとした顔の、やせた四十代なかばの女性だった。

「ミス・メイヒュー」とミスター・スタンディッシュが口を開いた。「ここでは、とくべつ将来性のある患者さんに奨学金を支給する事業をしているのだよ」

「ごもっともです」ミス・メイヒューは言うと、あとじさって自分のオフィスに引っ込んでいき、ドアを閉じた。あれはやっぱり戸棚なのではないかとケイトは思った。

「タイミングのよいことに、いまじつに珍しい疾患の患者さんが何人か入院しておられまして」精神分析医は浮き浮きして言った。「ひとりふたり、いま注目のスターにお会いになりませんか」

「ええ、それはぜひとも。とても興味深い患者さんなんでしょうね、ミスター・スタンディッシュ。ほんとうにご親切に」ケイトは言った。

「この仕事は親切でなくては務まりませんよ」と答えて、スタンディッシュは笑顔のスイッチをぱっと入れてぱっと切った。

ケイトは、つのるいらだちをあまり態度に表わすまいと努力していた。ミスター・スタンディッシュはどうも好きになれなかったし、なんとなく火星人みたいだと感じはじめてもいた。それにだいたい、ほんとうに興味があるのは、今日未明にこの病院に新しい入院患者があったかどうか、もしあったのならその患者がどこにいるか、そしていま会えるかどうかということだけなのだ。

最初は単刀直入な手段に訴えようとしたのだが、患者の名前を知らないという理由で電話の受付係にあっさり撃退された。背が高くて体格のよいブロンドの男性が入院していないかなどと尋ねたら、完全にまちがった印象を与えてしまいそうだ。少なくとも、それは完全にまちがった印象だと彼女は自分で自分に言い張っていた。そこでアラン・

フランクリンにさっと電話をかけて、このはるかにまわりくどい手段を講じることにしたわけだ。

「けっこう！」顔にちらと迷いの色がよぎったかと思うと、ミスター・スタンディッシュはまたさっきの戸棚からミス・メイヒューを呼び出した。

「ミス・メイヒュー、さっきわたしが言ったことなんだが――」

「はい、なんでしょう」

「メモしておいてもらいたかったんだが、それはたぶんわかってくれただろうね」

「いいえ、でもお望みならすぐにメモしておきます」

「頼むよ」と言ってから、ミスター・スタンディッシュは顔をわずかに歪めた。「それから、ここを整頓しておいてくれないか。この部屋はまるで――」

ごみためのようだと言いたかったのだろうが、無菌室のようなたたずまいにむっとしたようだ。

「その、とにかく整頓しておいて」と締めくくった。

「承知しました、ミスター・スタンディッシュ」

精神分析医はそっけなくうなずくと、デスクのうえの見えない埃を払い、またケイトに向かって笑顔を点滅させると、彼女をうながしてオフィスから廊下に出た。廊下にはしみひとつないベージュのカーペットが敷いてあり、不敬にもそれを踏みつけて歩けば漏れなく電気ショックの罰が下りそうだった。

「ほら、どうです」とスタンディッシュは言って、あいまいに手をふって横の壁の一部を指し示したが、なにを見せたかったのか、そこからなにが読みとれるはずだったのか、彼女にはさっぱりわからなかった。

「それとこれ」と指さす先にあったのは、どう見てもドアの蝶番だ。

それから、彼は「ああ」と付け加えた。そのドアがこちらに向かってさっと開いたのだ。ケイトはこれはまずいと自分をいましめた。ドアが開くたびに、いちいちはっと小さく息を呑んでいる。世馴れたニューヨーカーのジャーナリストのすることではない。たとえほんとうはニューヨークには住んでいなくて、雑誌に旅行記事を書いているだけだとしても、ドアが開くたびにブロンドの大男を探すのはまともな態度ではない。

そこにはブロンドの大男はいなかった。いたのは小柄な薄茶色の髪の十歳ぐらいの少女で、車椅子に座って押されて出てくるところだった。ひどく顔色が悪く、やつれて気分が悪そうだ。声に出さずになにごとかずっとつぶやいている。なにをつぶやいているのかわからないが、それが不安と動揺の種になっているようで、座ったまま左右に身をよじっている。自分の口から出る言葉から逃げようとしているかのようだった。それを見てケイトはたちまち胸が締めつけられ、車椅子を押している看護師に、とっさに止めてくれと頼んでいた。

しゃがんで、やさしい目で少女の顔をのぞき込んだ。看護師はちょっとうれしそうだったが、ミスター・スタンディッシュはそうでもなかった。

ケイトは声をかけようとはせず、ただあけっ広げで親しげな笑顔を向けて、それに応えてくれるのを待った。しかし、少女はその気がないか、あってもできないようだった。彼女の口はひっきりなしに動きつづけていて、顔のほかの部分とは無関係なべつの生物のように見えた。

こうして近くで見てみると、具合が悪くてやつれているというより、疲れていらいらしていて、なんとも言いようがないほどうんざりしているように見えた。少し休みたい、穏やかに過ごしたいだけなのに、口の動きがどうしても止められないのだ。

ほんの一瞬、少女とケイトの目と目があった。ケイトの受けた印象では、その目つきは「ごめんね、でもこれが続いているあいだはどうしようもないの」と言っているようだった。少女は深く息を吸った。あきらめたように半眼になって、執拗なひとりごとを声に出さずにつぶやきつづける。

ケイトは少し身を乗り出し、なんと言っているのか聞きとろうとしたが、ただの一語も拾えなかった。問いかけるような目でスタンディッシュを見あげる。

彼はそっけなく言った。「株価ですよ」

驚きの表情がケイトの顔に広がっていく。

スタンディッシュは皮肉っぽく肩をすくめて付け加えた。「昨日のですがね、残念ながら」

こんなにとんでもない誤解をされて、ケイトはたじろいだ。当惑を隠そうとまた少女に顔を向ける。

「ということは」と、彼女は言わでものことを付け加えた。「この子はただこうして座って、昨日の株価を暗唱してるっていうんですか」少女は眼球だけ動かしてケイトから目をそらした。

「そうです」とスタンディッシュ。「読唇術師を呼んで、それでわかったのです。もちろん最初はかなり興奮したものですが、くわしく調べてみたら昨日のだとわかりましてね、いささか失望したというところです。それほど重要な症例ではありませんよ。異常行動ですね。なぜそんなことをするのかという点には興味を惹かれますが、しかし――」

「ちょっとうかがいたいんですけど」ケイトは大いに興味をそそられたような口調を心がけたが、内心では完全に怖気をふるっていた。「この子は、株の――なんて言うのかしら――その、終値をくりかえしくりかえし暗唱しつづけてるんですか、それとも――」

「いえ、むろんそこが興味深いところなのですよ。一日を通じて、株価の変動をそのままたどっているのです。ちょうど二十四時間遅れで」

「でも、それはすごいことじゃありません？」

「もちろん、大変な芸当です」

「芸当？」

「科学者としてはそう考えざるをえませんね。情報は公開されているんですから、この子は通常の手段でそれを入手しているはずです。この症例では、超能力とか超常現象といった面を考慮する必要はないわけですよ。オッカムの剃刀《かみそり》ですね。問題を必要以上に複雑にすることはない」

「でも、この子が新聞を読んでるとか電話で聞いてメモしてるとか、そういうところをだれか見たことがあるんですか」

顔をあげて看護師に目をやると、黙って首を横にふった。

「いや、その現場が押さえられたことはありません」とスタンディッシュ。「さっきも言いましたが、なにしろ大変な芸当です。奇術師とかメモリーマン（ある分野についてあらゆることを記憶していて、どんな質問にも即座に答えるのを売りとする芸人）なら、どういうからくりか見抜くこともできるでしょうが」

「お尋ねになってみました？」

「まさか。あの手の人種には感心できないので」

「でも、この子がわざとこんなことをしてるなんて、本気で思ってらっしゃるんですか。それはちょっとありえないのでは」ケイトは食い下がった。

「そう言われますがね、ミス・えー――わたしぐらい人間心理に通じていらっしゃれば、どんなことでもありうると納得されるはずですよ」スタンディッシュは、専門家として自信たっぷりに言ってのけた。

ケイトはなにも言わず、疲れた哀れな少女の顔を見つめていた。

「わかっていただきたいのだが」とスタンディッシュ。「こういうことに関しては、理性的に行動しなくてはなりません。これがもし明日の株価であれば話はちがってきます。

その場合はまったく性格の異なる現象になるし、その価値があるということで熱心な研究が求められたでしょう。研究資金も造作なく集められたと思います。その点に関しては、まったくなんの問題もなかったはずです」

「わかります」ケイトは言った。その言葉にはなんの偽りもなかった。

彼女は少しぎくしゃくと立ちあがり、スカートを払った。

「それで」と、自分で自分を恥ずかしく思いながら口を開く。「いちばん新しい患者さんはどんなかたなんですか。いちばん新しく入院なさったかたは」ぬけぬけと無関係な話を始めたことに内心身震いしたが、いまはジャーナリストとして来ているのだから、おかしなふるまいとは思われないだろうと自分に言い聞かせた。

スタンディッシュが看護師に向かって手をふると、車椅子は気の毒な患者を乗せて動きだした。ケイトはふり返って最後にもういちど少女を見やってから、スタンディッシュのあとについてスイングドアを通り抜けた。その向こうの区画の廊下も、手前の廊下とまったく同じだった。

「ほら、あれを」スタンディッシュはまた言った。今度はどうやら窓枠のことらしかった。

「それにこれ」と言って照明を指さす。

どう見てもケイトの質問を聞いていないか、わざとはぐらかしている。ひょっとしたら後ろ暗い意図を見透かされていて、それにふさわしい扱いを受けているのだろうか。

しかしそのとき、この「ほらあれ」とか「それにこれ」の意味にはたと気がついた。室内装飾を褒めてもらいたがっているのだ。窓はサッシで、ビート（ガラスと窓枠の隙間を埋めるゴム製品）はきちんと作られて美しく塗装されているし、照明の取り付け具は重そうな金属製で、鈍く光っているところからしてニッケルめっきだろうし——などなど。

「とってもすてき」向こうの期待に応えてそう言ったものの、アメリカなまりでこれを言うと奇異に響くような気がする。

「ほんとにきれいな病院ですね」と、スタンディッシュが喜ぶだろうと思って付け加えた。

ねらいは当たった。うれしそうに、顔を控えめにほころばせている。

「良質の治療環境だと自分では思っているのですが」

「きっと、ここに入りたいっていう患者さんは多いでしょうね」ケイトはあくまで目標を追求せんと続けた。「どれぐらいの間隔で新しい患者さんを受け入れてらっしゃるんですか。いちばん新しい患者さんは、いつごろ——？」

左手で慎重に右手を抑えていないと、いまにも自分で自分の首を絞めそうになる。

わずかに開いたドアに差しかかり、ケイトはそっとなかをのぞこうとした。

「かまいませんよ、なかをお見せしましょうか」スタンディッシュがすかさず言って、ドアを大きく開いた。見ればかなり狭い部屋だ。

「ああ、そうそう」となかの患者を認めてスタンディッシュは言い、ケイトを招き入れた。

この部屋の主もやはり、大柄でなくブロンドでない人物だった。この訪問はどこをとっても精神的にいささか疲れる経験だとケイトは気づきはじめていたが、ここでもその状況は好転しそうになかった。

病院のオーダリーがベッドを整えているあいだ、その患者はベッドサイドの椅子に腰をおろしていた。こんなに心配なほどくしゃくしゃな人物をケイトは初めて見た。実際にはくしゃくしゃなのは髪の毛だけなのだが、そのくしゃくしゃぶりがあまりにすさまじいので、面長の顔全体がその苦悩の混沌に引きずり込まれているように見える。

彼はそこに座ってすっかり満足しているようだったが、その満足ぶりには恐ろしく空虚なところがあった——足るを知るというより、足りないを知らない。顔の正面、だいたい四十五センチぐらいのところに完全にからっぽの空間があって、彼の満足は（それの発する源がなにかあるとすればだが）その空間を見つめることから発していた。

また、彼にはなにかを待っているような雰囲気があった。ただ、その待っているなにかがいまにも起こりそうなのか、それとも数日後なのか、あるいは地獄が凍りついて〈ブリティッシュ・テレコム〉がついに電話を修理する日の少しあとなのか、そのあたりはまるで見当がつかない。彼にとっては、そんなことはどうでもいいことのように見えるからだ。起これば起こったで対処できるし、起こらなければ——それはそれで満足だ。

そんなふうに満足しているのを見ると、どうしようもなく不安が募ってくる。

「この人はどこが悪いんですか」ケイトは低い声で言った。そして言ったとたんに、まるで当の相手がここにいないかのような物言いをしてしまったのに気がついた。この人は自分でちゃんと説明ができるのかもしれないのに。事実、まさにその瞬間に彼は口を開いた。

「ああ、ええと、どうも。オーケイ、ああ、ありがとう」

「その、こんにちは」ケイトは応じたが、どうもピントがずれている気がした。というより、彼のほうがピントのずれたことを言っているのだ。スタンディッシュが身ぶり手ぶりで、なにも言うなと彼女に伝えてくる。

「ええと、そうだな、ベーグルをもらおうかな」と満足顔の男は言った。その口調は一本調子で、言えと言われたことをそのまま棒読みしているかのようだった。

「ああ、それからジュースを」と付け加えた。「オーケイ、どうも」彼はまた肩の力を抜いて、虚空を見つめる体勢に戻った。

「ひじょうに変わった症例でして」とスタンディッシュ。「というのはつまり、ほかにはまったく例のない疾患と考えざるをえないのです。なにしろ、似たような症例すら一度も聞いたことがないので。しかも、これが見かけどおりの疾患なのか、それを疑問の余地なく立証することも事実上不可能なのですよ。それで幸いと言うべきでしょうか、この症状に名前をつけようとするのは慎んでおりまして、おかげで要らぬ恥をかかずにすんでいるというわけです」

「ミスター・エルウェスをベッドにお戻ししてもかまいませんか」とオーダリーが尋ねると、スタンディッシュはうなずいた。下々の者には口をきくのももったいないというわけだ。

オーダリーは、患者に話しかけようと身をかがめた。

「ミスター・エルウェス？」と静かに名を呼ぶ。

ミスター・エルウェスは沈思の底から浮き上がってきたかのようだった。

「ああ？」と言って、はっとしてあたりを見まわした。ここがどこなのかわからないというように。

「ああ！　ああ、えっ？」とぼそぼそつぶやく。

「ベッドに戻りましょうか」

「ああ。ああ、そうだな、どうもありがとう。悪いね」

混乱してぼうっとしているのは明らかだが、ミスター・エルウェスは自力で難なくベッドに戻ることができ、オーダリーはたんに励ましの言葉をかけるだけでよかった。ミスター・エルウェスがベッドに収まったところで、オーダリーはスタンディッシュとケイトに丁重に会釈をして出ていった。

ミスター・エルウェスはすぐに白昼夢を見ているような状態に戻ってしまい、枕の斜面に背中を預けた。頭を少しうつむけて、上掛けの下からごつごつ突き出す自分のひざを見つめている。

「ニューヨークにつないでくれ」彼は言った。

ケイトは面食らってスタンディッシュに目を向けた。なにか説明でもと期待したのだが、向こうはなにも言わない。

「オーケイ、わかった」とミスター・エルウェス。「たしか五四一なんとかだったんだけどね。ちょっと待って」これまで同様、感情のこもらない平板な声で、彼はべつの四桁の数字を口にした。

「いったいどういうことなんです?」ケイトはついに尋ねた。

「われわれにもなかなかわからなかったんですが、それがまさかの偶然で気がついたんです。この部屋の、あのテレビがついていて……」

スタンディッシュは小さなポータブルテレビを指さした。ベッドの側方、少し離れたところに置かれている。

「……トーク番組かなにかが映っていて、たまたまそれが生放送だったんです。まったく信じられない話です。ミスター・エルウェスはここに座って、BBCには虫酸が走るというようなことをぶつぶつ言っていました――BBCではなかったかもしれません。いまではほかにもチャンネルがありますから、そのどれかだったのかもしれない。それから、その番組の司会者についても、なにかの肛門みたいなやつだとかいう意見を言っていましたね。さらに、もうさっさと終わらせたいとも言っていました。そしてそのとき、とうとう彼がテレビに出てきたんです。そうしたらそのとたん、彼の言っていることとテレビの声が、いささか信じられない形で、ほとんど同期しはじめたんですよ」

「なにをおっしゃってるのかわかりませんが」とケイト。

「わかったら驚きですよ」とスタンディッシュは言った。「ミスター・エルウェスがなにか言うと、テレビに出てきた紳士がその直後にまったく同じことを言うんです。その紳士というのがダスティン・ホフマンという人で、ミスター・エルウェスはそのミスター・ホフマンがなにを言うか、実際に口に出す一秒ほど前にはすべてわかるらしいんです。ミスター・ホフマンがこれを知ったら、あまりいい気持ちはしないだろうと思わざるをえませんね。それでこの問題についてお教えしておこうと思ったのですが、どうやらいささかつかまえにくい人のようで」

「くそったれ、ここはどうなってるんだ」ミスター・エルウェスが穏やかに尋ねた。

「ミスター・ホフマンはいま、アメリカの西海岸のどこかで映画のロケをやっているようですね」

スタンディッシュは腕時計を見た。

「たぶんいまホテルで目を覚ましたところで、朝一番に電話をかけているんでしょう」と付け加える。

スタンディッシュと驚異のミスター・エルウェスのあいだで、ケイトは驚愕に目を丸くしていた。

「気の毒に、このかたはいつごろからこんなふうなんですか」

「たしか五年ぐらい前からだったと思いますよ。なんの前ぶれもなくいきなり発症したんです。ある日、いつものとおり家族で夕食をとっていたら、急にトレーラーがどうこうと文句を言いはじめたんだそうです。それからまもなく、今度は撮られかたが気に入らないとこぼし、そのあとはひと晩じゅう寝ごとを言いつづけて、無意味としか思えない語句を何度もくりかえしたり、この台本はなっていないと言ったりしていたそうです。家族にとってはさぞかし災難だったでしょう。想像がつくと思いますが、あんな完全主義の役者といっしょに、それとは知らずに同居していたわけですからね。しかしいま思うと不思議なくらいですよ、なにが起こっているのかすぐにわかってもよかったはずなんです。なにしろ一度なんか、夜明け前に家族全員をたたき起こして、プロデューサーや監督やみなさんのおかげでアカデミー賞がとれたとお礼を言ったっていうんですから」

　これから出してくるあれこれに備えて、今日という日がこれで彼女の機嫌をとろうとしているだけだとも知らず、ケイトはうっかり勘違いをして、ついに今日のショックも最高潮に達したと思い込んでいた。

「気の毒に」彼女は抑えた声で言った。「なんて痛ましい。他人の影としてしか生きられないなんて」

「本人がつらがっているとは思えませんが」

ミスター・エルウェスはいま、白熱の議論に完全に巻き込まれていると見えた。その議論は「ポイント」とか「総計」とか「利益」とか「リムジン」という語の定義に関連しているようだ。

「それにしても、これにはものすごい意味があるんじゃありません？」ケイトは言った。「この人はほんとうに、ダスティン・ホフマンよりちょっと早くこういうことを言ってるんでしょう」

「まあ、これはもちろんすべて憶測ですからね。完全な対応が明らかに認められた例はごくわずかですし、徹底的な調査研究の機会はまだありませんし。これは認めなくてはなりませんが、完璧な対応が認められたそのわずかな例にしても、厳密に記録されたわけではなく、偶然の一致で説明することも可能なんですよ。そのほかはそれこそ、たんに込み入った妄想の産物かもしれないわけでして」

「でも、この人の症状と、さっき見かけた女の子の症状を並べてみたら……」

「ああ、いや、そういうことはできないんです。症例はそれぞれ別個に判断しなくてはならないものですから」

「でも、どっちもこの同じ世界のできごとなんですから……」

「それはそうですが、またべつの問題があるのです。言うまでもなく、もしミスター・エルウェスに意味のある予知ができるのなら――たとえば、ソビエト連邦の首脳とか、アメリカ大統領ならなおよいわけですが、そういう人物の言葉を予知しているのなら、明らかにそこには重要な国防問題が関わってきますから、通常の範囲を逸脱して、なにが偶然ではなく、なにが妄想なのかという問題まで研究対象になることもあるでしょう。しかし、相手がただの映画俳優では──つまり、政界進出の意図がまったくなさそうな映画俳優では、厳密な科学の原則を離れるわけにはいかないのです」

スタンディッシュは「それでは」と付け加えて、向きを変えて出ていこうとし、ケイトはそのあとに従った。「わたしが思うに、ミスター・エルウェスについても、それからえーと、名前はなんだったか、あの車椅子のかわいい女の子についても、ここでは大して手助けができないということでしょうね。もっと有用な症例の患者さんのために、空間と設備を振り向けるべきかもしれません」

なんと応じてよいかわからず、ケイトははらわたの煮える思いで黙ってあとをついていった。

「ああ、ここからははるかに興味深くて有望な患者さんの区画ですよ」スタンディッシュは言って、次のスイングドアを抜けてきびきびと先に進んでいく。

ケイトは感情をおもてに出すまいと努めていたが、ミスター・スタンディッシュがいくら鈍感な火星人でも、聞き手が彼に完全に同意していないのはさすがに感じとったらしい。態度がいままでよりもう少し無愛想でせっかちになり、最初から待機していた無愛想さとせっかちさの大軍にさらなる援軍が駆けつけたかっこうだった。

ふたりはしばらく無言で廊下を歩いていった。新しい入院患者という話題をさりげなく持ち出すべつの方法をケイトは探していたが、同じ話題を続けて三度も持ち出せば、さりげなくという肝心な条件を満たすのがむずかしくなっていく。それは自分でも認めないわけにはいかなかった。できるだけこっそりと、ドアの前を通るたびになかをのぞこうとしたが、ほとんどはきちんと閉まっていたし、開いていてもなかにはそれらしいものはなにも見当たらなかった。

窓のわきを通ったときにふと外に目をやると、一台のヴァンが通りをそれて裏庭に入ってくるのが見えた。視界に入ったのはごく短いあいだだったのだが、なんとなく気になったのは、それがパン屋のヴァンでもクリーニング屋のヴァンでもないのがまったく明らかだったからだ。パン屋のヴァンやクリーニング屋のヴァンなら店の広告が入っていて、「パン」とか「クリーニング」とかいう単語が書いてあるものだが、このヴァンは完全なのっぺらぼうだった。だれにもなにも言いたいことなどなく、しかもそれを大声ではっきり言ってまわっているのだ。

それは大きくてがっちりした厳《いか》めしい雰囲気のヴァンで、ほとんどトラックと呼んでもおかしくない域に達していて、暗いメタリック・グレイ一色に塗られていた。それを見てケイトが思い出したのは、ブルガリアやユーゴスラヴィアを轟音《ごうおん》とともに走り抜けていた巨大なガンメタル・グレイの貨物トラックだった。アルバニアから外国へ向かうトラックで、側面にただ「アルバニア」の一語がステンシルで書かれているだけなのだ。あんな秘密めかしたトラックで、アルバニア人はなにを輸出しているのだろうと不思議に思ったものだったが、あるとき調べてみたら、アルバニアの唯一の輸出品は電力だった。しかし、高校の物理で習ったことを憶えまちがっているのでなければ、電気をトラックで運んでまわるというのはちょっとありそうにない話だ。

その大きな厳めしい雰囲気のヴァンは反転して、病院の裏口にバックで近づいてきはじめた。ふだんなにを運んでいるにしても、それを取りに来たか、運んできたかのどちらかなのだろう。ケイトは先に進んだ。

まもなくスタンディッシュはあるドアの前で立ち止まり、そっとノックをして、問いかけるようになかをのぞいた。それからついてくるようにとケイトに向かって手招きをする。

それは、これまでとはまったく異なる種類の部屋だった。ドアのすぐ内側は前室で、ひじょうに大きな窓があってそこから主室が見えるようになっている。この二室は互いに防音になっているのは明らかだった。この前室はモニター装置やらコンピュータやらが花盛りで、そのどれひとつ大声でひとりごとを言っていない機械はないのに、主室のほうではベッドに女性がひとり横になって眠っている。

「ミセス・エルスペス・メイです」とスタンディッシュは言った。どうやら重要人物を紹介しているつもりらしい。彼女の部屋は見るからに高級そうだった。広々としていて、内装も目に快く贅沢だ。至るところに生花が飾られているし、ミセス・メイの編物が置かれたベッドサイド・テーブルはマホガニー製だった。

彼女自身も目に快い身体つきで、中年後期と見える銀髪の女性だった。枕の山に支えられ、なかば上体を起こしたかっこうで眠っており、ピンク色の毛糸のカーディガンをはおっていた。しばらくしてケイトは気づいたのだが、眠ってはいてもミセス・メイは活動していないわけではなかった。頭は安らかに枕に預けて目も閉じているが、右手にはペンを握っていて、わきに置かれた大きなメモ用紙のうえでそのペンが激しくなにかを書きなぐっている。あの車椅子の少女の口と同じく、その手は独自の生物として目まぐるしく活動しているかのようだった。ピンクがかった小さな電極が、ミセス・メイのひたい、髪のはえぎわのすぐ下にテープで留めてある。ケイトとスタンディッシュの立っているこの前室の、コンピュータ画面に躍っているデータのどれかはあそこから流れ込んでくるのだろう。白衣の男がふたりに女がひとり、腰をおろして装置を監視しており、看護師がひとり窓ぎわに立って主室の様子を見守っていた。スタンディッシュはかれらと短く言葉を交わしたが、患者の状態はきわめて良好ということで意見が一致していた。

ミセス・メイが何者なのかとうぜん知っていると思われているようだったが、ケイトは知らなかったのでしかたなく尋ねた。

「霊媒ですよ」スタンディッシュはいささか気を悪くしたようだった。「てっきりご存じかと思いましたが。驚異的な力をもつ霊媒なのです。いまはトランス状態に入って自動書記をしているところです。口述筆記ですよ。彼女が受け取る情報は、いずれも計り知れないほど貴重なものばかりなんです。ほんとうにお聞きになったことがない?」

ケイトは聞いたことがないと白状した。

「しかし、モーツァルトやベートーベンやシューベルトの霊が、自分を通じて作曲をしているという女性の話は聞いたことがあるのでは?」

「ええ、その話は聞いたことがあります。数年前には、新聞のカラー付録でさかんに書き立てられてましたね」

「あの女性の話はその、なんというか、興味深い話でした。ああいうことに興味があればですが。まちがいなく、その作曲家のそれぞれがざっと即興で書きそうな曲でしたからね。音楽的な素養のない、中年の主婦が書けるとは思えないような」

ケイトはこの尊大な言葉を聞き流すことができなかった。

「それはちょっと女性蔑視じゃありませんか?」彼女は言った。「ジョージ・エリオット（十九世紀英国の小説家。本名はメアリ・アン・エヴァンズ）は中年の主婦でしたよ」

「ええ、わかってます」スタンディッシュはいらいらと言った。「しかし、ジョージ・エリオットは天国のヴォルフガング・アマデウスから曲を口述されていたわけじゃないでしょう。問題はそこですよ。どうか議論の本筋を離れないでください。よけいな話は持ち込まないように。ジョージ・エリオットの例が、もっかの問題になんらかの光を当ててくれると多少でも思えば、わたしが自分で持ち出してますよ。

どこまで話しましたっけ」

「さあ、わかりません」

「メイベルかな、ドリスかな。なんという名前でしたかね。まあいい、メイベルとしておきましょう。わたしが言いたかったのは、このドリスの問題を片づけるなら、無視してしまうのがいちばん簡単だということです。きわめて重要なことが関わっているわけではない。演奏会が何度か、二流三流の曲がいくつか、そんなところです。しかし、これはちがいます。ここでは、それとはまったく性質の異なる事件が起こっているんです」

この最後の言葉を押し殺した声で口にすると、彼はふり向き、コンピュータ画面の列に紛れ込んだテレビ受像機をにらんだ。ミセス・メイの手が紙のうえを動きまわるさまが、クローズアップで映っている。その手であらかた隠れて、なにを書いているのかはよく見えなかったが、どうやらなにかの数式のようだった。

「ミセス・メイは、アインシュタインからハイゼンベルクやプランクまで、世界最高の物理学者たちの口述筆記をしているのです。というか、そう主張しているんです。しかし、その主張に反論するのはきわめてむずかしい。なぜなら、ここで生み出されているのは、つまり自動書記で、この……物理の素養のない女性が生み出しているのは、実際に深遠きわまる物理学理論なんですよ。

故アインシュタインは、マクロレベルでの時空のふるまいに関する理解をいよいよ精緻に深めていますし、故ハイゼンベルクと故プランクは、量子レベルでの物質の根本的構造に関する新たな知見を次々にもたらしています。これはまったく疑いをいれないところなんですが、この情報によって、求めて得られなかった目標、つまり万物の大統一理論に物理学は少しずつ近づきつつあるんですよ。

そんなわけで、科学者にとってこれはきわめて興味深い状況を生んでいるわけです。いささか頭が痛いと言ってもいいかもしれない。情報のもたらされる手段が、その情報の意味するところと完全に矛盾しているとしか思えないわけですから」

「ヘンリーおじさんの話みたいですね」ケイトが急に口をはさんだ。

スタンディッシュはぽかんとして見返してきた。

「ほら、ヘンリーおじさんは自分をニワトリだと思ってるっていう」ケイトは説明した。

スタンディッシュはまたぽかんとして見返してくる。

「お聞きになったことあるでしょう」とケイト。「『ヘンリーおじさんのことがすごく心配なんだ。自分のことをニワトリだと思ってるんだよ』『そりゃ大変だ、病院に連れってやれよ』『うん、でもそうすると卵を産まなくなっちゃうだろ』」

スタンディッシュはまじまじとケイトを見つめている。小さいけれどもそれなりの形をしたニワトコの木が、彼女の鼻梁から急にひとりでにはえてきたかのように。

「もういちど言ってくれませんか」小さなかすれた声で言う。

「えっ、最初からですか」

「ええ、最初から」

ケイトは片手のこぶしを腰にあてて、今度はもう少し生き生きと、南部方言っぽい口調でくりかえした。

「すばらしい」聞き終わると、スタンディッシュは息を呑んだ。

「お聞きになったことあるはずですよ」この反応にちょっと驚いて、ケイトは言った。「古いジョークですもの」

「いや、初めて聞きました」彼は言った。「卵を産まなくなる。卵を産まなくなる。卵を産まなくなる。『病院には連れていけない、なぜなら卵を産まなくなるから』。どんな状況にあっても、それを説明するための適応的な論理をたゆみなく編み出しつづける、そういう人間の営みの根本的なパラドックスを鋭くえぐり出している。なんということだ」

ケイトは肩をすくめた。

「それなのに、これがジョークだと言うんですか」スタンディッシュは信じられないという口調で尋ねてきた。

「ええ、それもすごく古いジョークですよ」

「ジョークというのはみんなそういうものなんですか。知らなかった」

「それは――」

「驚きましたよ」スタンディッシュは言った。「ほんとうに驚いた。太った男たちがテレビでしゃべっているあれがジョークだと思っていて、いちども聞いたことがなかったんです。みんなしてわたしからなにかをずっと隠していたんじゃないだろうか。ちょっときみ！」

窓越しにミセス・メイを見守っていた看護師が、こんなふうにいきなり怒鳴りつけられて飛びあがった。

「あの、はい、なんでしょうか」彼女は言った。見るからに、スタンディッシュにおびえている。

「どうしてきみは、わたしに一度もジョークを教えてくれなかったんだ」

看護師は目を丸くして彼を見つめて震えていた。こんな質問には答えるすべすら思いつけない。

「あの、それは……」

「メモしておいてくれ。これからは、きみだけでなくこの病院のスタッフ全員、自分の知っているジョークをぜんぶわたしに教えること。わかったかね」

「あの、はい、わかりました――」

スタンディッシュは目に迷いと疑いの色を浮かべて看護師を見やった。

「きみもなにかジョークを知っているんだろう」と問い詰めた。

「その、はい、ミスター・スタンディッシュ、そう思います」

「ひとつ聞かせてくれ」

「えっ、その、いまですか？」

「いますぐだ」

「ええと、それじゃ、その——これは、ある患者さんが、その、えと、手術を受けて、麻酔から醒めたときのジョークなんですけど、それで目が覚めて、大して面白くないんですけど、でもとにかく手術を受けて、目が覚めたときにお医者さんに言うんです。『先生、わたしどうしたんでしょうか、脚が両方ともぜんぜん感じないんですけど』。するとお医者さんが、『ええ、お気の毒ですが切断するしかありませんでした。両腕とも』。つまりそういうことだったんです。その、だから脚をさわれなかったっていうオチで」

ミスター・スタンディッシュは、しばらく看護師をまっすぐ見つめていた。

「あとでわたしの部屋に来なさい」彼は言った。

「わかりました」

彼はケイトに目を向けた。

「ニワトリが道路を渡るとかそういうのがあったでしょう」

「ああ、ありましたね」ケイトは身構えるように言った。なんだかまずいことに巻き込まれてしまったような気がする。

「どんなジョークでしたっけ」

「ええと」とケイト。「『ニワトリが道路を渡ったのはなぜ?』っていうあれですよね」

「ええ、それで?」

「それでその答えは、『向こう側に行きたかったから』」

「なるほど」スタンディッシュはちょっと考えた。「それでそのニワトリは、道路の向こう側に行ってどうするんですか」

「それはわかりません」ケイトは即座に答えた。「それはこのジョークには関係ないんだと思います。ここではほんとは、ニワトリが道路を渡ったっていうことと、その理由しか見てないんですよ。そういうところ、ちょっと日本のハイクに似てますね」

ケイトはふいに、面白がっている自分に気がついた。こっそり看護師にウィンクしてみせたが、看護師はなにがなんだかわけがわからないという顔をしている。

「なるほど」スタンディッシュはまた言って眉をひそめた。「それでその、つまりこういうジョークでは、なんらかの人工的な薬物を前もって使用する必要があるんでしょうかね」

「それはジョークによりますし、ジョークを聞く相手にもよりますね」

「ふうむ、ミス・えー……これはどうも、あなたのおかげで肥沃な分野の存在に気がつくことができたようです。ユーモアという分野は全体に、じかにじっくり研究する価値があるような気がしますね。言うまでもなく、真に心理学的価値のあるジョークと、たんに薬物濫用《らんよう》を奨励するだけで禁止したほうがよいジョークをまず区別しなくてはなりませんが。けっこう」

そこでふり向いて、白衣の研究者のひとりに話しかけた。研究者はテレビ画面に向かい、ミセス・メイのなぐり書きを目で追っている。

「ミスター・アインシュタインは、またなにか重要なことを言ってきてるかね」スタンディッシュは尋ねた。

研究者は画面から目を離さない。

「『卵はどうする？　落とし卵とゆで卵とどっちがいい？』と言ってます」

またスタンディッシュは考え込んだ。

「面白い」彼は言った。「ひじょうに面白い。彼女がなにを書いたか、今後も一言一句あまさず記録するように。行きましょう」と、最後のひとことはケイトに向かって言い、彼は部屋を出ていった。

「物理学者というのはまったく変人ぞろいですね」と、また外へ出るなり彼は言った。「わたしの経験では、まだ実際には死んでいない者もたいていなんらかの重病にかかっている。さて、午後もだいぶ遅くなってきましたし、ミス・えー……あなたも早く帰って記事をまとめたいでしょう。わたしも至急片づけねばならない用がありますし、患者も診なくてはなりません。ほかにご質問がなければ、これで――」

「ミスター・スタンディッシュ、あとひとつだけ」ケイトは突っ張ることにした。「最新の情報だということを強調したいので、あと二、三分ほどお時間をいただいて、いちばん新しい入院患者のかたに会わせていただきたいんですが」

「それはいささかむずかしいと思いますね。いまのところ最後に入院患者を受け入れたのは一か月ほど前ですが、入院して二週間後に肺炎で亡くなられましたから」

「あら。あら、そうなんですか。それはあんまり愉快な話ではありませんね。それじゃ、この数日以内に新しく入られた患者さんはいないんですね。とくに大柄とかブロンドとか北欧ふうとか、毛皮のコートを着ているとか大ハンマーを持っているとか、そういう人はいないんですね。つまりその、たとえばの話ですけど」ふとひらめいた。「ひょっとして再入院とか」

スタンディッシュはいよいようさんくさげな目を向けてきた。

「ミス・えー……」

「シェクターです」

「ミス・シェクター、なんとなくそんな気がしてきたんですが、あなたが知りたいのは当院のことではなく――」

最後まで言い終えないうちに、ふたりのすぐ後ろで廊下のスイングドアが押し開かれた。だれが出てきたのかとそちらを見て、とたんにスタンディッシュは態度を変えた。

ケイトに向かってわきへどくよう身ぶりであせって伝えてきたと見れば、出てきたのは大きな車輪つきストレッチャーだった。オーダリーが押し、付添いの看護師長と看護師があとに続くさまは、たんに通常の仕事をしているというより、行列の随員を務めているように見えた。

ストレッチャーに横たわっていたのは老人だった。華奢でか弱げで、細かく血管の浮いた羊皮紙のような皮膚をしている。

ストレッチャーの後部はごくゆるやかな角度でななめにあげてあり、通り過ぎるときに老人が周囲を眺められるようになっていた。そして周囲を眺める老人は、いわば静かで慈悲深い嫌悪の表情を浮かべている。口はわずかに開いていて、頭はごくかすかにゆらゆらしている。ストレッチャーが少しがたつくたびに、そのせいで首が小さく左を向いたり右を向いたりしていた。しかし、か弱く物憂げでありながら、老人の発している空気は、ひじょうに静かにまた穏やかに、すべてを所有している人のそれだった。

そんな印象を伝えてくるのは老人の独眼だ。その目が留まるものはすべて、それが窓からの眺めであれ、ストレッチャーが支障なく通れるようにドアを押さえている看護師であれ、急にお愛想のかたまりになってぺこぺこしだしたミスター・スタンディッシュであれ、その独眼の支配する領域に瞬時に取り込まれてしまうようだった。

ケイトはしばし不思議に思った。どうして目は、その持主についてこれほど大量の情報を伝えてくるのだろう。結局のところ、目は白い結合組織でできた球体にすぎない。年齢《とし》をとってもほとんど変化せず、ちょっと赤くなって涙っぽくなるだけだ。虹彩《こうさい》は多少広がったりすぼまったりするが、それだけだ。この情報の洪水はいったいどこから来るのだろう。とくにこの老人の場合は目がひとつしかなく、もういっぽうの目があるべき場所は垂れ下がった皮膚でふさがっているのに。

そんな思考の流れが急に断ち切られた。その瞬間、問題の独眼がスタンディッシュから離れてケイトのうえで留まったのだ。その目にわしづかみにされて、彼女は驚きのあまり声をあげそうになった。

ごく弱々しいかすかな動作で老人はオーダリーに合図して、押しているストレッチャーを止まらせた。ストレッチャーが止まり、車輪の音がやむ。そのせつな、なんの音もしなくなった。エレベーターの遠いうなりが聞こえるだけだ。

やがて、そのエレベーターが止まった。

ケイトは小さく笑みを浮かべながら眉をひそめ、「すみません、どこかでお会いしましたっけ」と言うように視線を返しながら、ひょっとしてほんとうに会ったことがあるのだろうかといぶかった。つかのま、老人の顔に見憶えがあるような気がしたものの、はっきりとは思い出せない。ふと気づいて感心したのだが、老人が寝ているのはただのストレッチャーなのに、その手がのっているベッドのリネンは本物のリネンで、洗濯したてでアイロンがかかっていた。

ミスター・スタンディッシュは小さく咳払いをした。「ミス・えー……こちらは当院の最も重要で、そしてその、大切な患者さんで、ミスター――」

「ミスター・オドウィン、どこか気持ちの悪いところはございませんか」看護師長が助け船を出そうと口をはさんだ。しかし、その気遣いは無用だった。この患者の名前だけはスタンディッシュもちゃんと憶えていたからだ。

オーディンは小さく手を動かして彼女を黙らせた。

「ミスター・オドウィン」とスタンディッシュ。「こちらはミス・えー――」

ケイトはまた自分で名乗ろうとして、完全に不意を衝かれた。

「その人のことはよく知っている」オーディンは静かな、しかしはっきりした声で言った。その一瞬、彼のひとつ目によぎった表情は、意味ありげにスズメバチを見ている殺虫スプレーを思わせた。

ケイトはことさら堅苦しく、英国人的にふるまおうとした。

「あいにくお目にかかった憶えがないのですが、わたくしのことをご存じなのでしょうか」

「知っているとも」オーディンは言った。

オーダリーに合図をすると、一行はそろって動きだし、また廊下をゆっくりと進みはじめた。スタンディッシュと看護師長が目配せをしている横で、ケイトはあっと驚いていた。廊下にはかれらのほかに、もうひとりべつの人間が立っていたのだ。とはいえ、魔法のように現われたというわけではなさそうだった。ストレッチャーが動きだしても、その場にじっと立っていただけだ。身長が、というより身長の足りなさがはなはだしいせいで、いままでストレッチャーの陰に隠れて見えなかったのだ。

隠れて見えないままのほうがずっとよかった。

世の中にはひと目で好きになれる相手もいれば、いずれは好きになれるかもと思う相手もいるし、ただもう尖った棒で向こうへ押しやりたくなるやつもいる。そのトウ・ラグという人物がどのカテゴリーに属するかは、ケイトにとってはひと目で明らかだった。

彼はにたにた笑いながら彼女を見ていた。というより、彼女の頭のまわりを飛んでいる見えないハエかなにかを見ているようだった。

と思ったら駆け寄ってきて、止めるまもなく彼女の右手を右手でつかみ、勢いよく上下にふった。

「わたしもね、あなたのことをご存じなんですよ、ミス・シェクター」と言うと、陽気に廊下をスキップして去っていった。

12

大きな厳《いか》めしい雰囲気の灰色のヴァンが、私道をなめらかに走ってきた。石造りの門を抜けると、静かに車体を沈めつつ砂利敷きの私道を出てアスファルトの公道に折れた。道路は風の強い田舎道で、葉を落としたオークや枯れたエルムの木々の寒々しい影に縁どられている。空では、灰色の雲が枕のように高く積みあがっていた。ヴァンはその道路を堂々と進んでいき、曲がりくねる道路の向こうにまもなく姿を消した。

その数分後、黄色いシトロエンが門から出てきたが、こちらはそれほど堂々とはしていなかった。傾いたタイヤをターンさせて傾いた路面に乗せ、ゆっくりと、それでも苦しげに、ヴァンと同じ方向へ走りだす。

ケイトは困惑していた。

最後の数分間はかなり気まずかった。スタンディッシュの言動がたいがいおかしいのは明らかだったが、オドウィンという患者に出くわしたあとは、あからさまに敵意をむき出しにしてきた。敵意むき出しに人を震えあがらせようとするのは、そうする本人が震えあがっているからだろうが、彼がなにに震えあがっているのかケイトにはさっぱりわからなかった。

きみはだれだ、と彼は問い詰めてきた。アラン・フランクリンは立派な同業者だが、その彼をなんと言ってだまして紹介状を手に入れたのか。いったいなにが目当てなのか。はたまた（どうやらこれが肝心な点だったようだが）、ミスター・オドウィンの不興を買うとは、いったいなにをしでかしたのか。

車が道からそれようそれようとするのを彼女は頑強に阻止しつづけた。道がカーブしているとそれはかなりむずかしく、まっすぐな部分でもむずかしさは大して変わらなかった。この車のために、彼女はいちど法廷に立たされたことがある。前輪のいっぽうがひとりで勝手にどこかへ行こうとして、危うく事故を起こしかけたのだ。法廷で証言した警察官は、彼女の大事なシトロエンをさして「車もどき」と言ってくれ、その後もずっとそう呼びつづけた。ケイトはこの車もどきをことのほか愛していたが、それにはいくつも理由があった。たとえばドアがひとつ外れて落ちても、自分でもとどおりにはめることができる。ＢＭＷではこうは行かない。

内心感じているのと同じぐらい、顔も血の気が引いて青ざめているだろうかと思ったが、バックミラーは座席の下でがたがた鳴っていて、おかげで確かめてみることはできなかった。

スタンディッシュ自身も、だれかがミスター・オドウィンを怒らせたと考えただけで真っ青になって震えていて、ケイトがあの人には会ったこともないと言ってもてんから取りあおうとしなかった。それがほんとうなら、なぜミスター・オドウィンは彼女のことを知っているとはっきり言ったのか。ミスター・オドウィンが嘘つきだとでも言うのか。そんなことを言って、ただですむと思っているのか。

ケイトにはわけがわからなかった。ミスター・オドウィンとの出会いは、なにからなにまで腑に落ちない。しかし、彼にある種の影響力があるのは否定できなかった。いったん目をつけられたら、その目はずっと離れないのだ。しかし、彼の小ゆるぎもしない視線に不安がかき立てられるとしても、その下にはいっそう不安をかき立てるものが隠れていた。なぜいっそう不安をかき立てるかというと、その隠れているものというのが弱さと恐怖だからだ。

それにあの、もうひとりのあれは……

最近、飛び抜けてたちの悪いタブロイド紙が「ウッズヘッド病院でおぞましいことが」起こっていると書き立てていたが、そのもとになったのはまちがいなくあの人物だろう。言うまでもなく、その記事は低俗で無神経きわまる記事であり、英国にはまともに相手にする者はいなかった。例外は、低俗で無神経きわまることが大好きというほんの数百万人の読者だけだ。

その記事によれば、ぞっとするほど「ゴブリン的な」異形の生物が周辺住民を「恐怖に陥れて」いるという。その生物はウッズヘッドからしょっちゅう抜け出してきては、それこそ思いつくかぎりの口にするのも忌まわしい行為に及んでいるらしい。

たいていの人がそうだろうが、ケイトも（それについて考えることがあればだが）その正体は気の毒な患者だろうと思っていた。病気のせいで混乱して、病院の敷地から迷い出てしまい、通りかかったおばあさんたちをちょっとおどかしてしまったのだろう。あとの話は、ワッピング（ロンドン東部の地区。〈タイムズ〉などの本社がある）の売文記者どもがでっちあげたのにちがいないと。しかしいまとなっては、ほんとうにでっちあげなのか自信が持てなくなってきた。

あの人物――というか生物――は彼女の名を知っていた。

これをどう考えればいいのだろう。

考えると言えば、いまは道をまちがったと考えるべきだ。上の空だったせいで、ロンドンに戻る幹線道路に至る曲がり角を通り過ぎてしまって、いまはその対策を考えなくてはならない。ハンドルを切り返して方向転換をすればすむ話だが、この車のギアを最後にバックに入れたのはずいぶん前のことで、正直言って車がそれにどんな反応を示すかいささか不安だった。

次のふたつの角を右に曲がり、正しい道に入れるか試してみたが、うまく行くとは大して期待できなかったし、その判断は正しかった。道をまちがっているのはわかっていたが、さらに四、五キロ走ってみた。灰色の雲を背景に、やや明るい灰色のしみが見える位置から判断して、少なくとも方角はまちがっていないようだ。

しばらくすると、彼女は安心してこのルートをたどりはじめた。見かけた二、三の道路標識からして、ロンドンに戻る第二ルートをとっているだけなのは明らかだったからだ。それならなんの問題もない。あらかじめ考えていれば、どっちみちこの道を選んでいただろう。交通量の多い幹線道路よりこちらのほうがいい。

この遠出は大失敗だった。こんなことなら、午後じゅうなにもせずお湯につかっていたほうがずっとよかった。あの病院であったことはなにからなにまで不可解で、恐ろしいと言ってもいいほどだったし、真の目的に関してはまったくなんの成果もなかった。自分で自分にそうと認められない目的を持つだけでも居心地が悪いのに、おまけにそれが完全な失敗だったというのではまるで救いがない。一面灰色の空とともに、徒労感がだんだん重くのしかかってきた。

まさか、ほんの少し頭がおかしくなってきているのではないだろうか。ここ数日のうちに、人生は彼女の手綱を完全に離れてふらふらしだしたような気がする。そうと気づいて胸が痛んだが、手綱を握る彼女の手はなんとひ弱なことだろう。雷だか隕石だかなんだか知らないが、そういうわりあい小規模な災害で簡単に粉砕されてしまう程度のものだったとは。

「雷」という言葉はなんの前ぶれもなく頭のなかに湧いて出たようで、どう考えてよいかわからなかったから、心の底にそのまま放っておくことにした。浴室の床に落としたタオルを、わざわざ拾う気になれずにしばし放っておくように。

太陽が顔を出してくれないだろうか。足もとには何キロもの道のりが残っているし、頭には鉛色の雲がのしかかってくるし、その頭のなかではますますペンギンのことばかり考えている。しまいに我慢できなくなってきた。何分間かそのへんを散歩すれば、いい気分転換になるかもしれない。

そこで道路わきに車を停めた。古ぼけたジャガーが、ちなみにこの車は二十七キロ前からずっと彼女の後ろを走っていたのだが、それがまともに追突してきて散歩する手間をはぶいてくれた。

13

大歓迎の怒りのショックでケイトは飛びあがり、元気百倍で車を飛び出すと、後ろの車の主を怒鳴りつけてやろうと走っていった。その後ろの車の主のほうも、彼女を怒鳴りつけてやろうと飛び出してくる。

「どこに目をつけてるのよ！」彼女はその男に向かってわめいた。男はいささか太りすぎで、革のロングコートにかなり見苦しい赤い帽子をかぶっている。こんなかっこうでは運転しにくいだろうに。ケイトは男のそういうところに好感をもった。

「どこに目をつけてるだって？」彼は激して言い返してきた。「あんたこそ、バックミラーを見ないのか」

「見ないわ」ケイトは両のこぶしを腰に当てて言い放った。

「ああそう」相手は言った。「なんで？」

「座席の下に落ちてるからよ」

「なるほど」彼はむっつりと答えた。「率直なお答えに感謝するよ。おたく、弁護士雇ってる？」

「雇ってるわよ、お気の毒さま」ケイトは言った。元気いっぱいに、ふんぞりかえって言った。

「その弁護士、仕事できる?」帽子男は言った。「わたしも雇わないと。前の弁護士がいまちょっと刑務所に入ってるんだ」

「だけど、わたしの弁護士を雇うわけにはいかないでしょ」

「なんで」

「あたりまえじゃない。どう考えても利害が対立するわ」

相手の男は腕組みをし、自分の車のボンネットに寄りかかった。しばらく周囲を眺めている。道路はしだいに暗くなってきていた。初冬の日は暮れかけて、早くも夕闇が落ちようとしている。男は車のなかに身体を突っ込み、ハザードランプのスイッチを入れた。後部の琥珀《こはく》色のランプが美しく点滅して、道路ぎわのいじけた草を照らし出す。正面のライトはケイトのシトロエンの後部にめり込んでいて、いまは点滅できる状態ではない。

彼はまたボンネットに寄りかかる体勢に戻り、ケイトを値踏みするようにじろじろ眺めた。

「おたくの運転は」と彼は口を開いた。「わたしはいま、この言葉を可能な限り広い意味で使ってる。つまり、さしあたって車と呼ぶことにする——まったくなんの偏見ももたずに呼べばだがね、その車と呼ぶことにするものが道路を進んでいるさいに運転席に座っているというだけの意味だが、それはあっと驚くというか、ほとんど非人間的の域に達していると言っていいと思うが、技術の欠如を示しているね。わたしの言いたいことがわかってもらえたかな」

「いいえ」

「つまり、おたくの運転はなってないってことだよ。わかってるのかな、この二十七キロ走るあいだ、ずっとあっちにふらふらこっちにふらふらしていたよ」

「二十七キロですって！」ケイトは声をあげた。「ずっとわたしをつけてたっていうの？」

「わたしはただ、ここまでずっと道路のこっち側からずれないようにしていたけどね」

「そう、わかったわ。率直なお答えにわたしも感謝いたしますわよ。おわかりでしょうけどね、こんなのとうてい赦せることじゃないわ。よっぽど腕のいい弁護士を雇うことね。でないと、わたしの弁護士に真っ赤に焼けた焼き串を突き刺されるわよ」

「弁護士よりケバブを買ってきたほうがよさそうだな」

「見たところ、あなたはケバブはもうどっさり食べてるんじゃないの。ちなみに、なぜわたしのあとをつけたのか教えていただけないかしら」

「いかにも行先がわかっていそうに見えたからだよ。少なくとも最初のうちは。最初の百メートルぐらいだったかな」

「わたしがどこに行こうが、あなたになんの関係があるのよ」

「これがおれのナビゲーション法でね」

ケイトは不審げに目を細めた。

その突拍子もない発言について、即座にじゅうぶんな説明を要求しようとしたが、ちょうどそのとき、通りかかった白いフォード・シエラ（欧州フォードが一九八二年から一九九三年まで製造していた中型車）が速度を落としてそばに停まった。

窓がおりて、運転手が外へ身を乗り出してきた。「衝突かい？」と大声で呼びかけてくる。

「まあね」

「へっ！」と言って走り去った。

一、二秒あとにプジョーがそばに停まった。

「いまのだれ？」運転手はふたりに尋ねた。ついさっき、彼より先にここに停まった運転手のことだ。

「知らん」ダークは言った。

「ああそう」運転手は言った。「なんか衝突したみたいだね」

「まあね」ダークは言った。

「そうだと思ったよ」運転手は言って走り去った。

「近ごろの通りすがりにはろくなやつがいないな」ダークはケイトに言った。

「おまけに、正真正銘のろくでなしがぶつかってくるしね」ケイトは言った。「まだ聞かせてもらってないんだけど、なぜわたしのあとをつけてきたの。これじゃどうしたって、ものすごくうさんくさい役まわりを演じてるとしか思えないわよ」

「すぐに説明するよ」ダークは言った。「ふだんはたしかにうさんくさい役まわりを演じてるんだが、今回はたんに道に迷っただけだ。でかい灰色のヴァンが、まるで道路の所有者みたいな顔してこっちへ走ってきたんで、それをよけなくちゃならなかった。それで脇道にちょっとそれてやり過ごしただけだったのに、そしたらバックできなくなっちまったんだ。何度か曲がるうちに完全に道に迷ってしまった。そういうときは地図を調べればいいと主張する一派もあるが、そういう連中にはひとことこうさ――『へん、調べようにも地図がなかったらどうするんだ。あったとしてもドルドーニュ川（フランス南西部の川）の地図だったらどうするんだよ』。それでおれの戦略は、行先がちゃんとわかってそうに見える車、というか、それになるべく近いものを見つけてあとをついていくっていう方法なんだよ。最初に行こうとしてた場所にはめったにたどり着けないが、行く必要のある場所に行き着くことはけっこう多いからな。で、きみはどう思う?」

「ばかみたい」

「しっかりした意見だ。尊敬するよ」

「ときどきはわたしも同じことをするって言おうとしたんだけど、まだそれは認めないほうがいいと思ったのよ」

「賢明だな」とダーク。「最初っからあんまりあけっ広げなのはいいことじゃない。なるべく手の内を見せずに戦えっていうのがおれのアドバイスだ」

「あなたにアドバイスなんかしてもらいたくないわ。それはそうと、どこへ行こうとしていたの。急にひらめいて、反対方向に二十七キロも走ればそこへ着けると思いつく前には」

「ウッズヘッドっていうとこだ」

「ああ、あの気狂い病院ね」

「知ってるの」

「この二十七キロ、ずっとあそこから遠ざかってきてたのよ。これでも近すぎるぐらいだわ。どの病棟に入るのか教えてよ。修理代の請求書を送らなくちゃならないから」

「あそこに病棟はない」ダークは言った。「それに、気狂い病院なんて言われたら悲しむと思うがね」

「あそこの連中が悲しむならなんでも大歓迎よ」

ダークは周囲を見まわした。

「気持ちのいい晩だな」彼は言った。

「どこが」

「なるほど」とダーク。「きみの雰囲気からすると、こう言ってよければ、今日は楽しい日でも、心が豊かになる日でもなかったみたいだな」

「そのとおりよ、ぜんぜんだったわ」ケイトは言った。「アッシジの聖フランチェスコだって、赤んぼを蹴飛ばしたくなるような一日だったわよ。とくに、今日に火曜日も含めるならね。その日を最後に、わたしずっと意識不明だったのよ。おまけに今度は見てよ、わたしの大事な車がこんなになって。全部ひっくるめても、よかったことって言ったら、少なくともここはオスロじゃないってことだけだわ」

「それでだいぶ元気が出るのはわかるよ」

「元気が出たなんて言ってないわ。ただ、おかげで自殺せずにいられるってだけよ。でもどっちみち、わざわざ自分で死ぬまでもないわね、代わりにやってやりたいっていうあなたみたいな人がいるんだから」

「きみのおかげで大いに手間がはぶけたよ、ミス・シェクター」

「それ、もうやめてよ！」

「なにをもうやめろって？」

「わたしの名前よ！　どうして急に、会う人会う人みんなわたしの名前を知ってるの？　わたしの名前を知ってるのをちょっとでいいからやめてくれないかしら。こんな状況で、どうして手の内を見せずにいられるっていうのよ。今日会ったうちで、わたしの名前を知らなかったみたいなのはひとりきりで、そのひとりっていうのが、わたしがちゃんと自己紹介したたったひとりの相手なのよ。いいこと」と言って、ダークに指を突きつけてきた。「あなたは超能力者じゃないでしょ、どうしてわたしの名前を知ったのか白状しなさいよ。白状するまでネクタイから手を離さないから」

「きみはネクタイをつかんでなんか――」

「ほら、つかんでやったわよ」

「こら、離しなさい！」

「どうしてわたしのあとをつけてきたの」ケイトは重ねて問い詰めた。「それに、なんでわたしの名前を知ってるのよ」

「あとをつけたのは、さっき言ったとおりの理由だよ。あなたの名前についてはですね、あなたが自分で教えてくれたも同然なんですよ」

「わたしは教えてないわ」

「いや、教えてくれたんだ」

「ネクタイを離してほしくないのね」

「オスロに行くつもりだったのに火曜日から意識不明だったとすれば、ヒースロー空港の第二ターミナルでチェックイン・カウンターが原因不明の爆発を起こしたとき、きみはその場にいたにちがいない。あの事故は大々的に報道されたんだよ。意識不明だったせいで気がつかなかったんだろうけどね。おれ自身、どん底の無気力状態だったせいで気づいてなかったんだが、今日いろいろあったもんでいやでも気づかされたんだ」

ケイトはしぶしぶネクタイから手を離したが、あいかわらずうさんくさげににらみつけていた。

「ふうん、そう」彼女は言った。「いろいろあったって、なにがあったの」

「いろいろと恐ろしいことがね」ダークは服を直しながら言った。「きみが自分で言ったことだけではじゅうぶんでなかったとしても、今日きみもウッズヘッドに行くことになったってことで、おれに言わせればもうだれだか疑う余地はないんだよ。そのけんか腰の落胆ぶりから推して、目当ての男は見つからなかったようだね」

「なんですって？」

「どうぞ、つかんでいいよ」ダークは言って、急いでネクタイを引っぱり出して差し出した。「今日たまたま、きみの病院の看護師に出くわしたんだ。最初に出会ったときは、理由はいろいろだがね、おれとしてはぜひともさっさとお別れしたいぐらいだったんだが、一、二分後に歩道に出て、そこで地元の野生生物を追い払ってるさいちゅうに、ふいにその看護師のひとことを思い出して頭をがつんとやられたんだよ。言ってみれば、雷に打たれたみたいだった。それでひらめいたのは、突拍子もなくありえない可能性だった。しかし、突拍子もなくありえない可能性っていうのはたいていそうだが、その可能性にだって少なくとも熟慮熟考の価値はあったんだ、ごく当たり前の可能性に負けず劣らず——なにしろこの場合、そのごく当たり前の可能性に合うように、事実が無理やりねじ曲げられていたんだがね。

それで引き返してその看護師にいろいろ質問してみたら、いささか変わった患者が、夜明け前の早い時間に、どうやらウッズヘッドって病院に移されたらしいって教えてくれたんだ。

それにもうひとつ教えてくれたことがある。その患者がどうなったのか、ぶしつけなぐらい興味津々だった患者がほかにいたっていう。そしてそれがミス・ケイト・シェクターって人だったというわけさ。これできみも、おれのナビゲーション法にそれなりの長所があるってことは認めてくれるだろう。おれは最初に行こうとしてた場所にはたどり着けなかったかもしれないが、行くべき場所にはちゃんと行き着けたんじゃないかな」

14

三十分ほどするころ、近くの修理工場からがっちりした男がひとり、ピックアップトラックに引き綱と息子を乗せてやって来た。現場の状況を見ると、男は息子とピックアップトラックをべつの仕事をするために帰らせて、いまは動かないケイトの車に引き綱をつけ、修理工場まで自分で引いて帰っていった。

これについてケイトはほとんどなにも言わなかったが、しばらくしてから言った。

「あの人あんなことしなかったと思うわ、わたしがアメリカ人じゃなかったら」

修理工場の男は、シトロエンの診断結果が出たらそこへふたりを探しに行くと言って、地元の小さなパブを勧めた。ダークのジャガーは前部右側の方向指示ランプが壊れただけだったし、ダークはどっちみちめったに右には曲がらないからと言い張ったので、そんなわけでパブまでの短い道のりを彼の車で行くことになった。ケイトはいささか不承不承にダークの車に乗り込んだが、ダークが喫茶店で看護師のサリー・ミルズから失敬してきたハワード・ベルの本を見つけると、それに猛然と飛びついた。数分後、パブに入っていくときになっても、もう読んだことのある本かどうか彼女はまだ判断をつけかねていた。

そのパブには、馬具ふうの真鍮製の装飾とフォーマイカと無愛想という英国の伝統がすべてそろっていた。もういっぽうのバー（階級社会の名残で、英国のパブは労働者向けのパブリック・バーと中産階級向けのラウンジ（またはダイニング）・バーに分かれていることが多かった）のマイケル・ジャクソンの歌が、こちら側のグラス洗浄器の間欠的な嘆きの声と混じりあい、それがもたらす聴覚的な効果は、その陰気さにおいて古ぼけた塗装にまさるとも劣らなかった。

ダークは自分とケイトの酒を買って、席に運んでいった。カウンターの太ったTシャツ軍団の敵意から逃れて、ケイトがすみの小さなテーブルに席を見つけていたのだ。

「読んだことある本だったわ」彼女は宣言した。いまでは『あとは野となれ』をあらかたぱら読みし終わっている。「少なくとも、読みかけて最初の二、三章は読んだはず。それもほんの二、三か月前に。どうしていまだにこの人の本を読んでるのか自分でわからないわ。編集者が読んでないのは確実なのに」ダークを見あげて、「こんな本を読む人だとは思わなかった。あなたのことほとんど知らないけど」

「読んでない」ダークは言った。「それは、えーと、まちがって手にとってしまったんだ」

「みんなそう言うわ」ケイトは答えた。「でも、以前はすごく面白かったのよ」と付け加える。「こういうジャンルが好きならだけど。わたしの兄がニューヨークで出版の仕事をしてるんだけど、ハワード・ベルは最近すごく変になってきてるんですって。それでみんなちょっとびびっていて、それを本人はけっこう気に入ってるんじゃないかと思うわ。だって、彼に面と向かってものを言う度胸のある人なんかひとりもいないみたいだもの。十章から二十七章まではぜんぶ、それにあの長たらしいヤギの話は削除したほうがいいとかね。ベルの本が何百万部も売れるのは、だれもほんとうは読んでないからだって言ってる人もいるわ。買った人がほんとに読んでたら、二度と次作を買おうとは思わないだろうし、そうなったら彼の作家生命はそこで終わりだものね」

彼女は本を向こうへ押しやった。

「それはそれとして」彼女は言った。「わたしがウッズヘッドへ行った理由はみごとに当ててくれたけど、あなたが行こうとしてた理由は教えてもらってないわ」

ダークは肩をすくめた。「どんなところか興味があったんだよ」あいまいに答える。

「あらほんと。それじゃ、わたしが手間をはぶいてあげるわ。あそこはもう、すっごくひどいところよ」

「くわしく話してくれよ。できれば空港のところから」

ケイトはブラッディ・マリーを盛大にあおり、しばらく黙って考えていた。ウォトカが堂々と行進して体内に行き渡るのを待つ。

「空港の話も聞きたいの」しまいに言った。

「うん」

ケイトはグラスを飲み干した。

「だったらもう一杯要るわ」と言って、からになったグラスをダークのほうへ押しやった。

バーテンが目を剝いているのをものともせず、ダークは一、二分後にケイトのお代わりを持って戻ってきた。

「オーケイ」ケイトは言った。「それじゃ猫の話からね」

「猫とは？」

「隣の人に預かってもらおうと思ってたのよ」

「隣の人とは？」

「死んじゃったほうの人」

「なるほど」ダークは言った。「あのさ、おれはもう口出ししないで、きみに好きなように話してもらったほうがいいかな」

「ええ」とケイト。「そのほうがいいわ」

ケイトはここ数日の、というか、そのうちの少なくとも意識があった日の出来事について説明し、それからウッズヘッドの感想に移った。

彼女は不快感たっぷりに話していたが、ダークにとってそれは、明日にでも引退して入りたい理想の場所に思えた。なにしろ説明不可能な現象を専門に取り扱っているし（説明不可能な現象に惹かれるのは、ダーク自身のいっかな抜けない悪癖である——としか思えないし、ときには中毒患者の毒舌でそれを呪うこともあるほどだった）、おまけに贅沢にのらくらさせてもらえる（こっちの悪癖には、ふところ具合さえ許せばいくらでもふけりたいところだが）のだ。

ケイトはしまいに、ミスター・オドウィンとその虫の好かない子分と出会って不安を感じたことを説明し、それを聞いたダークは、そのあと一分ほど眉をひそめて黙り込んでいた。その一分間の大半は、じつは内的葛藤に費やされていた。つまり禁を破って煙草を吸うべきかどうか迷っていたのだ。先ごろ禁煙の決意を固めたのだが、以来いつもこの内的葛藤をやっていて、たいていいつも負けていた。気づかないうちに負けていることも多かった。

吸うまいと決心して得意になり、それはともかくとしてやはり一本取り出した。ライターを探してコートの大きなポケットをあさり、まずジェフリー・アンスティの浴室から持ってきた例の封筒を引っぱり出した。それをテーブルの本の横に置いて、煙草に火をつけた。

「空港のチェックイン・カウンターの係員だけど……」と、ついに口を開いた。

「あの人には頭に来たわ」ケイトがすかさず言った。「ただ決められたとおりに仕事をこなしていくだけなの。脳みそのない機械かなにかみたい。こっちの話は聞かないし、なんにも考えない。いったいどこからあんな人を見つけてくるのかしら」

「じつは彼女、以前はおれの秘書をしてたんだ」ダークは言った。「いまはどこでも見つけられないみたいだけどな」

「あら。ごめんなさい」ケイトは急いで言った。それからちょっと考えた。

「きっと、ほんとはそんな人じゃないんだって言うんでしょうね」と言葉を継いだ。「そうね、そうかもしれない。たぶんああやって、仕事のいらいらから自分を守ってたんでしょうね。繊細な神経してたら空港の仕事なんかできないもの。わたしもあのときすごくいらいらしてたし、そうでなかったら逆に気の毒になってたかもしれない。ごめんなさい、知らなかったのよ。それじゃつまり、あなたはそれを調べようとしているのね」

ダークはあいまいにうなずいた。「それもある」と言ってから、ふと付け加えた。「おれ、私立探偵なんだよ」

「まあ、ほんと?」ケイトは驚いて言い、それから考え込むような顔をした。

「なにか気になることでも?」

「いえ、ただね、わたしの友だちにコントラバスを演奏してる人がいるの」

「ほう」とダーク。

「それでね、人に会うたびに、その友だちはその話をなんとか避けようとしてるんだけど、みんなに同じことを言われて頭がおかしくなりそうだっていうの。つまりね、『ピッコロを選べばよかったと思ってるでしょう』って言われるんですって。ほかの人もみんな同じジョークを言ってるって、だれも思いつかないのね。だからわたし、私立探偵にみんながなんて言うか考えてたの。同じことを言わないようにしようと思って」

「いや、私立探偵だと名乗ると、みんな一瞬ものすごくうさんくさそうな顔をするだけだよ。きみもまさにそういう顔をした」

「そう」ケイトはがっかりしたようだった。「それはともかく、なにか手がかりはあった？　つまり、あなたのもと秘書はどうなったんだと思う？」

「いや、まるでわからない」ダークは言った。「なんとなくもやもやしたものは感じるんだが、はっきりしたところはつかめない」と言いながら、考え込むように煙草をいじっている。視線をまたテーブルにさまよわせるうちに、例の本に目が留まった。

それを取りあげ、しげしげ眺めて、そもそもなにが気になってこの本を持ってきたのだろうと考えた。

「ほんとは、ハワード・ベルのことはなにも知らないんだ」彼は言った。

急に話題が変わってケイトは驚いたが、同時に少しほっとした。

「知ってることといえば」とダーク。「本がすごく売れてて、どの本もだいたいこんな感じでよく似てるってことだけだ。きみはほかになにか知ってる？」

「そうね、すごく変なうわさがあるのは知ってるけど」

「どんな？」

「それがね、アメリカじゅうのホテルのスイートでいったいなにをしてるのかって話よ。もちろん出版社のほうじゃくわしいことは知らないの、請求書を受け取って支払うだけ、だって訊くのがこわいから。知らないほうが身のためだってみんな思ってるの。とくにニワトリのことは」

「ニワトリ?」とダーク。「ニワトリがどうか?」

「なんでもね」とケイトは声を低め、少し身を乗り出した。「いつもホテルの部屋に生きたニワトリを持ってこさせるんですって」

ダークは眉をひそめた。

「いったいなんのために」

「それがわからないのよ。そのニワトリがどうなったのかだれもわからないの。あとでその姿を見た人はいないし」彼女は言って、さらに身を乗り出し、さらに声を低くした。「羽一枚残ってないんですって」

ダークは、自分がどうしようもない無知な世間知らずになったような気がしてきた。

「で、そのニワトリでなにをやってるってみんな言ってるわけ?」彼は尋ねた。

「見当もつかないし」ケイトは言った。「見当をつけたいとも思ってないのよ。とにかくみんな知らないの」

彼女は肩をすくめて、今度は自分でその本を手にとった。

「もうひとつデイヴィッドが――ていうのはわたしの兄のことだけど、デイヴィッドが言ってるのは、この名前はベストセラー作家の名前として完璧なんですって」

「ほんとに?　どのへんが?」

「デイヴィッドが言うには、新人作家が出てきたとき出版社が真っ先に見るのはそこなんですって。『作品に見どころがあるか』とか『形容詞をみんな落とせばいい作品になるか』とかじゃなくて、『ラストネームは短くて、ファーストネームはそれよりちょっと長いか』ってことを気にするの。ほらね、『ベル』を大きな銀色の文字で入れて、『ハワード』をその上に少し幅の狭い字体で入れるときれいに収まるでしょう。ぱっと見てわかるトレードマークなの。出版の魔法なのよ。こういう名前を手に入れたら、そのあとは実際に書こうが書くまいが大した問題じゃないの。ハワード・ベルの場合、それがいまじゃ重要な特典になってるわけよ。でも、ふつうに書いてみるとぜんぜんなんてことない名前よね、ここにあるみたいに」

「えっ?」とダーク。

「ほら、あなたの封筒に書いてあるじゃない」

「どこに? どこに書いてある?」

「ほら、これよ。でしょう? 線で消してあるけど」

「驚いたな、ほんとだ」ダークは言って、封筒をまじまじと見つめた。「トレードマークになってる例の字体じゃなかったから気がつかなかったんだな」

「それじゃ、これベルに関係があるの?」ケイトは尋ねて、封筒を手にとってじっくり眺めた。

「これがなんなのか、じつはおれも知らないんだ」ダークは言った。「なにかの契約に関係があるもので、たぶんレコードに関係があるらしいんだが」

「レコードに関係があるっていうのはそうでしょうね」

「どうしてわかる？」ダークが鋭く尋ねた。

「だって、ここのこの名前、デニス・ハッチでしょ。ほら」

「ああ、なるほど。たしかに」ダークは言って自分でよく見てみた。「ええと、これは知らないほうがおかしいのかな」

「そうね」ケイトはゆっくり言った。「それはあなたが現代人かどうかによると思うわ。この人は、〈上昇する牡羊座《エアリーズ・ライジング》レコード・グループ（Aries Rising Record Group）〉のリーダーなの。たしかに教皇ほど有名じゃないけど、でも——いくらなんでも教皇は知ってるわよね」

「知ってるとも」ダークは気短に言った。「白髪頭のじいさんだ」

「そうそう。この封筒、教皇以外の有名人はみんな一度は宛先になってるみたい。スタン・ドプチェクもあるし。この人は、〈ドプチェク・ダントン・ハイデガー・ドレイコット〉のトップよ。たしか〈ＡＲＲＧＨ！《ぎゃああ》〉の広告を担当してたはず」

「なにの広告だって？」

「〈ぎゃああ！〉よ。〈エアリーズ・ライジング・レコード・グループ・ホールディングズ〉。その広告をとったおかげで、この代理店はひと山当てたの」

　ダークに目を向けた。

「その雰囲気からして」と口を開く。「レコード業界のことも広告業界のことも、あなたはほとんど知らないみたいね」

「お褒めにあずかって」ダークは丁重に頭を下げた。

「それじゃ、あなたはこれとどんな関係にあるの」

「この封筒を開くことができりゃ、そんときにわかると思うんだが」ダークは言った。

「きみ、ナイフ持ってないかな」

ケイトは首をふった。

「それじゃ、このジェフリー・アンスティってだれなの」彼女は尋ねた。「抹消されてないのはこの人だけだけど。あなたのお友だち?」

ダークは少し青ざめた。すぐには返事をしなかったが、ややあって言った。「きみがさっき言ってたおかしなやつのことだが、その『ウッズヘッドでおぞましいことが』の原因生物だけど。そいつがなんて言ったのか、もういっかい教えてくれ」

「『わたしもね、あなたのことをご存じなんですよ、ミス・シェクター』って言ったわ」ケイトは肩をすくめてみせようとした。

ダークはしばらく、心を決めかねるように考えをめぐらしていた。

「これはただの可能性の話だが」とついに口を開いた。「きみはひょっとしたら、なにかの危険にさらされてるんじゃないかと思う」

「それはつまり、通りすがりの頭のおかしい人に、道路で追突されるかもしれないってこと? そういう危険?」

「たぶんもっとたちが悪い」

「へえ、ほんと?」

「ああ」

「どうしてそう思うの」

「まだちゃんとわかったわけじゃないんだ」ダークは眉をひそめて答えた。「いま思いつくのは、完全にありえないことが関わってくる仮説ばかりだから、まだ人には話したくないんだよ。だが、それしか考えつかないんだ」

「だったら、わたしならべつのことを考えるわ」ケイトは言った。「ほら、シャーロック・ホームズの原理ってあったじゃない。『不可能を排除していって、最後になにか残ったら、どんなに突拍子もないように見えてもそれが真実のはずだ』とかなんとか」

「おれはそんな原理は絶対に認めない」ダークは語気鋭く言った。「たんに突拍子もないことよりも、不可能なことのほうにこそ整合性があるなんてことはざらにある。一見すると理屈の通った説明を聞かされて、たしかにあらゆる点でつじつまは合ってるけど、ただどう考えてもそんなはずはないと思ったことはないかな。直感的に、『それはそうだけど、あの人は絶対そんなことはしない』って思うような」

「たしかに、今日そういうことがあったわ」ケイトは答えた。

「ああ、そうか」とダークは言って、テーブルを平手でぴしゃりと叩くと、その勢いでグラスがはねあがった。「車椅子の女の子だな――完璧な実例だ。昨日の株価情報をその子がどこからともなく受け取ってるっていうのは、たんに不可能だっていうだけなんだから、この場合はこれが正解のはずなんだ。なんの益もないのに、やたらに複雑で手の込んだペテンをずっと続けるなんて、どう考えたっておかしいからな。最初の説はたんに、この世にはまだわかってないことがあるって言ってるだけだし、たしかにそういうことはいくらでもあるんだ。ところが二番めの説は、みんながよく知ってる根本的な人間性に完全に反してる。だから、その説にもまことしやかな理屈にも、すごくうさんくさいものを感じるわけだ」

「だったら、なにを考えてるのか教えてくれてもいいじゃない」

「それはできない」

「どうして」

「ばかげた話に聞こえるからだよ。だが、きみは危険にさらされてるとおれは思うし、それも恐ろしい危険じゃないかと思ってる」

「あらすごい。それじゃ、わたしはこれからどうしたらいいの」ケイトは言って、ほとんど手つかずのままだった二杯めを飲んだ。

ダークは真剣に言った。「ロンドンに戻って、今夜はおれの家に泊まったほうがいいと思う」

ケイトは盛大に吹き出し、服に飛んだトマトジュースをティッシュでふきとる破目になった。

「ちょっと待ってくれ、なにがそんなにおかしい?」ダークは少なからず面食らって尋ねた。

「こんなにみごとにおざなりな口説き文句、わたし初めて聞いたわ」と言ってダークに笑顔を見せた。「申し訳ないけど、返事は完全に『ノー』よ」

面白いし、ちょっと変わっていて楽しい話し相手だとは思うが、彼女にとって彼はまったくもって魅力に欠けていた。

ダークは顔から火が出そうな思いで言った。「とんでもない誤解があるみたいだ。ちょっと説明を――」

と言いかけたところで邪魔が入った。修理工場の機械工が、ケイトの車の診断結果を持ってやって来たのだ。

「直しといたよ」彼は言った。「ていうか、バンパー以外は直すとこなんかなかったんだがね。つまり、新しい問題はなかったってこと。お客さんの言ってた変な音だがね、ありゃエンジン音だよ。だけど、まあ走ることは走ると思うね。ただ回転速度をあげて、クラッチを入れて、ふつうこれぐらいって言われてるよりほんの少し長めに待ってりゃいい」

ケイトはこのアドバイスにいささか堅苦しくお礼を言うと、彼の請求してきた二十五ポンドについてはぜひダークに払わせてあげてほしいと言い張った。

パブから駐車場へ出ていってからも、ダークはぜひとも自分の家に来るようにと強く勧めたが、ケイトはどうしてもうんと言わなかった。いま必要なのはひと晩ぐっすり眠ることだけで、そうすれば明日の朝にはなにもかも明るく澄みきって見え、生きるのもずっと楽になるはずだというのだ。

ダークは、せめて電話番号を交換しようと主張し、ケイトはこれには同意したものの、ただしダークはべつのルートでロンドンへ戻り、彼女のあとをついてこないこと、と条件をつけてきた。

彼女の車がぶつぶつ言いながら道路へ出ていくのに向かって、ダークは声をかけた。

「くれぐれも気をつけてな」

「そうするわ」ケイトが大声で答える。「それで、もしありえないことが起こったら、真っ先にあなたに連絡するから」

パブの窓からもれる明かりに照らされて、ふらふら揺れる黄色い車体が鈍く輝いている。どんよりと垂れ込める灰色の雲を背景にくっきりと見えたのもつかのま、その黄色はたちまち夜空の灰色に呑み込まれていった。

ダークはあとを追おうとしたが、彼の車は動かなかった。

15

雲はいっそう重く垂れ込めて、いまでは寄り集まって巨大なむっつりした塔をいくつも作っている。だしぬけに居ても立ってもいられなくなり、ダークはまた修理工場から機械工を呼び出した。今回、機械工のトラックはなかなかやって来ず、しかもやっと現われたときは本人は酔っていて不機嫌だった。

ダークが困っているのを見て、酒飲み特有の吠えるような笑い声を何度か発すると、おぼつかない手つきで車のボンネットをあけたはいいが、そこでマニホールドだのポンプだのオルタネーターだのムクドリ《スターリング》だのについてろれつのまわらない舌で延々しゃべりだし、今夜のうちにこれがまた動くようになるかどうかという問題には、頑として目を向けようとしない。

オルタネーターの雑音はなにが原因なのか、燃料ポンプのどこがおかしいのか、スターターモーターの動作がどう狂っているのか、なぜタイミングが合わないのか、ダークは意味のある答えを、というか少なくとも彼に意味のわかる答えを聞き出すことはできなかった。

やっと理解できたのは、機械工が今度はムクドリの一家について話しだしたときで、それによるとあるときエンジンの動きを左右する重要な部分にムクドリが巣をかけて、おかげでエンジンがひどい壊れかたをして、その重要な部分をムクドリの巣ごと取り外さなくてはならなかったというのだが、ここに至ってダークは必死で頭をしぼりはじめた。なにかいい手はないものか。

とそのとき気がついた。機械工のピックアップトラックが、いまもエンジンをかけたまま近くに駐めてあるではないか。代わりにこれで出発することにしよう。足の遅さでも動作の鈍さでも機械工にはいささか及ばなかったため、この計画を実行に移すのは造作もなかった。

彼は道路にトラックを向け、夜闇の奥へ走り去って、五キロほど走ったところで停めた。ライトはつけたまま、タイヤをパンクさせておく。木陰に身をひそめて十分ほどしたころ、彼のジャガーが猛然とかどを曲がって姿を現わし、トラックのわきを走り過ぎ、そこで急ブレーキをかけて停止してから、すごい勢いでバックして戻ってきた。ドアをあけて機械工が飛び出してきて、自分の財産を取り戻そうと駆け寄ってくる。そのすきに、ダークは木陰から飛び出して自分の財産を取り戻した。

これ見よがしにハンドルをまわし、いわば不愉快な勝利感にひたって車を走らせた。にもかかわらず、名前もわからず実体も見えない不安にあいかわらず取り憑かれたままだった。

いっぽうケイトは、ぼんやり光る黄色い流れに乗って走っていた。やがて西の郊外であるアクトンとイーリングを抜け、ロンドン市街に入る。えっちらおっちら坂をのぼってウェストウェイ立体交差道を越え、それからすぐに北へ折れてプリムローズ・ヒルのわが家に向かう。

ケイトはふだんから、リージェンツ・パークのわきを運転していくのが好きだった。暗い夜の木々の影に心が慰められ、静かな自分のベッドが恋しくなる。

できるだけ自宅玄関に近い駐車場所を見つけたが、それでも三十メートルほど離れていた。車を降り、わざとロックはかけないままにしておく。なかには貴重品は置いていないし、なにも壊さなくてもそれがわかるようにしておいたほうがむしろ自分のためだと気がついたのだ。車は二度盗まれたが、二度とも二十メートル先で乗り捨てられていた。

まっすぐ家には戻らず、反対方向に歩いていき、となりの通りの小さな雑貨店でミルクとビニール袋を買った。やさしい顔をしたパキスタン人の店主に、すごく疲れた顔をしてるから早く寝たほうがいいと言われて同意したものの、戻る途中でまた少し寄り道をして、公園の柵に寄りかかり、暗がりの奥を見つめながらひんやりと重い夜気を吸い込んだ。しばらくそうしていたが、やがてわが家に向かって戻りはじめた。フラットのある通りに曲がって最初の街灯の下を通ったとき、街灯の電球がちらついて消え、彼女のいる一角だけが小さな暗闇の塊に包まれた。

こういうことがあると、だれしもぎょっとして背筋が冷たくなるものだ。

たとえば、もう何年も会っていない人のことを急に思い出したら、翌日その人が死んだと知らせが来るとか、そういうことがあったとしてもべつに驚くようなことではないのだそうだ。何年も会っていない人のことを思い出す人はいつでもおおぜいいるし、いつでも人はおおぜい死んでいるからである。たとえばアメリカぐらいの人口の国なら、平均の法則からして、こういう偶然は少なくとも一日に十回は起こる計算になる。とはいえ、実際に経験するとやはり気味が悪いものである。

同様に、街灯の電球はしじゅう切れているし、その下をだれかが歩いているときに切れることもしょっちゅうあるはずだ。それでもやはり、その人はぎょっとして背筋が冷たくなるだろう。次の街灯の下に差しかかったとき、そこの電球もまったく同じことをしてくれたらなおさらだ。

ケイトはその場に立ちすくんだ。

一度の偶然がありうるなら、二度の偶然があってもおかしくない、と自分に言い聞かせた。そしてある偶然がべつの偶然のすぐあとにたまたま起こったとしても、それはただの偶然だ。街灯がふたつ消えたからといって、こわがる必要などなにひとつない。ここは完璧にふつうでおなじみの通りで、周囲の家にはみんな明かりがついている。すぐそばの家を見やると、運悪くちょうどそのとき通りに面した窓の明かりが消えた。これはたぶん、たまたま住人がいまあの部屋を出ていったからだろう。これによって、偶然というものがいかに正真正銘驚くべきものであるか証明されたわけだが、彼女の精神状態の改善にはあまり役に立たなかった。

通りのほかの場所は、いまも鈍い黄色い光を浴びている。突然の闇に包まれているのは、彼女の周囲一、二メートルだけだった。いちばん近い光溜まりは、目の前ほんの数歩先にある。大きく息を吸い、勇気をふるって、そちらに向かって歩きだした。その中心に達したまさにその瞬間、その明かりも消えた。

その途中で通り過ぎた二軒の家でも、やはり住人がその瞬間を選んで玄関側の部屋を出ていき、通りの向かいの家々でもそれは同じだった。

きっと、人気のテレビ番組がちょうど終わったところなのだ。そうにちがいない。みんなが同時に立ちあがって、テレビと明かりを消したのだ。そのせいで電圧が急に変化して、それで街灯の電球が破裂したのだ。なにかそんなことにちがいない。その電圧の急変のせいで、彼女の心臓も少しどきどきしていた。うろたえるまいと努めながら先に進んだ。帰り着いたらすぐに新聞を調べて確かめよう。どんな番組のせいで、街灯が三つも破裂したのか。

いや、四つもだ。

消えた街灯の下で、足を止めたきりじっと立ちすくんでいた。明かりの消えた暗い窓が増えていく。とくに恐ろしかったのは、目を向けた瞬間に明かりが消えることだ。

ちらり——ぱっ。

もういちど試してみた。

ちらり――ぱっ。

どの明かりも、見た瞬間に消えてしまう。

ちらり――ぱっ。

ふいに恐怖に襲われて、はたと気がついた。まだついている明かりを見るのをやめなくてはいけない。筋の通った説明を組み立てようとしてきたが、それがいま頭のなかを走りまわって出してくれと叫んでいたから、望みどおり解放してやった。通り全体が真っ暗になるのが恐ろしくて、目を地面に釘付けにしようとしたが、ほんとうに消えるかどうかちらちらと見てみずにはいられなかった。

ちらり――ぱっ。

視線を足もとに固定し、自分のたどるべき細い道筋だけを見る。いまでは通りの照明はほとんど消えていた。

彼女の部屋に通じる玄関まで、街灯はあと三つ残っている。そちらを見ないようにはしていたが、視野のすみでとらえたところでは、一階下の部屋には照明がついているようだった。

そこにはニールが住んでいる。

ラストネームは思い出せないが、パートタイムのベーシストで、古美術商もやっていて、頼みもしないのに内装についてアドバイスをしてくるし、おまけにミルクをくすねていく。そんなわけで、彼との関係は以前から、やや冷え冷えとしたレベルにとどまっていた。しかしいまこのときだけは、彼がそこにいて、彼女のソファがおかしいと指摘してくれることを、そして彼の部屋の明かりが消えずにいてくれることを祈らずにいられなかった。足もとの舗道に向けた視線が揺れ、あと三つ残る光溜まりもそれとともに揺れていた。これから歩いていかねばならない道に、その三つが等間隔に並んでいる。

ふと後ろが気になって、来た道をふり返った。すっぽり闇に包まれ、黒々とした公園の陰に呑まれている。先ほどは心を鎮《しず》めてくれた公園が、いまでは恐ろしかった。太くこぶだらけの木の根は想像の怪物めいて、腐りかけた黒っぽいごみにはなにかが隠れていそうだ。

また向きなおり、さっと視線を下げた。

光溜まりが三つ。

街灯は目を向けても消えない。消えるのはその下を通ったときだけだ。

目をぎゅっとつぶり、次の街灯の電球のありかを正確に思い描いた。彼女の頭上、正面にあるさまを。頭をあげ、ゆっくりとまた目を開き、分厚いガラスを通して放射されるオレンジ色の光をまっすぐに見つめた。

小揺るぎもせず輝いている。

網膜に波模様が灼《や》けつくほどにじっと見つめたまま、一歩一歩慎重に足を前に運んだ。消えるなと念じながら近づいていく。街灯は輝きつづける。

また一歩足を前に出した。街灯は輝きつづける。また一歩、やはり輝いている。ついに真下近くまで来た。目を離すまいとして、いまでは首を大きくそらしている。また足を前に出した。すると、ガラスのなかでフィラメントが震え、たちまち光は消えた。あとは、目のなかで残像が狂ったようにはねまわるばかりだ。

目線をおろし、今度はまっすぐ前を見ようとしたが、どこを見ても狂った残像が飛びはねている。正気を失いかけているような気がする。次の街灯に向かって全速力で走ったが、真下に着いたとたんまた闇に包まれた。息を切らして足を止め、瞬きをして、心を鎮めようとし、でたらめな視界を落ち着かせようとした。最後の街灯のほうを見やると、その下にだれかが立っているのが見えたような気がした。それは大きな人影で、跳ねまわるオレンジ色の薄闇に黒い輪郭を浮かびあがらせている。頭のうえには巨大な角が伸びていた。

その揺れてうねる影を、彼女は狂おしく一心に見つめていた。すると、だしぬけに声が噴き出してきた。「あなただれ?」

間があった。ややあって、よく響く低い声で答えが返ってきた。「手を貸してもらえないか。床板の破片を背中から剝がしたいんだが」

16

また間があった。さっきとはちがう、いささか混乱した間だった。

長い間だった。どっちから破られるかとそわそわしながら待っている。暗くなった通りは、用心深く自分には関係ないという顔をしている。

「なんですって?」ついにケイトが人影に向かって怒鳴りかえした。「なんですってって言ってるでしょ!」

大きな人影が身じろぎした。ケイトはまだ相手の姿がよく見えなかった。オレンジ色の光で灼きつけられて、青い残像があいかわらず目の前で踊りを踊っているからだ。

「おれは」と人影が口を開いた。「床に糊《のり》づけされたんだ。親父が――」

「あなたは……あなたが……」ケイトは怒りに震えていた。あんまり腹が立っておかしくなりそうだ。「あなたがやったの……こういうことを?」ふり向いて、怒りに任せて通りに向かって手をふりまわし、ここまでくぐり抜けてきた悪夢を指し示した。

「おれがだれなのか、知ってもらうことが大事だから」

「へえ、そう」ケイトはいった。「それじゃさっそく名前を教えてよ。そしたらすぐにそれを警察に伝えて逮捕してもらうから。故意のなんとかとか、脅迫とか、妨害とか

「──」

「おれはトールだ。雷神だ。雨の神であり、入道雲の神であり、稲光の神、流水の神、微粒子の神、形を作り結び合わせる力の神、風の神、作物を育てる神、大ハンマー〝ミヨルニール〟の神だ」

「まあほんと」ケイトは爆発寸前だった。「ひまでぼうっとしてるときなら、きっとそういうことを言われても面白いと思ったでしょうけどね、いまはますます腹が立つだけだわ。明かりをつけなさいよ！」

「おれは──」

「明かりをつけなさいって言ってるでしょっ！」

いささかおずおずとながらすべての街灯に光が戻り、家々の窓も静かにもとの輝きを取り戻した。ただ、ケイトの頭上の街灯はついたと思うまもなくまた消えた。彼女は脅すような目で雷神をにらみつけた。

「それは電球が古くて、もうだめになってたんだ」彼は言った。

ケイトはあいかわらず彼をにらみつけている。

「ほら」彼は言った。「これはおまえの住所だろう」と、空港で渡された紙片を差し出した。それですべて説明がついて、物事があるべき場所に収まるとでもいうように。

「それは──」

「来るな！」彼は叫んで、顔の前に両腕をあげた。

「えっ？」

耳をつんざく風音とともに、夜空から一羽の鷲が急降下してきた。鉤爪《かぎづめ》を突き出して彼につかみかかろうとしている。トールは鷲に打ちかかって払いのけ、巨大な鳥は後ろに吹っ飛び、そこで旋回して、危うく地面に激突しそうになったところで体勢を立て直し、大きくゆっくりと翼をはばたかせると、空中に舞いあがって街灯のてっぺんに止まった。鉤爪でがっちり街灯をつかんで身体を安定させる。その鉤爪の握力で、街灯の柱全体がごくかすかに揺れていた。

「あっちへ行け！」トールは鷲に向かって叫んだ。

鷲はそこに止まってトールを見おろしている。怪物じみたその姿が、止まっている街灯のオレンジ色の光のせいでますます怪物めいて見える。はばたくたびに、その光を受けて周囲の家々に巨大な影がひらめく。見れば、鷲の両の翼には奇妙な丸いマークが入っていた。ケイトはそのマークに見憶えがあるような気がしたが、たぶん悪夢のなかで見ただけだろう。だがそれを言うなら、これもまた悪夢ではないとはどうも言いきれなかった。

探していた男を見つけたのはまちがいない。あのときと同じ大きな体軀、氷河の色の目、尊大ないらだちとかすかな当惑の表情。ただちがうのは、いまは大きな獣皮のブーツに足を突っ込み、巨大な毛皮をまとい、肩からは縄と革ひもをさげ、頭には角のついた大きな鋼の兜をかぶっていることだ。そしてまた、今回のいらいらの相手は航空会社のチェックイン係員ではなく、プリムローズ・ヒルのまんなかで街灯柱に止まっている巨大な鷲だった。

「去れ」彼はまた怒鳴った。「もうおれの力ではどうしようもないんだ！　できることはみんなやった！　おまえの家族の面倒は見た。おまえについては、おれにはもうできることはないんだよ！　だいたいおれ自身、能力も体力も落ちてるんだ」

　ケイトははっとした。大男は左の前腕に大きな裂傷を作っていた。先ほど鷲に襲いかかられたとき、鉤爪で切り裂かれたのだ。血が盛りあがってくるさまは、型から膨らんでくるパンのようだった。

「去れ！」彼はまた怒鳴った。右手のふちで左腕から血をこそげとり、払う勢いで大きな血の玉を鷲に向けて飛ばした。鷲はのけぞって翼をばたつかせたが、鉤爪はがっちり街灯柱をつかんでいる。ふいに男は空中高く飛びあがり、その街灯柱のてっぺんに片手でつかまった。ひとりと一羽の重みがともに加わり、柱が危なっかしく揺れはじめた。やかましく叫びながら鷲は男をつつこうとし、いっぽう男はあいたほうの腕を振って鷲を柱から払い落とそうとする。

　ドアが開いた。

　それはケイトのフラットの玄関ドアで、男が顔を出した。灰色の縁の眼鏡をかけ、きちんと口ひげをそろえている。ニールだ。ケイトの下階に住む隣人で、不機嫌な顔をしている。

「あのさ、思うんだけど――」と口を開きかけたが、この状況をどう思っていいかわからないのはすぐに明らかになったため、不機嫌と欲求不満を抱えてまたなかに引っ込んだ。

大男はいざと身構えて、大きく跳ねあがって宙に身を躍らせると、隣の街灯柱のてっぺんに降り立った。わずかに身体は揺れたものの、まったく危なげはなかった。重みで柱がわずかにたわんでいる。うずくまって鷲をにらみつけると、鷲もにらみ返してくる。

「去れ！」彼はまた叫び、鷲に向かって腕を振りまわした。

「グワアアア！」鷲がわめき返す。

腕をもうひと振りして、彼は毛皮の下から柄の短い大ハンマーを抜き、その大変な重みを確かめるようにいっぽうの手から他方へ持ち替えてみせた。ハンマーのヘッドはごつごつした鉄の鋳塊で、大きさも形も一パイントのビールの入った大きなガラスのマグにそっくりだった。ずんぐりした柄は手首の太さの古いオーク材で、持ち手には革ひもが巻きつけてある。

「グワアアア！」鷲はまたわめいたが、警戒するような鋭い目で大ハンマーをにらんでいる。トールがハンマーをゆっくりまわしはじめると、鷲は不安げに、その回転に合わせて片足から片足へ体重を移し替えた。

「去れ！」トールはまた言った。先ほどより声は低かったが、いっそう険悪な響きを帯びている。街灯柱のうえにすっくと立ちあがると、大きな円を描いてハンマーをまわしはじめた。その回転がしだいに速まり、と突然、それをまっすぐ鷲めがけて投げた。と同時に、高圧の電撃が鷲の止まっていた柱から噴き出し、鷲は絶叫して空中に飛びあがった。ハンマーは街灯の下をただすべっていき、高く舞いあがったかと思うと暗い公園の上空に飛んでいく。いっぽうトールは、ハンマーの重みを解放したせいでバランスを崩し、街灯柱のうえでぐらついて、くるりと一回転して体勢を立て直した。大きな翼を空中で狂ったようにばたつかせていた鷲も、やはり体勢を立て直して高く舞いあがり、これを最後とトールに向かって急降下してきた。雷神が街灯柱から後ろへ飛びすさってよけると、鷲はまた舞いあがって夜空の向こうへ飛んでいった。その姿は見る見る小さい黒い点になり、ついに見えなくなった。

ハンマーは空から落ちてきてバウンドし、ヘッドで敷石をこすって火花を飛ばすと、また飛びあがって空中で二度回転した。それからヘッドを下にしてケイトの近くに落ちてきて、彼女の脚にそっと柄をもたせかけてきた。

犬を連れた老婦人が、消えた街灯の下の物陰で辛抱強く待っていたが、血沸き肉躍るお楽しみはもう終わったと正しく判断して、静かにふたりのかたわらを歩いていった。トールは礼儀正しく彼女が通り過ぎるまで待ち、ケイトが腕組みをして彼を見ているほうへ近づいていった。この二、三分間の騒動が終わったいま、急になにを言ってよいかさっぱりわからなくなったようだ。いまはただ、なにごとか考えるふうに近くとも遠くともつかないどこかを見つめている。

この人にとってものを考えるというのは、単独でおこなうべき特別の活動なのではないだろうか、ケイトははっきりそんな印象を受けた。そのためだけの時間と空間が必要な大仕事なのだ。だからべつのこと——たとえば歩いたりしゃべったり、または航空機のチケットを買ったり——をしながら、ものを考えるということがなかなかできないのだろう。

「腕のけがを手当てしないと」彼女は言って、先に立ってわが家への階段をのぼりはじめた。彼はおとなしくついてくる。

玄関のドアをあけると、廊下にニールが立っていた。背中を壁に預け、これ見よがしな仏頂面で眺めているのは、向かいの壁ぎわに立っているコカ・コーラの自動販売機だった。廊下の空間を法外なほど占領している。

「これをどうすりゃいいんだろうねえ、まったくもってさ」彼は言った。

「なぜここにこんなものがあるの」ケイトは尋ねた。

「悪いけどね、それはこっちのせりふなんだよね」ニールは言った。「きみさ、どうやってこれを上に運ぶつもりなの。ぶっちゃけた話、どうやったら運べるのか見当もつかないよ。それにだいたいさ、上に持っていってきみの気に入るとは思えないね。すごく現代ふうでアメリカ的なのは認めるけどさ、考えてもみなよ、きみんとこにはあの素敵なフランス製の桜材のテーブルがあるし、あのソファだって、あの趣味の悪いコリア・キャンベル（英国のデザイナーズブランド）のカバーを外せばすごく素敵になるってぼくがいつも言ってるのにきみは耳を貸そうとしないけどさ、ともかくあそこにこれが嵌まるわけないじゃないの、どっちの意味でもね。それに、ぼくとしてはそんなことをしてもらっちゃ困るんじゃないかとも思ってるんだよね、つまりこれはものすごく重いもんだし、このフラットの床のことでぼくが以前言ったこときみも憶えてるだろう。ぼくならね、考えなおすよ、やっぱり」

「そうね、ニール。これ、いつここに来たの」

「そこのきみのご友人が、ちょうど一時間かそこら前に運んできたんだよ。どこで鍛えてるのか知らないけどさ、ぼくとしてはそのジムに行ってみても悪くないと思うね。ともかく、それはちょっとどうかと思うって言ったんだけど、その人がどうしてもって言うからさ、しまいにはぼくまで手伝ったんだぜ。だけどぼくとしては、これについてはどうしても真剣に考えなくちゃならないと思うな。きみのご友人にワーグナーは好きかって訊いたんだけど、どうもあんまり反応がよくないんだよね。ともかく訊きたいんだけど、きみはこれどうするつもりなわけ」

ケイトは深呼吸をした。すぐに行くから先に上に行っていてくれないか、と巨漢の客に勧めると、トールはどすどすとわきを通り過ぎていった。階段をのぼっていく姿はあまりにも場違いだ。

ニールはケイトの目をまじまじと見つめ、いったいなにが起こっているのか手がかりを得ようとしたが、ケイトはせいぜい無表情をとりつくろった。

「ごめんなさいね、ニール」と事務的な口調で言った。「自販機は片づけるわ。みんな手違いなのよ。明日にはちゃんとしておくから」

「そう、そりゃ大いにけっこうだけどさ」とニール。「だけど、それでぼくはどうしたらいいのさ。言いたいことはわかると思うけど」

「いいえ、わからないわ」

「つまりね、ここにはこんな……こんなものがあるし、きみは二階にあんな……あんな客を連れてくるし、おかげで予定が全部狂ってきちゃったんだよね」

「わたしにできることがあればやるけど。そういうあれをちょっとでもましにできるなら」

「だけど、そんな簡単な話じゃないよね。つまりさ、ちょっとは考えてもらいたいっていうか、そういうことなんだよ。つまりさ、もうなにもかもだよ。きみはしばらく留守にするって言ってたのに、今日の午後には浴室で水を流す音がしてた。ぼくがどんな気がしたと思う？　あの猫のことであんなに大騒ぎしてたくせに。わかってると思うけど、ぼくは猫がいたら仕事にならないんだよ」

「ええ、わかってるわ。だから、おとなりのミセス・グレイに預かってくれるように頼んだのよ」

「ああ、そしたらどうなったか見てごらんよ。彼女、心臓発作を起こして死んじゃったんだぜ。ミスター・グレイはすごいショックを受けてるよ」

「なんの関係があるの、わたしが猫を預かってくれって頼んだことと」

「さあね、ぼくはただ、ミスター・グレイがすごいショックを受けてるって言ってるだけだよ」

「それはそうでしょうね、奥さんが亡くなったんだもの」

「まあ、ぼくはなにも言うつもりはないけどね。ただ、よく考えてもらいたいって言ってるだけだよ。それに、これをいったいどうすりゃいいのさ」と、またコカ・コーラの自動販売機に目をやった。

「だから、明日の朝には片づけるって言ってるじゃない」ケイトは言った。「ここに突っ立って大声で怒鳴りあってもいいわよ、それでなにかの役に立つんなら。だけど――」

「あのさ、ぼくはただ問題を指摘してるだけだよ。それと、今夜は上であんまり大きな音を立てないでもらいたいな、ぼくは曲の練習しなくちゃならないし、うるさいと集中できないんだよね」眼鏡の上縁越しにケイトを意味ありげに見やると、彼は自分の部屋に引っ込んだ。

ケイトはそこに立ったまま、声には出さずに一から十までいま思い出せるかぎりの数を数え、それからしっかりした足どりで、さっき雷神がのぼっていった階段をのぼった。いまは気象現象も神学も歓迎できる気分ではないと思いながら。やがてフラット全体がずんずんと振動しはじめた。「ワルキューレの騎行」の主題を弾く〈フェンダー〉のプレシジョンベースの音が響きわたる。

17

ダークはユーストン通りをのろのろと進んでいた。ラッシュアワーの渋滞につかまってしまったのだ。この渋滞は一九七〇年代後半に始まったきり、この木曜日の夜十時十五分前になってもまだ収まる気配もなかった。そのとき、なにか見憶えのあるものが視界をよぎったような気がした。

それを伝えてきたのは潜在意識——人をいらいらさせる脳の一部だった。こっちから質問してもなにも答えず、たんに意味ありげにちょっと小突いてきたきり、あとはなにも言わず、ひとりで小さく鼻歌など歌っている。

「そりゃ、見憶えのあるものを見たんだろうよ」ダークは胸のうちで潜在意識に向かってつぶやいた。「このくそいまいましい通りを、月に二十回は車で走ってるんだからな。溝に落ちてるマッチ棒だってみんな見憶えがあるだろう。もうちょっと具体的に教えられんのか」こんな嫌味を言われても気にせず、彼の潜在意識は黙りこくっている。もう付け加えることはないらしい。いずれにしても、市内には灰色のヴァンなど掃いて捨てるほど走っているだろう。珍しくもなんともない。

「どこだ」ダークは自分を小声で問い詰め、座席のうえであっちこっちと身をよじった。

「灰色のヴァンなんかどこで見た?」

返事はない。

いまは完全に渋滞に取り込まれていて、どちらの方向にも動けなかった。まして前に進めるはずもない。彼は車を飛び出し、数珠つなぎの車のあいだを抜けて来た道を引き返しながら、頭をひょこひょこさせて周囲をうかがった。もしほんとうに見たのだとしたら、どこで灰色のヴァンの姿をちらと見かけたのか確かめようとしたのだが、実際に見かけていたとしても、いまはどこにも見当たらなかった。潜在意識はやはり黙りこくっている。

あいかわらず渋滞の列は動かない。それで、さらに車のあいだを抜けてあと戻りしようとしたが、大きなバイクに乗った配達員に行く手をはばまれた。ばかでかい埃まみれのカワサキに乗って、車列のあいだをじりじり進んでいこうとしていたのだ。ダークはその配達員と短い激論をかわしたが負けてしまった。配達員には、その激論のダーク側が聞こえなかったのだ。ダークはしまいに、渋滞の列をすり抜けて自分の車へ引き返しにかかった。いままではどの車線もゆっくりと流れはじめていたが、ただ彼の車線だけは例外だった。運転手不在で動けないまま、彼の車がクラクションを浴びつつ停まっているからだ。

クラクションの怒号を聞くうちに、急に気分が高揚してきた。のろのろと進む車列を縫って、身体を横にしたり伸ばしたりして進みながら、気がついたらニューヨークの通りで見かけた頭のおかしい連中のことを思い出していた。通りに走り出してきて、走ってくる車に向かって最後の審判について説明したり、エイリアンの侵略が迫っているのに国防総省《ペンタゴン》は無能で腐敗しているとか訴えたりするのだ。彼は両手を頭上にあげ、大声で叫びはじめた。「神々が地上を歩いている！　神々が地上を歩いてるんだぞ！」

彼の動かない車に向かって盛んにクラクションを鳴らしていた人々は、これでますます感情を逆撫でされ、壮大なクレッシェンドによって不協和音が全体に高まっていくなか、ダークの声がひときわ高く響きわたった。

「神々は地上を歩いている！　神々は地上を歩いている！」彼は叫んだ。「神々は地上を歩いている！　ご静聴ありがとうございました！」と付け加え、ひょいと頭をさげて車に乗り込み、ギアをドライブに入れて走りだした。詰まりがやっととれて、怒りをふつふつと煮えたぎらせつつ車列の全体がするすると前進しはじめた。

なぜこれほど確信があるのか自分でも不思議だった。「天災」すなわち「神の業《アクト・オブ・ゴッド》」。たんに適当に選ばれた不用意な言葉。不都合な現象をていよく片づけるために便利に使われる言葉、それ以上に合理的な説明がつかないことを認める言葉だ。しかし、ダークがこの言葉に惹かれるのは、まさにその適当さと不用意さのためだった。どんな意味でも真剣に考えるに値しないかのように不用意に使われる言葉からは、ふだんはがっちりガードされている真実が往々にして透けて見えるものである。

説明のつかない行方不明者。オスロとハンマー。小さな小さな偶然が、小さな小さな音を響かせている。それはしかし、日々の喧騒というホワイトノイズのさなかに鳴り響き、しかも同じ高さで響いている音がほかにもある。神の業、オスロ、そしてハンマー。ハンマーを持った男がノルウェーに行こうとして果たせず、癇癪《かんしゃく》を起こし、その結果として天災が、すなわち神の業が起こる。

もしも――もしも不死の神がいたとすれば、いまでも生きているはずだ。なにはともあれ、それが「不死」という意味ではないか。

不死の神がいたとして、パスポートが持てるものだろうか。

そうだ、ほんとうに持てるだろうか。ダークは想像してみた。もし――名前は適当に選ぶとして――雷神トール、ノルウェーの生まれで大きなハンマーを持つ神が、旅券窓口へやって来て、自分がだれで、どうして出生証明を持っていないのか説明しようとしたとする。衝撃が広がることも恐怖におののかれることも、驚愕の叫びが発せられることもなく、ただ無表情に、お役所的に、無理だと言われるだけだろう。信じてもらえるかどうかの問題ではなく、たんに有効な出生証明を提出できるかどうかの問題なのだ。その気になれば、彼は一日じゅうそこで奇跡を起こしつづけることもできるだろうが、有効な出生証明を持たない以上、終了時刻になればお帰りくださいと言われるだけにちがいない。

クレジットカードだってそうだ。

適当に選んだ仮説をしばらく続けるとして、雷神トールがもし生きていて、理由はともかく英国をうろついているとしよう。そうすると彼はおそらく、アメリカン・エキスプレスの絶え間ないダイレクトメールの集中砲火をまぬかれている、この国でただひとりの人物だろう。アメリカン・エキスプレス・カードを作りましょうという案内をひっきりなしに受け取ることも、それと同じ便でアメリカン・エキスプレス・カードを没収するというあからさまな脅迫状が郵送されてくることも、きんきらきんで不愉快なものが満載のギフトカタログの、贅沢に型押しで装飾（と言っても金箔ではなくダサい茶色のプラスティックで）されたやつを目にすることもないだろう。

こう考えてきて、ダークははっと息を呑んだ。

それはつまり、彼がこの国をうろつく唯一の神だったらの話だ。最初の突拍子もない仮説を認めたとすれば、それはちょっと考えにくい。

しかしいまのところは、ともかくそういう人物がこの国を出ようとしたと想像してみよう。パスポートも持たず、クレジットカードもなく、あるのは雷を落とす力とかそういう力（ほかにどんな力があるのか知らないが）だけだ。想像するに、ヒースロー空港の第二ターミナルで起こったのとひじょうによく似た場面が繰り広げられるしかないのではないだろうか。

しかし、北欧神話の神であれば、この国を出るのに定期航空路線を使う必要があるだろうか。ほかにも手段はあるはずではないか。ダークとしては、いやしくも不死の神であれば、自力で空を飛ぶ能力ぐらいその特典のひとつだと考えたいところだ。北欧神話を読んだのは何年も前のことだが、たしか神々はしょっちゅう北欧の空を飛びまわっていたと思うし、出発ラウンジをうろうろして、まずいパンをかじっている場面など一度も出てこなかったと思う。たしかに当時とちがって、いまの世界は航空交通管制とかレーダーとかミサイル警戒システムとか、そういうものだらけになってはいる。とはいえ、北海をひと飛びするぐらい、神にとっては大した問題ではないはずだ。天候が荒れていればべつだが、雷神であればいくらでも好天を期待できるだろうし、そうでなければただでは済まさないというところだろう。そうではないか。

そこでまた、頭のすみで小さい音が響いたが、すぐに喧騒に呑まれて消えた。

ダークはしばらく、クジラになったらどんな感じだろうとか考えた。物理的に、彼はいまそれを推測するのによい立場にいるような気がする。もっとも、クジラは青い広大な遠洋を泳ぎまわって暮らしているのに対して、彼のほうはぽんこつの古いジャガーを運転して、混雑したペントンヴィル・ロードを抜けようと悪戦苦闘して暮らしているわけで、その点から言うとクジラのほうが彼よりずっと自分の暮らしによく適応している。しかし、彼が考えているのはそっちではなく、クジラの歌のことだった。昔のクジラは、大洋じゅうどこまでも、というよりべつの大洋にすら、自分の歌を仲間に届けることができた。水中では、音ははるか遠くにまで伝わるからだ。しかしいままでは、同じくその音の性質のために、四六時中がやがやしていない海はどこにもなくなっている。船のモーターの喧騒がどこまでも伝わるからだ。おかげで、クジラが歌やメッセージを互いにやりとりすることはほとんど不可能になってしまった。

それがどうしたってんだよ、というのがこの問題に対するおおかたの見かただろうし、それは無理もない、とダークは思った。だいたい、太った魚、いやわかってる、太った哺乳類の群れが互いにげっぷしあうのをだれが聞きたがるというのか。

しかしそのせつな、ダークは底知れない喪失感と悲哀を覚えた。日々人間の生活をざわつかせている狂った情報の騒音のさなかに、彼は神々の身じろぎする音をいくつか拾ったのかもしれないのだ。

北に折れてイズリントンに入り、ピザ屋や不動産屋の並ぶ長い通りをすっ飛ばしながら、それを思って彼は頭がおかしくなりそうだった――神々はいま、いったいどんな生《せい》を送っているのだろう。

18

空から重く垂れ下がる巨大な雲は、まるでたるんだ腹のようだ。その雲の底に稲妻の細い指が広がっていく。神経質に小さくはじける雷にせっつかれて、汚れた小雨のしみったれた粒がぽつりぽつりと落ちてくる。

その空の下には、ありとあらゆる大小の塔が建ち並んでいた。大胆に高くそびえるものもあれば、ごつごつした小さいものもあり、それぞれに突いたり刺したりして雲を刺激している。あれではいずれ雲が破裂するのではないか、そして恐ろしい滝の雨をいやというほど降らせて、塔を沈めてしまうのではないかと思わせる。

稲妻の閃く闇のなか高く、物言わぬ影たちが長い盾を構えて歩哨に立ち、ドラゴンたちはうずくまって荒天に牙を剝いている。アスガルドの神々の父たるオーディンが、巨大な鉄の門に近づいてきた。その門を抜けてみずからの王国に、そしてヴァルハラの円蓋の大広間に至るのだ。あたりには巨大な有翼の犬たちの声なき遠吠えが満ち、支配の座に戻る主人を歓迎していた。敵の姿はないかと、大小の塔のあいだを稲妻が走りまわっている。

アスガルドのいにしえの不死の大神は、みずからの王国のいまのありかに戻ろうとしていたが、その戻りかたを見たら、数世紀前、全盛期（不死の神々にもやはり全盛期はあるのだ。はちきれんばかりの力に満ち、人間界を守り育てると同時に支配下に置いていたころ。神々は、その人間界が必要としたから生み出されたのだ）の本人ですら驚いただろう。なにしろ、なんのマークも入っていない大きな灰色のメルセデスのヴァンに乗っているのだから。

ヴァンは、人目につかない場所に停まった。

運転席のドアが開いて降りてきたのは、鈍そうなぼんやりした顔の男だった。なんのマークも入っていない灰色の制服を身に着けている。この仕事を任されてずっと続けているのだが、それは彼がなんの質問もしないからだ。といっても、生まれつき控えめな性格だからではなく、たんになんの質問も思いつかないからだった。かゆのなかを櫂《かい》でこぐかのように、のろのろと身体を揺らしながら歩いていき、ヴァンの後部にまわると、後部の両開きドアをあけた——精巧な手順に沿って、数々のスライダーやレバーが協調して動いていく。

ようやくドアが大きく開いた。この場にケイトがいたら、このヴァンはやっぱりアルバニアの電気を運んでいたのかと一瞬ぎょっとしたかもしれない。しかし、光のもやに迎えられた当のヒロー——この男の名はヒローというのだ——は、少しも変とは思わなかった。このドアをあけたときには、光のもやに迎えられて当然と思っているのだ。初めてあけたときにも、「ああ。光のもやか。へえ」と胸のうちでつぶやいて、あとはほとんど気にしなかった。そのおかげで、この先何年生きようともこの安定した職を死ぬまで保証されることになったわけだ。

光のもやは凝集していき、やがて恐ろしく年老いた男の姿に変わった。男はストレッチャーに横になり、背の低い小さな人物に付き添われている。これまで出会った人々の顔を思い出す頭がヒローにあって、ひとりひとりたどって比較することができたとしたら、これほど人相の悪い人物をほかに見たことがないと思ったことだろう。しかし、ヒローにはそれはむずかしすぎて、とてもやる気にはなれなかった。いまのところは、その小柄な人物に手を貸して、老人のストレッチャーを地面に下ろすことで頭がいっぱいだった。

とはいえ、その作業は流れるようにおこなわれた。このストレッチャーの脚と車輪は、スムーズに動作するステンレス技術の奇跡と言ってよかった。ロックをはずし、転がし、向きを変え、各部が精妙にかみ合ってなめらかに動き、段差や凹凸を越えるのもすべて、切れ目のない流れるような滑るような動きの一部となっていくのだ。

ヴァンを駐めた場所の右手には大きな前室がある。美しく彫刻を施した鏡板張りで、壁からは大きな大理石の松明《たいまつ》差しが誇らしげに突き出している。この前室を抜ければ、その奥にあるのが広大な円蓋の大広間だ。しかし、かれらが向かったのは左手の入口だった。こちらは壮麗な奥の間に通じていて、オーディンはそこで今夜の対面に備えることになっていた。

こういうことはなにもかもうんざりだ。寝床から追い立てられて、とぶつぶつつぶやく。といっても、実際には寝床もいっしょに持ってきているのだが。石頭の雷息子から、またありとあらゆるわがまま勝手なたわごとを聞かされるのか。この新しい世界の現実を息子は受け入れようとせず、受け入れることができず、受け入れるだけの知恵がない。受け入れられなければ消えるしかない。アスガルドは今宵、ひとりの不死の神の消滅を目撃することになるだろう。オーディンはむしゃくしゃしながら考えた。それもこれも、彼ぐらい生涯の端にはなはだ近づいた――といってもとくにどちらの端というわけではないが――者にとってはもうたくさんだ。

いまはただ、あの愛する病院で過ごすことだけが望みだった。あそこにたどり着くことができたのは、まさにこれ以上はない甘美な協定のおかげだった。代償がなかったわけではないが、ものに値段があるのは当然のことで、それで話は終わりだ。新しい現実を受け入れるすべを学んだのだ。それをしない者は、その結果を甘んじて受けるしかないというだけだ。無から有は生じない。それは神にとっても同じだ。

今宵以降はまたウッズヘッドに戻り、ずっとあそこで暮らすことができる。まことにけっこうなことだ。オーディンはそうヒローに語った。

「清潔な真っ白のシーツ」と彼が言うと、ヒローはぽかんとしてうなずいた。「リネンのシーツ。清潔なシーツが毎日だ」

ヒローはストレッチャーをまわして段のうえに押し上げた。

「神の生活というのはな、ヒロー」オーディンは続けた。「神の生活はな、つまり、不衛生だったのだ。聞いておるか？　シーツのことを気にかける者などひとりもいなかった。つまり、真剣に気にかける者はな。考えてもみよ。わたしのような状況にあってだぞ。神々の父だというのに、だれひとり、文字どおりただのひとりも、『ミスター・オドウィン』」――そこで彼はひとりくすくす笑った――「あそこではわたしを『ミスター・オドウィン』と呼んでおるのさ。だれを相手にしておるのかまったく知らんのだ。知ったらどうしていいかわからんだろうな、そう思わんか、ヒロー。しかし、いつ何時だろうと『ミスター・オドウィン、ベッドを整えて清潔なシーツに代えておきました』と言うてくれた者はおらん。ただのひとりもだ。いつでもあれを叩き切るとか、これを略奪するとか、それを粉々に砕くとかいう話ばかりだ。なにが強大だとか、割られたとか、なにかがなにかのとりこになったとか、そういう大仰な話はいくらでもあったが、いまにして思えば、だれもまともに考えていなかったのだ、洗濯ということをな。たとえば……」

しかし、そこで彼の回想は妨げられた。ストレッチャーが巨大な扉の前にやって来たのだ。扉を守る巨大な汗っかきの染みのような生物が、両腕を腰に当てて左右に揺れながら行く手に立ちふさがった。トゥ・ラグは、いままでストレッチャーの少し前をずっと押し黙って歩いていたが、その汗っかきの生物に急いで駆け寄り、短く言葉をかけた。声を聞きとろうと腰を折り曲げ、顔を赤くして話を聞くなり、汗っかきの生物は縮みあがってあとじさり、てらてらした愛想笑いを浮かべて自分の黄色いねぐらに引っ込んだ。

聖なるストレッチャーは扉を抜けてなかへ入っていく。広大な広間や部屋部屋や通廊から、こだまの咆哮が押し寄せ、むっとする悪臭が噴き出してくる。

「たとえばの話だ、ヒロー」オーディンは続けた。「この場所を見るがいい。このヴァルハラを……」

19

北へ折れると、ふだんは理性と正気が戻ってきたように感じるのだが、ダークはどうしてもいやな予感をぬぐえなかった。

おまけに少し雨まで降ってきた。雲を払うのに役に立ってもいいところだが、重く垂れ込めた雲から落ちてきたのは貧相なしょぼくれた雨だったので、この夜に取り憑いた閉所恐怖と焦燥感をつのらせることにしかならなかった。ワイパーのスイッチを入れたが、雨の量が少ないとぶつぶつ文句を言うので、ダークはまたスイッチを切った。すぐにフロントガラスに雨が斑点をつけはじめる。

またワイパーのスイッチを入れたが、やはり骨を折る甲斐がないという意見で、抗議のしるしにガリガリと耳ざわりな音をたてる。通りはすべりやすくなり、ハンドルをとられそうだ。

ダークは首をふった。ばかなことを考えるもんじゃない、と自分に言い聞かせた。ばかばかしいにもほどがある。こんなふうに妄想をたくましくするとは、自分で自分に愛想がつきる。あきれてものが言えない。これほど突拍子もない妄想を組み立てて、しかもその土台と言えば、まるで説得力のない証拠――いや、証拠とも呼べない推測があるだけではないか。

空港の事故は、おそらく簡単に説明がつくだろう。

ハンマーを持った男。それがなんだ。

ケイト・シェクターが病院で見かけた灰色のヴァン。どこにもおかしなところはない。ダーク自身そのヴァンと衝突しかけたが、それもまったくありふれた出来事だ。

コカ・コーラの自動販売機。これは考えに入れていなかった。

古い神々に関する突拍子もない仮説のどこに、コカ・コーラの自動販売機が嵌まる余地があるというのか。唯一思いついた考えは言葉にするのもばかばかしすぎて、自分で自分に認める気にすらならなかった。

そのとき、見憶えのある家の前に差しかかった。まさに今朝この家で、彼の依頼人が首を切られて、その首がレコードのターンテーブルのうえで回転しているのをダークは見てしまったのだ。犯人は緑の目をした悪魔のような人物で、大鎌を持ち、血でサインした契約書を振りかざしていたというが、その姿は煙のように消え失せていた。

その家に気をとられていたら、そのすぐ先で大型の濃紺のＢＭＷが縁石を越えて道路に進入してきて、ダークはその後部にまっすぐ突っ込んでしまった。というわけでこの日二度めに車から飛び出す破目になり、飛び出しながらもう怒鳴っていた。

「いったい、どこに目をつけて運転してるんだ！」彼は叫んだ。相手の決めのせりふを初手から封じてやろうとしたのだ。「まったくばか者どもが！」と息継ぎのまもなく続けた。「そこらじゅうすっ飛ばして、まともに用心も注意もせずに運転してやがる！無謀なテロだ！」敵を混乱させるのが肝心だ。だれかに電話をかけて、相手が出たら「はい？　もしもし？」と不機嫌な声で応じるいたずらにちょっと似ている。長く暑い夏の午後、ダークはよくこれをやって暇つぶしをしているのだ。彼はかがんで、ＢＭＷの後部の明らかなへこみを調べた。くそったれなことに、ＢＭＷは見るからにぴかぴかの新車だった。ちくしょう、胸くその悪い。

「おれのバンパーをこんなことにしてくれて！」彼は叫んだ。「あんた、いい弁護士を雇ってるといいがね！」

「わたしはいい弁護士ですが」地味な声が言い、それに続いて地味にかちりと音がした。ダークは一瞬はっとして顔をあげたが、その地味なかちりはたんに車のドアが閉じた音だった。

　男はイタリア製のスーツを着ていたが、それもやはり地味だった。地味な眼鏡をかけ、地味な髪形をし、蝶ネクタイは本質的に地味なアイテムではないが、にもかかわらず男の着けている蝶ネクタイは、ひじょうに地味にそのジャンルの面汚しになっていた。彼はポケットから薄い札入れを出し、また細い銀色のシャープペンシルも取り出した。静かにダークのジャガーの後部に歩いていくと、車のナンバーを書き留めた。

「名刺をお持ちですか」書きながら、顔もあげずに尋ねた。「わたしの名刺です」と付け加えて、札入れから一枚抜き出した。その裏になにか書いて、「わたしの車のナンバーと保険会社の名前を書いておきます。よかったら、あなたの保険会社の名前もお教えいただけませんか。いまおわかりでなければ秘書に電話させます」

ダークはため息をついた。こんな男が相手では、喧嘩を吹っかけようとしても無意味だ。札入れをあさって名刺を探した。いったいどこから集まってくるのか、さまざまな名刺が入っている。しばし、ウェスリー・アーロットになりすまそうかと思った。外洋ヨット航海コンサルタントで、どうやらアーカンソー在住らしい。しかし、そこで考えなおした。なんと言っても、もう車のナンバーを控えられているのだ。それに、近ごろ保険料を払った憶えはとくにないが、払わなかったという憶えもとくにない。これはそれなりに有望な徴候だ。縮みあがる思いで本物の名刺を差し出す。男はそれを見た。

「ミスター・ジェントリーですか」彼は言った。「私立探偵。いや失礼、私立全体論的探偵でいらっしゃる。なるほど」それ以上はなんの興味も示さず、名刺をしまい込んだ。

ダークは、こんなに見下されたのは初めてのような気がした。とそのとき、車の反対側でまた地味にかちりと音がした。そちらを見やると、赤い眼鏡の女が立って、冷やかな薄笑いをこちらに向けていた。今日の正午前《ひる》、ジェフリー・アンスティの庭で塀越しに話をした女だった。とすると、この男は彼女の夫なのだろう。そのせつな、このふたりを地面に押し倒し、徹底的にしめあげて吐かせるべきではないかと思ったのだが、急にひどい疲れを感じて気が滅入ってきた。

彼はごく小さく頭をさげて、赤い眼鏡の女にあいさつをした。

「もうすんだよ、シンシア」男は言って、女に向かって笑みを点滅させた。「すっかり片づいたから」

女はわずかにうなずき、ふたりはそろってＢＭＷに乗り込んだ。ややあって車はなにごともなかったように走りだし、道路の向こうに消えた。ダークはもらった名刺を眺めた。クライヴ・ドレイコット。ロンドンの金融街シティの一流の法律事務所に属している。ダークはその名刺を札入れに突っ込み、意気阻喪して自分の車に戻り、わが家まで運転して帰ってみたら、そこに大きなイヌワシがいた。彼の家の玄関前に、じっと身じろぎもせずに止まっている。

20

自分のフラットに入ってドアを閉じるなり、ケイトは客人に食ってかかった。ニールがこっそり自室を出てきて、階段をなかほどまでのぼって非難がましく聞き耳を立てていることはまずないだろう。腹に響くベースの音が聞こえているあいだは、少なくともプライバシーは保証されている。

「それじゃ訊くけど」彼女は険しい声で言った。「あの鷲はいったいなんなの。それに街灯のあれはどういうことだったのよ。ええ？」

北欧の雷神は気まずそうに彼女を見ている。角のついた大きな兜は脱がなければならなかった。角が天井に当たって、漆喰に引っかき傷を作るからだ。それを小わきに抱えた。

「それに」とケイトは続ける。「あのコカ・コーラの自動販売機はなんなのよ。そのハンマーもいったいなんなの。要するに、これっていったいどういうことなの？　ねえ！」

トールはなにも言わない。しばし、尊大ないらだちの表情に見えるしかめつらを作り、次にいくらか恥ずかしそうに見えるしかめつらを作り、それからただそこに突っ立ってだらだら血を流している。

ケイトはしばらく、強硬な態度の内的崩壊が迫りつつあるのに抵抗していたが、どっちみち突っ張りきれないのなら、あきらめたほうがましだと気がついた。

「わかったわよ」彼女はぶつぶつ言った。「とにかくそれをきれいにしなくちゃね。消毒薬をとってくるから」

キッチンに行って戸棚をかきまわし、壜を持って戻ってきたら、トールに「だめだ」と言われた。

「なにがだめなの」彼女はむっとして、いささか叩きつけぎみに壜をテーブルに置いた。

「これは」トールはその壜を押し戻してくる。「だめだ」

「なにがいけないのよ」

トールはただ肩をすくめ、むすっとして部屋のすみをにらんでいる。部屋のそのすみにはちょっとでも興味を惹きそうなものはなにひとつないので、ただ意固地になってそこをにらんでいるのは明らかだった。

「ちょっとあなたね」ケイトは言った。「なにさまのつもりか知らないけど――」

「トールだ」トールは言った。「おれは――」

「わかってるわよ。あなたがなにとなにの神さまなのか、さっきすっかり聞いたわ。わたしはあなたの腕を消毒しようとしてるのよ」

「セドラが要る」と言って、出血している腕を伸ばしたが、彼女に見せようとはせず、傷を不安げににらんでいる。

「はあ？」

「すりつぶしたセドラの葉。杏仁油《きょうにんゆ》。煎じた橙花《とうか》。アーモンド油。セージとコンフリー。これはだめだ」

トールは消毒薬の壜を押してテーブルから落とし、むっつりと黙り込んだ。

「ああそう！」ケイトは言って、壜を拾いあげるとトールに投げつけた。壜は彼の頬骨に当たってはねかえり、たちまちあとが赤くなっていく。トールはかっとして近づいてこようとしたが、ケイトは一歩もひかずに彼に指を突きつけた。

「じっとしてなさい、このわがまま男！」と決めつけると、彼は立ち止まった。「それにはなにか特別なものは要らないの？」

トールが面食らった顔をする。

「それよ！」と、彼の頬に広がるあざを指さした。

「復讐《ヴエンジヤンス》が要る」

「やれるだけやってみるわ」ケイトは言った。まわれ右をして、足音も荒く部屋を出ていく。

しばらくどこかでなにかをしていたが、二分ほどして薄く湯気をまといつかせながら戻ってきた。

「それじゃ、こっちに来て」

彼女は先に立って浴室に入っていった。トールは見るからに不承不承だったが、それでもあとをついていく。ケイトが薄く湯気をまといつかせていたのは、浴室内にもうもうと湯気が立ち込めていたからだ。浴槽じたいも泡とどろどろであふれかえっている。浴槽のうえの小さな棚には、ボトルやジャーが並んでいたが、ほとんどからになっていた。ケイトはそれをひとつひとつ取りあげてトールに見せていく。

「杏仁油よ」と言って、さかさまにしてからなのを見せつけた。「みんなこのなかに入れといたわ」と、泡立つ浴槽を指さした。

「これはネロリ油」と次のボトルを取りあげる。「橙花から抽出した油よ。ぜんぶ入れといたわ」

次のボトルを手にとって、「オレンジ・クリームバスオイル。アーモンド油入り。これもぜんぶ入れといたわ」

次はジャーに移った。

「セージとコンフリー」とひとつをさす。「それとセドラ油。これはハンドクリームで、これはヘアコンディショナーだけど、ぜんぶ入れといたから。ついでにアロエ入りのリップクリームのチューブと、キューカンバ入りのクレンジングミルクと、蜂蜜《みつ》入りの蜜蠟《ろう》にホホバ油のクレンザーも入れといたわ。ガスール・クレイと海草とカバエキス入りのシャンプー、ビタミンE入りのリッチナイトクリーム、それにタラ肝油もどっさり入ってるから。あいにく『ヴェンジャンス』っていうのはなかったけど、ここにカルバン・クラインの『強迫観念《オブセッション》』ならあるわよ」

香水壜のふたを抜くと、壜ごと浴槽に放り込んだ。

「となりの部屋にいるから、すんだら呼んで」

そう言うと足音も荒く出ていき、ドアをばたんと閉めた。となりの部屋で待ちながら、決然として本を読みはじめた。

21

自宅の玄関から数メートル離れて駐めた車のなかで、ダークは一分ほど身じろぎもせずに座っていた。次はどう動くべきかと考えていたのだ。ごく小さな、用心深い動きになるだろうという気がした。いまはどうあっても、驚いた鷲を相手にしたい気分ではない。

じっと鷲を観察した。垢抜けた威厳を感じさせる姿で、しっかり石段のふちに鉤爪を巻きつけて立っていた。ときどき羽づくろいをし、それから鋭い目をあげて通りの向こうや通りのこっちを眺めながら、見る者を不安のどん底につき落としつつ、大きな鉤爪のいっぽうで石段の表面を引っかいている。その大きさも、羽毛も、ずば抜けた飛行能力を感じさせる全体的な雰囲気もすばらしく、ダークはほれぼれと見とれていた。しかし、大きなガラス玉のような目や、巨大な鉤状のくちばしに街灯の光が反射するさまに関しては、好きかと訊かれたらそれはやはりノーだと白状せざるをえなかった。

あのくちばしはとくに恐るべき武器だ。この地上にはあれを見て震え上がらない動物はいないだろう。それは、すでに死んで缶詰になっている動物も例外ではない。鉤爪は小型のボルボぐらいなら引き裂けそうに見えた。それがダークの家の玄関前にがんばっていて、通りの左右を見渡しているのだ。その目つきは意味ありげであると同時に悪意ありげでもあった。

このまま走り去り、外国に逃げようかとダークは思った。パスポートを持ってきただろうか。いや、家のなかだ。鷲の向こうにあるドアの向こう、どこかの引出しのなかに入っているか、むしろなくなっている公算のほうが大きい。

家を売り払ってしまおうか。このあたりでは、実際の住宅の数に対する不動産業者の数は急激に一対一に近づいている。そのうちのどこかに来てもらって、あとは任せてしまおうか。もうこの家にはうんざりだ。冷蔵庫はあれだし野生生物はいるし、アメリカン・エキスプレスのダイレクトメールのリストにはばっちり載ってしまっているし。

それともやはり、とわずかに身震いしながら考える。出ていって、あの鷲がなにを求めているのか探ってみるべきだろうか。それでひとつ思いついた。ネズミとか、あるいは小型犬でも与えれば喜ぶかもしれない。しかし、憶えているかぎりでは、ダークの家にはライスクリスピーと古いマフィンぐらいしかないし、この空の王者はそんなものには目もくれないだろう。なんとなく、鷲の鉤爪にまだ新しい血がこびりついているような気がしたが、ばかなことを考えるなと自分で自分をきつく叱った。

近づいていってあの鳥と対面し、その結果がどう転ぶにしても、いまちょっとネズミを切らしていると説明するしかないだろう。

そろそろと、果てしなくそろそろと、ダークは車のドアを押し開き、頭を下げてこっそり降りた。車のボンネット越しに鷲の様子をうかがう。鷲は動いていなかった。というのはつまり、この地区を立ち去っていなかったということだ。あいかわらず前後左右を眺めているが、どうもさっきまでよりぴりぴりしている感じだ。遠い山中のどこの高巣で聞き憶えたのか知らないが、ジャガーのドアの蝶番がまわる音を鷲が聞き落とさなかったのは明らかだった。

自宅の玄関前に駐車できなかったのは、道路脇にずらりと車が駐めてあるせいだったのだが、ダークは用心深く、頭を下げてその車列の陰を進んでいった。二、三秒後、かの堂々たる生物と彼とを隔てるのは、小型の青いルノーだけになっていた。

さて、これからどうしようか。

ただ立ちあがって、いわば名乗り出ることもできるだろう。要するに「おれはここだ、逃げも隠れもせん」と呼ばわるようなものだ。なにが起こったとしても、矢面に立つのはたぶんこのルノーだし。

言うまでもなく、鷲が喜ぶという可能性もないわけではない。彼を目がけて空から急降下してきたのは、たんに鷲なりの愛情表現だったのかもしれない。もちろん、これがあのときと同じ鷲だと仮定しての話だが、これはそう突拍子もない仮定ではない。この北ロンドンに、それほど多くのイヌワシが同時にうろついているとはちょっと思えないからだ。

あるいはまったくの偶然で、彼の家の玄関先に落ち着いてしまったとも考えられる。

また大空を駆けめぐって、その、鷲が大空を駆けめぐってなにを追い求めるのか知らないが、そのなにかを追い求めに行く前に、ひと息入れているだけなのかも。

理由はともかく、そろそろ一か八かやってみなくてはならない。ダークは覚悟を決め、大きく息を吸って、海の底から出現する亡霊のようにルノーの陰から立ちあがった。

そのとき鷲はべつの方向を見ていて、一秒ほどしてから正面に向きなおり、初めてダークに気がついた。そして気がついたとたん大きな金切り声をあげ、三、四センチほどあとじさり、ダークはその反応にいささかとまどった。鷲はそれから何度かせわしくまばたきし、なんだか元気づいたような表情を浮かべたが、それをどう解釈していいのかさっぱりわからない。

ダークはそのまま突っ立っていたが、一、二秒ほどすると、前述の興奮がすべて収まって事態がふたたび鎮静化したと感じたので、ためらいがちに足を前に出し、ルノーの前部をまわって向こうへ出ようとした。小さく問いかけるようなチッチッという声が何度も、おぼつかなげに空中を漂っているような気がしたが、まもなくダークはそれが自分の出している声だと気づいてやめた。いま相手にしているのは鷲であって、セキセイインコではないのだ。

まさにその瞬間、彼はあやまちを犯した。

鷲全般のこととか、このような場合の考えられる鷲の目的とか、鷲というものが子猫とはちがうと考えられるさまざまな点とかのことで頭がいっぱいだったため、自分がなにをしているかろくに意識もせずに道路から歩道にあがろうとし、またさっきまでの小雨で歩道がすべりやすくなっていることにも頭がまわっていなかった。後ろの足を前に出そうとしたとき、それがルノーのバンパーに引っかかり、ダークはよろめき、すべり、どんな気性か不明の大きな鷲に対して絶対にやってはいけないことをした。つまり両腕を突き出して頭から前に突っ込んだのだ。

たちまち鷲は反応した。

一瞬もためらうことなく鮮やかにわきへ飛びのいて、おかげでダークは余裕をもってわが家の玄関の石段に思いきりぶっ倒れることができた。それを見おろす鷲の顔には軽蔑の色もあらわで、卑しい人間ふぜいなら、というか少なくともそのとき鷲を見あげていた人間なら、だれでもしゅんとしていただろう。

ダークはうめいた。

石段のふちにこめかみをしたたかにぶつけて、こんな目にあわなくても今夜はもうたくさんだったのにと思った。あえぎながら横たわっていたが、しばらくしてからやっとぐったり寝返りを打って仰向けになり、片手でひたいを、片手で鼻を押さえながら、不安な思いで大きな鳥を見あげ、自分がどんな条件のもとで事態に対処する破目になったか考えてむかむかした。

いまのところ、鷲をこわがる必要はなさそうだとわかってきた。鷲はたんに、なにやってんだというように目をぱちくりさせてこちらを見つめているだけだ。ダークは上体を起こし、それからよっこらしょとゆっくり立ちあがって、コートをこすったり払ったりしていくらか汚れを落とした。ポケットをあさって鍵を取り出し、玄関のドアをあけたが、少しゆるんでいるような気がした。そこでひと息置いて、次はどう出るかと鷲の様子をうかがった。

小さく翼をはばたかせて、鷲はドアの枠を飛び越えて廊下に入ってきた。なかを見まわし、見たものにいささか嫌悪感を覚えたような顔をした。鷲が人間の家の廊下になにを期待するものかわからないが、こういう反応を示すのはこの鷲だけではないのは認めざるをえない。それほど散らかっているわけではないのだが、その荒廃した雰囲気に訪問者はみな憂鬱《ゆううつ》な顔になる。この鷲もその影響に無縁ではいられなかったようだ。

ダークは、ドアマットに落ちていた大きな薄い封筒を拾いあげ、予期していたとおりのものが入っていることを確かめた。ふと、壁の絵がなくなっているのに気がついた。とくべつ高価なものではなく、ただのカムデン小路《パッセージ》で見つけた小さな日本の版画だが、わりと気に入っていたし、問題はそれがなくなっているということだ。壁にはむなしくフックだけが残っている。見れば椅子も一脚なくなっていた。

その意味する可能性にはたと思い当たって、急いでキッチンに駆け込んだ。明らかにさまざまなキッチン用品がなくなっている。ほとんど使っていないサバティエ（フランスの刃物のブランド）の包丁セットも、フードプロセッサーも、ラジオカセットプレイヤーもすっかり消えていたが、しかしそれはともかく、そこには新しい冷蔵庫があった。ノビー・パクストンのところのごろつきどもが運んできてくれたのだ。あとは、例によってささやかなリストを作ればいいだけだ。

それはともかく、新しい冷蔵庫が来たおかげでかなり気が軽くなった。すでにキッチン全体の雰囲気すら明るくなったような気がする。ぴりぴりした空気が消えて、かつてなく明るい快活な気が満ちている。それがうずたかく積まれた古いピザの箱にまで伝わったかのようで、崩れそうに傾いているというより、いまでは小粋に首をかしげているかのように見えた。

ダークはいそいそと新しい冷蔵庫のドアをあけた。なかが百パーセント完全にからっぽなのがうれしい。内部の照明が、清潔そのものの青と白の内壁を、そしてクロムめっきの棚板を照らしている。あんまりうれしくて、ずっとこのままにしておこうとすぐに心を決めた。このなかにはなにも入れない。食料品は目につく場所で腐らせておくだけだ。

よし、とドアをもとどおりに閉じた。

背後のがりがりばたばたで、いま鷲の来訪を受けているのを思い出した。ふり向くと、鷲はキッチンテーブルにのってこちらをにらんでいる。

いまでは少しこの鷲にも慣れてきていたし、心配していたような凶悪な襲撃を受けることもなかったので、最初にくらべるとやや恐ろしさが薄れたようだった。あいかわらずずっしり重い鷲であることに変わりはないが、最初に思っていたよりは多少扱いやすい鷲なのではないだろうか。ダークは少し肩の力を抜き、帽子をとり、コートを脱いで椅子に引っかけた。

ここに至って、ダークに誤解を与えたらしいと鷲は感じたようで、いっぽうの鉤爪を彼のほうに突き出してきた。とたんにダークはぎょっとした。さっき思ったとおり、鉤爪に乾いた血にそっくりなものがこびりついていたのだ。彼は急いであとじさった。鷲は両脚を踏ん張っていっぱいに伸びあがり、巨大な翼を広げはじめた。翼はどこまでも広がり、鷲はそれをごくゆっくりとはばたかせはじめ、バランスをとるために前かがみになった。ダークは、このような状況で考えられる唯一の行動に出た。脱兎のごとくキッチンを飛び出し、ばたんとドアを閉じて、廊下のテーブルでそのドアをふさいだのだ。たちまち、ギャーギャーがりがりどすんどすんの恐ろしい不協和音がドアの向こうから聞こえてきた。ダークはテーブルに背中を預けて座り込み、ぜいぜい言いながらひと息入れようとしていたが、そうこうするうちに、鷲はなにをしようとしているのかと不安になってきた。

鷲はほんとうにドアに体当たり攻撃をしているようだ。数秒ごとに同じパターンがくりかえされる——まずは翼を大きくはばたかせる音、次に風を切る音がして、最後にどすんという胸の悪くなる衝突音。まさかドアが破られることはないと思うが、破ろうとして鷲が死ぬのではないかと心配になる。あの鳥はどうやら必死になっているようだが、いったいなんのためなのか想像もつかない。ダークは気を鎮めて、次になにをすべきかよく考えてみようとした。

まずはケイトに電話をかけて、無事を確かめなくてはならない。

ヒュー、どすん！

それに、一日じゅう持ち歩いていたあの封筒をそろそろあけて、なかを調べてみなくてはならない。

ヒュー、どすん！

そのためには切れる刃物が必要だ。

ヒュー、どすん！

かなり立て続けに、いささかまずいことを三つ思いついた。

ヒュー、どすん！

第一に、切れる刃物はキッチンにしかない。たとえ、ノビーの回収部隊が一本残らず持っていっていなかったとしてもだ。

ヒュー、どすん！

それじたいはそう大した問題ではない。うちのなかを探せば、たぶん代わりになるものが見つかるだろう。

ヒュー、どすん！

第二に、そもそも封筒じたいコートのポケットに入っていて、そのコートはキッチンの椅子の背に掛けてある。

ヒュー、どすん！

第三は第二とひじょうによく似ていて、ケイトの電話番号をメモした紙片のありかに関係していた。

ヒュー、どすん！

くそ、なんてこった。

ヒュー、どすん！

今日一日の展開に、ダークはもう心底うんざりしてきた。それに、災厄が迫っているという予感にさいなまれているのに、その予感の根っこにあるものをどうしても突き止めることができない。

ヒュー、どすん！

とはいえ、いまなにをするべきかはわかっている……

ヒュー、どすん！

……とすれば、ぐずぐずしていてもしかたがない。テーブルを静かに引いてドアの前からどけた。

ヒュー――

頭を下げてドアをさっと開き、飛び出してきた鷲の下をうまくすり抜けた。鷲が勢いあまって向かいの壁に激突するすきに、キッチンに入ってドアをばたんと閉め、椅子からコートをとると、その椅子をドアの把手の下に嚙ませた。

ヒュー、どすん！

ドアのこちら側の被害は規模も程度もかなりのもので、ダークは真剣に不安になってきた。これほどの行動に出るとは、あの鳥はどういう精神状態にあるのか、というか、こんな行動をこれからもずっと続けていたら、あの鳥はどういう精神状態に陥ることやら。

ヒュー……がりがり……

そのとき向こうの鳥も同じことを考えたようで、ひとしきり甲高く鳴いて鉤爪でドアを引っかいたあと、むっつりと打ちひしがれたような沈黙に落ち込んだ。その沈黙は一分ほども続き、そうなるとこれはこれで、さっきまでのどすんどすんに負けず劣らず不安になってくる。

いまはなにをやっているのだろう。

恐る恐るドアに近づき、音を立てないように細心の注意を払って椅子を少し引いた。鍵穴から様子をうかがおうという算段だ。腰をかがめてのぞき込んだ。最初のうちはなにも見えないようだった。なにかにふさがれているのだろうか。そのとき、向こう側で光るものが揺れたかと思うと、いきなりぐいと近づいてきて、それで驚愕の事実が明らかになった。鷲もまた鍵穴に目を当てて彼を見返してきていたのだ。仰天した拍子にダークは引っくり返りそうになり、かすかな恐怖と嫌悪感を覚えてドアからあとじさった。

これは鷲としては飛び抜けて知的な行動ではないだろうか。それともそうでもないのか。どうしたらわかるだろう。電話して訊こうにも、鳥類学の専門家の心当たりはなかった。事典のたぐいはすべてべつの部屋に積んであるし、さっきのような芸当を何度もやりつづけられるとは思えない。なにしろいま相手にしている鷲は、鍵穴がなんのためにあるのか理解する能力があるのだ。

キッチンの流しまで後退し、キッチンペーパーを取り出した。くしゃくしゃに丸めて水に濡らし、まずは血の出ているこめかみに当てたら、みごとに腫れあがっていた。次に鼻に当ててみると、あいかわらず触れると飛びあがりそうに痛いし、だいぶ前からかなりの大きさに膨れあがっている。たぶんあの鷲は繊細な美的感覚をもった鷲で、痛めつけられて惨憺《さんたん》たるありさまのダークの顔にいたく気分を害し、それで頭がおかしくなったのかもしれない。ダークはため息をついて腰をおろした。

次に考えたのはケイトに電話することだったが、かけてみたら留守番電話になっていた。彼女の声がかくべつ愛想よく伝えるところによると、ピーと鳴ったらメッセージをどうぞ、ただしめったに聞かないので直接伝えるほうがずっとよいが、いま彼女は留守なのでそれができないので、またかけなおすのがいちばんでしょうということだった。

ご忠告ありがとうよ、と思って受話器をおろした。

ダークはつまるところの真実に気がついた。今日一日、彼は例の封筒をあけるのをずっと先のばしにしてきたのだ。そのなかにあるものを見たくなかったからである。恐ろしいからではない、といっても恐ろしくないわけではないが、なにしろ大鎌を持った緑の目の男に魂を売るというのだから、というのはさまざまな状況証拠が一生懸命じつはそういうことだったのだと訴えようとしているからで、とにかくそれが恐ろしかったからではなく、ただもう気が滅入ってしかたがないという、要はそのせいだった。なにしろ大鎌を持った緑の目の男に魂を売ったのが、ヒット曲のロイヤリティの分け前のためと来ている。

つまり、素直に見ればそうとしか思えないということだ。そうではないか。

ダークはもうひとつの封筒を手にとった。ドアマットのうえで待っていたやつ、ダークがつけで買っているロンドンの大書店から配達されてきた封筒だ。取り出した中身は「ホット・ポテト」の楽譜。作詞作曲はコリン・ペイントン、フィル・マルヴィル、ジェフ・アンスティとあった。

歌詞は言ってみれば単純そのものだ。その歌詞が基本となる軽快なリズムの反復を生み出し、わかりやすい危機感と陽気な無神経さで今年の夏の雰囲気をよくとらえていた。

その歌詞はこうだ——

ホット・ポテトを
手にとるな、とるな、とるな。
急げ、次にまわせ、まわせ、まわせ。
でないとつかまるぞ、つかまるぞ、つかまるぞ。
押しつけろ、だれに、だれに？　だれかに。

急げ、急げ、どでかいやつが来る前に。
持ってちゃいけない、どでかいやつが来たときに。
それはホット・ポテトなんだから。
以下略。この反復されるフレーズがバンドのメンバーふたりのあいだで交互に歌われ、そのたびにドラムマシーンが激しさを増していく。ダンス・ビデオも作られていた。これで全部なのか。大した取引だ。ラプトン・ロードの瀟洒《しょうしゃ》な家、ポリウレタン引きの床、破綻した結婚生活。

いやまったく、ずいぶん遠くまで来てしまったものだ。ファウストとメフィストフェレスの大いなる日々には、人は自分の魂と引き換えにこの世のありとある知識を身につけ、胸に抱く大志を残らず実現させ、肉の悦びのすべてを得たというのに、それがどうだ。いまではレコードのロイヤリティにしゃれた内装、トイレの壁のつまらない装飾をもらって、それで首をちょん切られてしまうのか。

それで、具体的にはどんな取引だったのだろう。ポテトの契約とはなんなのか、だれがなにを受け取り、それはなぜだったのか。

ダークは引出しをかきまわしてパン切りナイフを見つけ、また腰をおろした。コートのポケットから封筒を取り出し、何重にも貼られて固まったセロテープを切り裂いた。落ちてきたのは分厚い書類の束だった。

22

電話が鳴りだすのと同時に、ケイトのいる居間のドアが開いた。雷神は足どりも荒く入ってこようとしたのだろうが、実際にはふんわりいいにおいをまといつかせて入ってきた。ケイトが浴槽に放り込んだものにどっぷり浸かって、それから服を着てきたらしい。前腕には、ケイトのナイトガウンを引き裂いたものを包帯代わりに巻いていた。ふやけたオークの板切れをいくつか、無造作に部屋のすみに放り出す。ケイトはさしあたって、この意図的な挑発行為も電話も無視することにした。前者は自分でなんとかできるし、後者はそのための機械がある。

「あなたのことを調べてたのよ」とけんか腰で言った。「ひげはどうしたのよ」

雷神は、彼女が持っていた百科事典の一巻を取りあげ、ちらと眺めて、ばかにしたように放り投げた。

「ふん」彼は言った。「剃り落としたのさ。ウェールズにいたころ」いやなことを思い出したように顔をしかめた。

「ウェールズなんかでなにをしてたの」

「石の数をかぞえてた」肩をすくめ、窓ぎわに歩いていって外をにらむ。

そのふるまいを見ていると、途方もない不安を抱えて鬱《ふさ》いでいるように感じられた。人はときどき、天気のせいでそんなふうになることがあるものだ。ケイトははたと気づいて恐怖にも似た戦慄を覚えたのだが、雷神の場合はそれが逆になるのではないだろうか。そして外の空はまちがいなく、不安で不機嫌そうな様子だった。

彼女は急に、どんな態度をとればよいのかわからなくなってきた。

「ごめんなさい、ばかな質問かもしれないけど」ケイトは言った。「でも、いまの話はなんのことかよくわからないわ。だってわたし、曜日に名前のついている（木曜日（Thursday）はもともと「雷神トールの日」の意）ひとといっしょに夜を過ごすのなんて初めてなんだもの。ウェールズでなんの石を数えていたの」

「全部だ」トールは低くうなるように言った。「これぐらいのから……」と、人さし指と親指の先を五ミリぐらい離して、「……これぐらいのまで全部」と、今度は両手を一メートル近く離してみせてから、またその手をおろした。

ケイトはぽかんとして彼を見つめた。

「それで……いくつあったの」彼女は尋ねた。それ以外に礼儀正しい対応はなさそうだったからだ。

彼はかっとしたようにこちらをふり向いた。

「知りたかったら自分でかぞえろ！」彼は怒鳴った。「何年も何年も何年もかけてかぞえて、その数を知っているのはいまもこれからもおれだけだってことになったのに、それをほかのやつにほいほい教えたらなんにもならんじゃないか。そうだろう」

　また窓のほうに向きなおる。

「それに」とまた口を開いた。「じつは前から気に病んでるんだ。ミッドグラモーガン（南部の州《ウェールズ》）のどこかで、いくつだったかわからなくなったような気がする。だが」彼はまた怒鳴った。「もう二度とかぞえるもんか！」

「それじゃその、そもそもどうしてそんな大変なことを始めたの？」

「親父に科せられた苦行だったんだ。罰だ。罪のあがないだ」またうなるように言う。

「お父さんって」とケイト。「オーディンのこと？」

「全父オーディンだ」とトール。「アスガルドの神々の父」

「つまり、オーディンは生きてるってこと？」

　トールはふり向いて、ばかを見る目で彼女を見た。

「おれたちは不死なんだ」とあっさり答える。

　ちょうどそのとき、階下のニールがベースの演奏を終えた。その轟音が途切れたあとでは、フラットじゅうが不気味な静寂の歌を歌っているかのようだった。

「人間は不死の神々を欲しがった」トールは押し殺した声で言った。「それで不死の神々を得た。おれたちにとっちゃあんまりありがたい話じゃない。人間は神が永遠に生きることを望んだ。だからおれたちは永遠に生きることになった。そのあと、人間はおれたちのことを忘れた。それでもおれたちは永遠に生きなくちゃならん。だがここに来てようやく、多くの神が死に、多くの神が死にかけている」それから静かな声で付け加えた。「だが、それには特別な努力が要るんだ」

「なにを言ってるのかぜんぜんわからないわ」ケイトは言った。「つまりその、わたしたちが、つまり人間が――」

「おまえならわかるはずだ」トールは怒ったように言った。「だからおれはおまえのところへ来たんだ。わかるか、たいていの人間にはおれの姿がろくに見えてないんだぞ。ほとんど気がつきもしない。隠れてるわけじゃない、おれたちはここにいるんだ。おまえたちのあいだを動きまわってる。おまえたちはおれの民で、おれたちはおまえたちの神だ。人間はおれたちを生み出して、自分ではとうてい演じる気になれない役柄を押しつけてきた。そのくせ、いまじゃありがたがりもしない。この……人間が自分のためだけに、つまり神々抜きで作った世界では、おれが通りを歩いていても、だれひとりこっちを見向きもしない」

「あの兜《かぶと》をかぶってても？」

「兜をかぶってるときはとくにだ！」

「それは――」

「おれをからかってるな！」トールは怒鳴った。

「女性なら、みんなそうしたくなると思うわ」ケイトは言った。「でも、どうして――」

ふいに部屋が震えて、はっと息を呑んだかのようだった。ケイトは内臓を激しく揺さぶられ、と思ったらそれがぴたりと止まった。突然訪れた恐ろしい静寂のなかで、青い陶製のテーブルランプがゆっくりとテーブルから転げ落ち、床にぶつかって、そろそろと部屋の暗いすみに這っていき、おびえたようにぎゅっと小さく丸まった。

　ケイトはそれを見つめた。取り乱すまいと努めていたが、冷たく柔らかいゼリーが背筋を這い落ちていくようだった。

「あなたがやったの?」震え声で言った。

　トールは怒ると同時に面食らっているような顔をした。「おれを怒らせるな。おまえは運がよかった」とつぶやいて目をそむけた。

「いったいなんの話をしてるの」

「おれといっしょに来てもらいたいんだ」

「なんですって?　あれはどうするの?」と、テーブルの下を指さした。ついさっきまで信じられないぐらい青い陶製のテーブルランプだった小さな子猫を。

「あれは、おれの力じゃどうしようもない」

　ケイトは急に、疲れと当惑と恐怖のあまり泣きだしそうになった。唇をかみ、怒りのありったけをかき立てようとした。

「まあ、そうなの」彼女は言った。「あなたは神さまなんじゃなかったの。口実を作ってこの家に入り込んでおいて、こんな……」あとが続かなくて口ごもった。また口を開いたときは口調が変わっていた。

「ほんとなの」と小さな声で言った。「ほんとにあなたたちはここに、この世界に、ずっと存在していたの」

「ここと、アスガルドにな」トールは言った。

「アスガルドって」とケイト。「神々の故郷のこと？」

トールは黙っている。そのむっつりした沈黙には、なにか大変な悩みがぎっしり詰まっているかのようだった。

「アスガルドってどこにあるの」ケイトはしつこく尋ねた。

やはりトールは答えない。言葉数が少ないだけでなく、言葉と言葉のあいだの沈黙がやたらに長い。やっと返事をしたときには、それまでずっと考えていたのか、ただぼさっと突っ立っていただけなのかまったく判然としなかった。

「アスガルドもここにある」彼は言った。「すべての世界がここにあるんだ」

毛皮の下から大ハンマーを引っぱり出すと、トールはそのヘッドをじっと、みょうに不思議そうに眺めている。なにかとても珍しいものでも見るかのように。そんなしぐさをどこかで見たことがあったのだろうか、なぜかケイトはとっさに首をすくめたくなった。油断なく見守りながら、ほんの少しあとじさる。

次に顔をあげたとき、トールの目はまったく新たな目的意識と活力に光っていた。覚悟を決めて、なにかに頭から飛び込んでいこうとしているかのようだ。

「おれは今夜、アスガルドに行かなくちゃならん」彼は言った。「ヴァルハラの大広間でわが父オーディンと対決して、あの所業の申し開きをさせるんだ」

「所業って、あなたにウェールズの石ころをかぞえさせたこと？」

「ちがう！」とトール。「ウェールズの石ころを、かぞえる甲斐のないものにしてくれたことだ！」

ケイトは疲れきって首をふった。「どう考えていいのかさっぱりわからない。すごく疲れてるせいだと思うわ。明日また来て。明日の朝、またすっかり説明して」

「だめだ」とトール。「その目でアスガルドを見るんだ、そうすればわかる。今夜見なくちゃいかん」と彼女の腕をつかんだ。

「アスガルドなんか行きたくないわ」ケイトは言い張った。「初めて会った人と、神話の世界に行くわけにいかないもの。あなたひとりで行って。明日になってから電話をちょうだい、それでどうなったか教えて。石ころのことでお父さんをとっちめてやって」

腕をひねって手をふりほどいたが、彼が自分から離さなかったらそんなことはできなかっただろう。それはわかりすぎるほどわかっていた。

「お願い、もう帰って。わたし、もう眠いの」とトールをにらみつけた。

とそのとき、フラットがいきなり爆発したかのようだった。ベースでも弾けると証明するためだけに、ニールが『神々の黄昏』の第一幕から「ジークフリートのラインの旅」を大音響で弾きはじめたのだ。壁は揺れ、窓がびりびり震える。テーブルの下でテーブルランプが哀れっぽくみゃあみゃあ鳴いていたが、それもろくに聞こえないほどだった。

ケイトは怒りの表情を崩すまいとしたが、こんな状況では、そんな顔を長く続けようとしても無理な相談だった。

「わかったわ」ついに彼女は言った。「どうやって行くの」

「行きかたは、ちっぽけなものの数と同じだけある」

「なんですって？」

「ちっぽけなものだ」また親指と人さし指を持ちあげて、ひじょうに小さなものだということを示した。「分子とかいう」と付け加えたが、どうもその言葉は使いたくなさそうだった。「だが、まずはここから出よう」

「アスガルドではコートが要る？」

「好きにしたらいい」

「それじゃ、とにかく持っていくわ。ちょっと待ってて」

あきれ返るほど込み入ってわけがわからないことの連続だが、ともかくそれに対処する最善の道は、ひとつずつ事務的に片づけていくことだ。コートを取り、髪にブラシをかけ、留守番電話に新しいメッセージを吹き込み、テーブルの下にミルクの皿をしっかり置いた。

「行きましょう」彼女は言って、先に立って部屋を出て、きちんと鍵をかけ、ニールの部屋の前を通るときは静かにするよう合図した。いまは大音響を立ててはいるが、それでもほんの小さな音でも彼はまちがいなく聞きつける。ふたりが通りかかったのに気がついたら、その瞬間に外へ出てきて苦情を言いはじめるだろう。コカ・コーラの自販機のこと、夜も遅いこと、人間の人間に対する非人間性のこと、天候のこと、騒音のこと、そしてケイトのコートの色のことまで。ちなみにコートの色は青だったが、なぜかニールはとくにこの色に眉をひそめるのだ。ふたりはうまく忍び足で通り過ぎ、玄関を出てドアを閉めたときも、ごくごく小さな音しか立てなかった。

23

ダークは、キッチンテーブルに転げ落ちた書類をあらためた。分厚くて重い紙でできていて、まとめて折り畳まれていて、明らかにこれまでにさんざんいじられている。それをそろえ、一枚一枚ばらして広げ、手のひらでのばし、テーブルのうえにきちんと列を作って並べていった。古い新聞や灰皿や汚れたシリアルの皿——掃除婦のエリーナは、いつもこの皿を置いてあった場所にそのまま放置していく。どうして片づけないのかと尋ねると、わざとそこに置いてあるのだと思ったと言い張るのだ——を必要に応じてどかしながら。

数分かけてじっくり読んだ。一枚ずつ順に取りあげ、これとそれを見比べ、一枚ごと、一段落ごと、一行ごとに慎重に研究した。

ただの一語も理解できなかった。

わかっていてもよかったはずだ、とふと気づいた。緑の目で毛むくじゃらで大鎌をふるう巨人は、全般的な外見とか個人的な習慣がちがうだけではなく、たとえば好んで使うアルファベットなどもちがうのかもしれない。

椅子に深く座りなおし、不満と挫折感を抱えて煙草に手をのばしたが、コートのポケットの箱はもうからになっていた。鉛筆をとって、煙草でやるようにとんとんやってみたが、鉛筆では煙草と同じ効果は得られなかった。

あの鷲はいまも、鍵穴越しにこっちをうかがっているかもしれない。一、二分もするころには、それが気になってしかたがなくなってきた。これでは目前の問題にとうてい集中できない。煙草もなしではなおさらだ。ダークは顔をしかめた。二階のベッドのそばにもうひと箱あるのはわかっていたが、それを取ってくるには重大な鳥類学的問題に取り組まなくてはならない。

もうしばらく、書類をじっくり見てみることにした。小さくてひねこびて解読不能なルーン文字で書かれていることのほかに、文字は潮に流されたようにおおむね紙の左側に寄り集まっている。右側はだいたい空白だが、ときどき文字がいくつか固まって書かれていて、それは上下にそろえて並べてあるようだった。どこがどうとは言えないが、その配置にはなんとなく見慣れた感じがする。しかしそれをべつにすれば、ダークにはまったく解読できなかった。

そこでふたたび封筒に目を戻し、やけにしっかり抹消してある氏名をもういちど読みなおすことにした。

これはハワード・ベル、ありえないほど儲かっているベストセラー作家だ。駄作ばかり書いているのに倉庫単位で売れている。だれも読まないのに——というより、たぶん読まないからだろう。

デニス・ハッチはレコード会社の大立者だ。事情がわかってみれば、ダークにとってもよく知った名前だった。〈エアリーズ《A》・ライジング《R》・レコード《R》・グループ《G》〉は、六〇年代の理想に基づいて設立され——というか、少なくとも六〇年代の理想ということになっているものに基づいて設立され、七〇年代に成長し、八〇年代の拝金主義を一瞬もためらうことなく受け入れて、いまでは大西洋の両側でエンタテインメント業界の一大コングロマリットになっている。デニス・ハッチがそのトップの座に就いたのは、設立者が死亡したあとのことだ。死因は、フェラーリとテキーラのボトルに酩酊してレンガ壁を過量摂取したことだった。〈ARRGH《ぎゃああ》!〉はまた、「ホット・ポテト」が売り出されたレコード・レーベルでもある。

　スタン・ドプチェクは、滑稽な名前の広告会社の上級パートナーだが、英国とアメリカの広告会社は、あらかた彼の会社に吸収されている。名前がそれほど滑稽でなかったせいで丸呑みにされてしまったのだ。

　そしてここに、ひと目でわかる名前がまたひとつだしぬけに現われた。どんな名前を探せばいいかわかってきたおかげだ。ロドリック・マーサー、世界一低俗な新聞の世界最大の発行者。ふだんは「ロッド・マーサー」で通っているのに、よけいな「リック」がついていたせいで、すぐに気づかなかったのだ。やれやれ、なんともはや……

　ダークははっとした。ここには、たしかに得る甲斐のあるものを得た人々がいる。かれらはまちがいなく、あっちこっちにドライフラワーを飾ったラプトン・ロードのしゃれた小さな家などより、ずっとましなものを手に入れている。それに、最近の劇的なニュースをダークが見逃していたのならべつだが、まだ首がちゃんとつながっているという点でもずっと恵まれている。これはいったいどういうことだろう。いったいどんな契約だったのか。この契約書がその手を通り過ぎていった人々は、どうしてみんなあっと驚く成功を収めているのか——ただひとり、ジェフリー・アンスティを除いて。この契約書がその手を通り過ぎていった人々は、みんなそこから利益を得ている。例外は、それを最後に手にしたひとりだけ。最後までそれを持っていたひとりだけだ。

まさに焼けたじゃがいも《ホット・ポテト》だ……

急げ、急げ、どでかいやつが来る前に。

そのときダークははたと気がついた。ひょっとして、ホット・ポテトについての会話、つまりそれを処分し、だれかに渡すという話を漏れ聞いたのは、ジェフリー・アンスティ本人だったのではないだろうか。ペインのインタビューを読んだかぎりでは、記憶ちがいでなければだが、その会話を小耳にはさんだのは自分だとは言っていなかった。

急げ、急げ、どでかいやつが来る前に。

その思いつきにダークは背筋が凍る思いだった。ジェフリー・アンスティは、まったくなにも知らなかったのではないか。彼はこの会話を漏れ聞いて——ところで、だれとだれの会話だったのだろう。ダークは封筒を取りあげて、ずらりと並ぶ宛名をたどった

——そして、ダンス音楽によい軽快なリズムの歌詞になると思ったのではないか。小耳

にはさんだ会話が、自分の恐ろしい死につながるとはまるで気づいていなかったのかもしれない。彼はその会話からヒット曲を作った。そして本物のホット・ポテトが現実に差し出されたとき、それを手に取ってしまったのだ。

手にとるな、とるな、とるな。

そして、本物の助言だとは思いもせずに、その言葉を歌詞にして録音し……

急げ、次にまわせ、まわせ、まわせ。

……それを、自宅のトイレの壁にかけた、ゴールドディスクの額の裏に突っ込んでおいたわけだ。

急げ、急げ、どでかいやつが来る前に。

ダークは眉をひそめ、考え込みながら、深々とゆっくり鉛筆を吸った。

ばかげている。

煙草が要る。煙草がなければ、知力をしぼってこの線で徹底的に考え抜くことなどできない。コートを着て、帽子に頭を押し込み、窓に向かった。

この窓を最後にあけたのは——いやその、彼がこの家を手に入れてからいっぺんもあけたことがないのは確実だ。急に自分の空間と独立を侵害されて、こういうことに慣れていない窓は抵抗し、悲鳴をあげた。どうにか無理やりこじあけてじゅうぶんなすきまを作ると、ダークはやっとこさ窓枠にあがり、まだなかに垂れ下がっていた革のコートのすそを引きあげた。ここから歩道まではいささか跳躍が必要だ。この家には一階の下に地階があって、玄関わきの狭い階段でおりるようになっている。その階段を歩道から隔てるために鉄柵があって、それを飛び越えなくてはならないのだ。

一瞬もためらうことなくダークは飛んだ。しかしその跳躍の途中で、車のキーをキッチンのテーブルに置き忘れてきたことに気がついた。ぶざまに空中を移動しながら、ここで身をよじって決死の覚悟で後ろの窓のほうに手を伸ばせば、ひょっとして窓枠をつかめるのではないかと考えたが、慎重な熟慮のすえに、そんなことをしてしくじったら死ぬかもしれないし、そのいっぽうで歩くのは健康によいはずであると思いなおした。

鉄柵の向こうにどさりと着地したが、コートのすそが柵に引っかかっていて、はずそうと引っ張ったら裏地が裂けた。ひざのびりびりが鎮まってきて、今日一日ですっかり残り少なくなった落ち着きをやや取り戻してみて、そこではたと気がついた。いまはもう十一時をとっくにまわっている。パブはそろそろ閉店だろうし、煙草を手に入れるにはだいぶ長く歩く破目になるかもしれない。こんなに歩くなら我慢すればよかったと思うぐらいに。

ダークはどうしようかと考えた。

ここで考慮すべき最大の要因は、鷲の現在の態度と精神状態だ。車のキーを取ってくるには、玄関のドアを通り、鷲の取り憑いた廊下を抜けていく以外に道がない。

用心のうえにも用心して、抜き足差し足で玄関に通じる石段をのぼり、うずくまり、音を立てないでくれよと祈りながら、郵便受けの垂れぶたをそっと押しあげてなかをのぞいた。

とたんに手の甲に鉤爪が打ち込まれ、絶叫とともに大きなくちばしが突き出されてきた。危ういところで目は無事だったが、それでなくてもさんざん痛めつけられた鼻が横にざっくりえぐられた。

ダークは痛みに悲鳴をあげ、よろめいてあとじさろうとしたが、遠くへは逃げられなかった。手にまだ鉤爪が引っかかっている。逆上してののしりながら鉤爪を叩いたが、おかげで爪の先がいっそう深く食い込んでかなり痛い思いをしたうえに、ドアの向こうも逆上して盛大に暴れだした。あちらがほんの少し動くだけでも、手に食い込んだ鉤爪がぐいぐい引っ張られる。

あいたほうの手で大きな鉤爪をつかみ、食い込んだ爪を引き抜こうとした。爪は恐ろしく強靭なうえに、鷲が逆上して振り動かしている。向こうもこちらと同じく身動きできなくなっているのだ。しまいに、痛みに震えながらもどうにか鉤爪を引き抜くと、彼は傷ついた手を引っ込め、もういっぽうの手でかばうように包み込んだ。

鷲も鉤爪をさっと引っ込めた。廊下をばたばたと奥へ逃げていくのが聞こえる。耳をつんざく絶叫をあげながら、大きな翼を壁にぶつけたりこすったりしている。

いっそ家を焼き払ってやろうかとも思ったが、手のずきずきが少し収まってくると、いくらか気分も落ち着いてきたので、できるものなら鷲の視点から事態を眺めてみようとした。

できなかった。

そもそも鷲全般に物事がどんなふうに見えるのかさっぱりわからないし、ましてこの鷲は、同種のなかでも深刻に頭のおかしい鷲ではないかと思われる。

さらに一分ほど、痛む手をさすっているうちに好奇心に敗北してしまった。鷲は廊下の奥に後退したままなのは確実だと思うし、その確信と同盟を組んで攻めてこられては勝ち目はなかった。そこでまた郵便受けの前にかがみ込み、今度は鉛筆を使って垂れぶたを押しあげ、ゆうに十センチ近く離れた安全な場所から廊下をのぞいた。

鷲の姿はよく見えた。階段の手すりの端に止まり、恨めしげにこちらを見ている。ついさっきせっせと彼の手をむしりとろうとしていた鳥に、そんな目で見られるのはちょっと筋違いではないかとダークは思った。

やがて、ダークがこっちを見ていることを確認すると、鷲は両足を踏ん張ってゆっくり伸びあがり、大きな翼をゆっくり広げ、バランスをとるために小さくはばたいた。用心に越したことはないと、ダークがさっきキッチンから飛び出したときと同じしぐさだ。しかし今回は頑丈な厚さ五センチの板に守られているから、彼は地歩を占めて、というか地歩にしゃがんで動かなかった。鷲はまた首も上にのばし、舌を突き出して悲しげに鳴いた。その声にダークは驚いた。

そのとき、この鷲にはほかにも驚くべき点があることに気がついた。両方の翼に奇妙な、鷲には似つかわしくないマークが入っている。大きな同心円のマークだった。円を描く色合いの差はごくわずかだったが、にもかかわらずはっきり際立って見える。それはひとえに、幾何学的に寸分の狂いもない正確さのためだった。まちがいなく、鷲は意図的にこの同心円をダークに見せているという気がした。いままでずっと、これを見てもらいたがっていたのだ。思い返してみれば、飛びかかってくるたびに、鷲は奇妙なはばたくような動作に取りかかり、翼を大きく広げてみせようとしていた。しかしそれが始まるたびに、ダークはまわれ右をして逃げ出すという作業にせっせと取りかかっていたため、鷲の見せたいものにちゃんと目を向けるひまがなかったのだ。

「にいさん、小銭を貸してもらえんかな。お茶を一杯飲みたいんだが」

「えーと、いや、けっこう」ダークは言った。「まにあってるよ」鷲のほうにすっかり気をとられていたため、すぐには後ろをふり向こうともしなかった。

「そうじゃなくてさ、一、二シリング貸してもらえんかな、お茶を一杯飲みたいんだが」

「えっ？」今度はいらいらしてふり向いた。

「煙草一本でもいいんだが。煙草を一本恵んでもらえんかな」

「いや、じつはこれから買いに行くところなんだよ」ダークは言った。

背後の歩道に立っていた男は浮浪者で、年齢はいくつとも知れなかった。かすかに身体を揺らしながら立っていて、その目には痛切で絶え間ない失望の色がちらちらしている。

　ダークからまともな答えを引き出せず、男は一メートルほど先の地面に視線を落とし、小さく前後に身体を揺らした。両腕をわずかに開き、身体から少し離して伸ばしたかっこうで、ただ身体を揺らしている。それから急に眉をひそめて地面を見つめた。それから地面のべつの場所に向かって眉をひそめた。それから身体を揺らすのをやめて、頭の向きをかなり大きく調節し、通りの先に向かって眉をひそめた。

「なんか失《な》くしたのかね」ダークは言った。

　男の頭がゆらりとまたこちらを向いた。

「なんか失くした?」と驚いたように訊き返してきた。「おれが、なんか失くしたかって?」

　こんな驚くべき質問を耳にしたのは初めてだと言わぬばかりだった。また目をそらし、しばらくあっちを眺めていた。全般的な尺度に照らしてこの問いの軽重を推し量ろうとするかのように、またしきりに身体を揺らし、またしきりに眉をひそめる。しまいに、これなら答えになると思う答えを思いついたようだ。

「空かな」と言って、これで満足かと問いかけるようにダークを見た。それから、バランスを崩さないように気をつけながら、顔を上向けて空を見た。どうやらそれで目に入ったものが気に入らなかったようだ。ぼんやりしたオレンジ色の街灯に照らされて、空はどんよりした雲に覆われている。彼はまたゆっくり目をおろしていき、今度はちょうどつま先の先端を見つめはじめた。

「地面かな」と言う声には、明らかに納得できないという響きがある。それからふいになにかを思いついたようだった。

「それともカエルかな」ゆらゆらとあげた視線が、ダークの面食らった視線とぶつかる。「昔はカエルが……好きだった」と言ったきり、ずっとダークの顔に目を向けたままにしている。言うべきことはすべて言ったから、あとはダークしだいだというように。

ダークは完全に途方に暮れていた。すべてがもっとわかりやすく、なんの悩みもなかったころに戻りたい。ただの人食い鷲につけ狙われていたころ。いまではあの鷲が、つきあいやすく親しみやすい仲間のようにすら思える。空から攻撃されるのには対抗できるが、どこからともなく襲ってくる、この言いようのない罪悪感の咆哮《ほうこう》には手も足も出ない。

「おれにどうしてほしいんだ？」彼は声をふりしぼった。

「煙草が欲しいんだよ、にいさん」浮浪者は言った。「それか、お茶一杯ぶんの小銭」

ダークは男の手に一ポンド硬貨を押しつけると、泡をくって通りを逃げていった。二十メートルほど先で建築現場の大きなごみ容器のそばを通り過ぎたが、そこからぬっとそびえていたのは彼の古い冷蔵庫の影だった。こちらを脅すように見つめている。

24

玄関の石段を降りたとき、ケイトは急に冷え込んできたのに気がついた。雲が重く垂れ込めて地面をにらみつけている。トールは公園のほうにきびきびと歩きだし、ケイトは小走りにそのあとを追った。

このプリムローズ・ヒルの通りを彼は堂々と歩いていく。それは息を吞むような眺めだったが、ケイトは彼の言うとおりだと気づかずにはいられなかった。途中でべつべつの通行人三人とすれちがったが、そのときはっきりわかったのは、だれも彼をまっすぐ見ようとしないということだった。なにしろ巨漢だから、すれちがうときはよけなくてはならないのに、それでも見ようとしない。姿が見えないわけではない。まったくちがう。ただあまりにも異質なのだ。

公園は夜は閉鎖されるが、トールはスパイクつきの柵をひらりと飛び越え、次になかから腕をのばして、花束かなにかのようにケイトを軽々と持ちあげた。公園の芝生は湿ってどろどろしていたが、それでも都会人の足にその感触は魔法のようだ。ケイトは、この公園に入るとかならずやることをやった。ひょいと腰をかがめて、両手のひらをちょっと地面に当てるのだ。なぜ自分がこんなことをするのかよくわからない。口実として、よく靴ひもを結びなおしたり、ごみを拾ったりしているが、ほんとうは手のひらに草と濡れた土を感じたいだけなのだ。

ここから見ると、公園はただの暗い丘だった。目の前にそびえて、ほかの部分を隠している。ふたりはその丘を登り、てっぺんに立って、公園の暗がりを見渡した。南のほうは、端へ行くにつれて闇がしだいに薄れ、ロンドンの中心部のかすんだ光に溶けていく。醜い塔やビルがごろつきのように空に突き出して、この公園と空と都市を威圧していた。

冷たい湿った風が吹きわたり、黒っぽい陰気な馬の尻尾《しっぽ》のように、ときおり公園をぴしゃりとやっていく。その風には、なにやら不穏でぴりぴりしたところが感じられる。というより、そわそわと落ち着かない馬の列が夜空を駆けめぐり、その行跡《こうせき》が風にはためくはた、ばたばたと揺れているようだった。さらにまた、その行跡のすべてが、ある一点を中心にゆるやかに広がっているような、そしてその中心はケイトのすぐそばにあるような気がした。暗示に弱いばかな自分を叱ったが、それでもやはり、風と雲のすべてがふたりのまわりに集まり、円を描き、ふたりに従っているように思える。

トールはまたハンマーを取り出し、考え込むような、心ここにあらずというふぜいで目の前に掲げた。先ほど彼女のフラットでやったのと同じだ。眉をひそめ、ヘッドから見えない埃をつまみあげるようなしぐさをする。チンパンジーが仲間のグルーミングをしているようだ。というより――そうだ！――この比喩は突拍子もないが、あのとき彼女がはっと緊張し、身構えたくなった理由がこれで説明がつく。ジミー・コナーズ（一九七〇年代の男子テニス界に君臨した名選手）が、サーブをする前にラケットのガットを微調整するしぐさに似ているのだ。

彼はまた鋭く空を見あげ、腕を引いたかと思うと、くるりと回転した。かかとを深々と泥に沈めて二度、三度と回転し、息を呑む怪力でハンマーを空へ投げあげた。

あっというまもなく、ハンマーはどんよりした空に消えた。雲の奥深くで湿った火花が次々とはじけ、ハンマーのあとを追って夜空に長大な放物線を描いていく。その放物線の最先端で、ハンマーは回転しながら雲から飛び出してきた。いまではゆっくりと動く遠いちっぽけな点にしか見えないが、それが帰り旅にそなえてしだいに勢いを溜め、方向転換にかかっていた。息もできずに見つめるケイトの目の前で、その点はセントポール大聖堂の向こうを這うようにまわり、やがて完全に静止したかのようだった。静かに、奇跡のように宙に浮かんでいる。それが徐々に、顕微鏡的に少しずつ大きくなりながら、ぐんぐん速度を増してこちらへ戻ってきた。

ところが、戻る途中でそれは横振れしてわきへそれた。もう単純な放物線を描くのではなく、新しいコースをたどっている。それは巨大なメビウスの輪をなぞっているかのようで、ハンマーは今度はテレコム・タワーの向こう側にまわり込んだ。と思うと、だしぬけにまたもとのコースに戻ってまっすぐこちらへ向かって飛んできて、ありえないほどの重量と速度で夜空から飛び出してくる。光のシャフトのなかのピストンのようだ。

その真正面に立つケイトは、全身が震えて気絶してばったり倒れてしまうかと思ったが、そのときトールが一歩進み出て、うなり声とともにはっしとハンマーをとらえた。

その衝撃に大地が一度ずしんと揺れたが、ハンマーはやがてトールの手のなかで静かになった。彼の腕のかすかな震えも収まった。

ケイトはひどい目まいがした。たったいま起こったことがなんだったのかわからないが、ともかくひとつ絶対確実なことがある。こんな経験をしたと聞いたら、最初のデートでそれは早すぎると彼女の母なら顔をしかめるだろう。

「これはみんな、アスガルドに行くために必要なことなの？」彼女は言った。「それともたんにふざけてるだけ？」

「アスガルドには行くとも……いますぐに」

そう言って、リンゴをもごうとするかのように片手をあげた。しかしなにかをもぐのでなく、その手を小さくきゅっとひねった。すると、十億分の一の十億分の一度だけ、世界全体がよじれたかのようだった。すべての位置がずれ、つまり一瞬だけごくわずかに焦点がずれて、その焦点がまた合ったときには、そこはもう別世界になっていたのだ。

そこは、もとの世界よりずっと暗く、さらに寒かった。

噛みつくようないやな風が肌に痛く、息を吸うたびに喉がむせた。足もとの地面はもう柔らかい泥まみれの丘の芝生ではなく、悪臭ただようじくじくしたぬかるみだった。地平線を闇が覆い、光といえば遠くに小さな火が点々と見えるだけ。そして二キロ半ほど南東に、大きな明かりがひとつ燃え立っているだけだった。

そこでは、奇抜な形をした大塔がいくつも空を突き刺していた。一千もの窓から火明かりが噴き出し、巨大な尖塔や櫓《やぐら》にその明かりがひらめいている。その建造物は理性を鼻で笑い、現実をあざけり、夜闇に向かって盛んに野次を飛ばしていた。

「あれが親父の宮居《みやい》」トールは言った。「ヴァルハラの大会堂だ。あそこに行くぞ」

その宮殿にはみょうに見憶えがあった。そのことをケイトが口に出そうとした瞬間、ぬかるみを打つ馬蹄の音が風に乗って運ばれてきた。そちらに目をやると、ふたりの立つ場所とヴァルハラの大会堂のなかばあたりに、ちらつく松明の光がいくつか見えた。それが揺れながらこちらに近づいてくる。

トールはふたたび、珍しいものでも見るようにハンマーのヘッドをしげしげと眺め、人さし指で払い、親指でこすった。それからゆっくりと顔をあげ、また一回転した。それから二回、三回と回転し、ミサイルかなにかのように空に投擲《とうてき》した。ただ今回はその柄を右手でつかんだままで、左手はケイトの腰にまわして抱え込んでいた。

25

煙草のやつは明らかに、今夜はダークを大いに悩ませるつもりらしかった。

今日は一日じゅう、朝起きたときに一本吸ったほかは、そして朝起きた少しあとにもう一本吸ったほかは、それからジェフリー・アンスティの回転生首に出くわしたときに吸った（これは無理もないことだ）ほかは、そしてまたケイトとパブに入ったときに吸ったほかは、まったく煙草は吸っていない。

ただの一本も。彼の生活から煙草は消えたのだ、完全に禁煙したのだ。もう必要ないし、なくてもちっとも困らない。煙草はただもう狂ったようにせっついてきて、毎日を生き地獄に変えてくれているが、それは乗り越えていけると思っていた。

それがどうだ。たんに欲望に意気地なく屈するのではなく、心機一転、冷静に理性的に、意識的かつ明瞭な決断を下して、やはり煙草を吸おうと決めてみたら、その煙草はどこにある？

どこにもない。

夜のこの時間になると、パブはもうとっくに閉まっている。深夜営業の雑貨店は、明らかに「深夜」の意味についてダークとは意見を異にしていて、彼としては自分の意見の正しさを圧倒的な言語的・三段論法的はったりによって店主に納得させる自信はあったのだが、はったりをかけようにもいまいましい店主はすでにいなかったのである。
一、二キロほど先に二十四時間営業のガソリンスタンドがあったが、行ってみたら強盗の被害を受けたばかりだった。板ガラスは割れたり、小さな穴のまわりにひびが入ったりしているし、どこを見ても警官がうようよしている。従業員は見たところ大けがはしていないようだが、それでも腕の傷からかなり出血しており、ヒステリックになってショック症状の手当てを受けていて、ダークに煙草を売ってくれる者はいなかった。だれもそういう気分ではなかったのだ。
「ロンドン大空襲のときだって煙草は買えたんだ」ダークは抗議した。「プライドの問題だよ。爆弾が落ちてきてロンドンが火の海になってても、ちゃんと営業してたんだ。ある店主なんか、娘ふたりに脚一本なくしたばっかりでも、客が来れば『両切りですか、フィルターつきですか』って訊いたもんだ」

「おれならそんなときに煙草なんか買いに行かないね」青い顔をした若い警官がぼそぼそと言った。

「それが時代の精神だったんだよ」ダークは言った。

「帰れ」警官は言った。

それがいまの精神なんだな、とダークは内心毒づいた。むすっとして引き返し、しばらくポケットに手を突っ込んで通りをうろつくことにした。

カムデン小路《パッセージ》。骨董の時計。古着。煙草はなし。

アッパー・ストリートに出る。解体途中の古いビルが並ぶ。その代わりに煙草屋の看板が出る気配はない。

チャペル・マーケット（アッパー・ストリート近くの細道）。夜はがらんとしている。湿ったごみが派手にばたついている。段ボール箱、卵の箱、紙袋、煙草の箱――からっぽだ。

ペントンヴィル・ロード。陰気なコンクリートの塊が、アッパー・ストリートの新たな空き地を見やりつつ、あそこに忌まわしい子孫を飛ばそうと画策している。

キングズクロス駅。いくらなんでも、あそこまで行けば煙草を売っているにちがいない。ダークは急ぎ足でそちらへ向かった。

あたりを圧して高くそびえるのが、駅舎の古い正面部分だ。大きな黄色いレンガ壁、時計塔がひとつに巨大なアーチがふたつあって、その背後には大きな屋根つきのプラットホームがふたつ伸びている。その駅舎の前に、新たに一階建てのコンコースが建てられている（一九七二年に駅正面に建てられたが、二〇一二年に取り壊された）が、百年も新しいというのに、早くもその駅舎よりずっと古ぼけている。それに古い部分が隠されているものだから、駅は全体にみすぼらしくなってしまっていた。建築は対話だと言うから、この新しいコンコースが設計されたときには、古い駅舎とのあいだで興奮に満ちた興味深い対話が始まるとかなんとか建築家は説明したのだろうな、とダークは想像した。

キングズクロス駅は、たいていはなにかを待っているあいだに、人にも建物にも車にも列車にも恐ろしいことが起こる場所だ。うっかりしていると、自分自身が興奮に満ちた興味深い対話にあっさり引きずりこまれてしまう。待っているあいだに安いカーラジオを取り付けてもらうこともできるが、ほんの二、三分でもそっちに背を向けていたら、やはり待っているあいだにそれは消え失せてしまうだろう。待っているあいだに消え失せてしまうものとしては、ほかに財布とか、胃の粘膜とか、正気とか、生きる意欲などがある。強盗や売春婦やポン引きやハンバーガー売り（順不同）が、そういうことをすべてお膳立てしてくれるのだ。

しかし、煙草ひと箱ぐらいはなんとかなるだろう。ダークはいよいよ切羽詰まってヨーク・ウェイを渡り、二、三の驚くべき申し出を煙草と直接的に明らかな関係がないという理由で断わり、閉まった書店の前を急ぎ足で過ぎ、コンコースの正面口を抜け、猥雑な通りをあとにして、それよりは安全な英国国有鉄道（一九九七年に民営化）の支配領域に入ってきた。

あたりを見まわした。

どうも雰囲気がおかしいような気がする。なぜだろうと思ったが、そう思ったのはほんの一瞬だった。というのも、それと同時に煙草を売っている店があいていないかとも思っていて、しかもどこもあいていなかったからである。

彼はがっくりと肩を落とした。今日は一日じゅう、追いかけっこをしつづけだった気がする。そもそも朝のスタートがさんざんだった。あれ以上に悲惨な朝のスタートは考えられないぐらいだが、それからずっと、ちゃんと手綱をとりなおすことができずにいる。片足をあぶみにかけたところで馬が飛び出してしまい、片足をずっと後ろの地面にバウンドさせて引きずられているような気分だ。しかも今度は、煙草などというごくありふれたものすら手に入らないときた。

ため息をついて座席を見つけた。というより、ベンチのすきまを見つけた。

といっても、すぐにやすやすと見つかったわけではない。駅は思ったよりずっと混んでいたのだ。こんな時刻に——ちなみに何時だろうと時計を見あげたら、午前一時になっていた。いったいぜんたい、午前一時にキングズクロス駅でおれはなにをやっているんだろう。煙草もなく、帰る家もなく——少なくとも、殺人鷲に切り刻まれずになかに入れると合理的に期待できるような家は。

彼は自己憐憫にひたることにした。時間つぶしにはなる。そこであたりを見まわしてみて、周囲の状況が呑み込めてくるにつれて、自己憐憫の衝動は少しずつ薄れていった。

雰囲気がおかしいと感じたのは、あまりにも見慣れた場所のはずが、まるで見慣れない場所のように見えるからだ。切符売場はある。まだあいていて切符を売っていたが、暗く孤立していて、早く閉まりたがっているように見えた。

〈W・H・スミス（書籍・文具・雑貨のチェーン）〉もあるが、こちらは閉まっている。今夜はもう新聞や雑誌を求める客はいないだろう。宿泊設備のためならべつだが、かぶって寝るなら古いやつでもじゅうぶん間に合う。

ポン引きも売春婦も麻薬売りもハンバーガー売りも、みな駅を出て通りやハンバーガー屋に移っていた。手軽なセックスややばいクスリや、なんと恐ろしいことにハンバーガーが欲しければ、行くべき場所はそこだ。

いまここにいるのは、だれからもなにも求められない人々だ。定期的に追い払われるまで、ひとときの安息を求めて集まってきている。実際には、なにも求められないと言っては嘘になる――つねに、消え失せることを求められているのだ。その需要は大きいが、供給は乏しい。だれしもどこかにいないわけにはいかない。

ダークは周囲の男女をひとりひとり眺めた。足を引きずるように歩きまわっている者、座席に座って背を丸めている者、ベンチに無理に横になって眠ろうとしている者――このベンチは、まさにそういうことができないようなデザインになっているのに。

「なあ、煙草あるかい」

「えっ？　ああ、いや、悪いけど持ってなくて」ダークは答え、気まずい思いでコートのポケットをぎくしゃくと叩いてみせた。ないとわかっていながら、煙草を探しているかのように。こんなふうに物思いから呼び覚まされてうろたえていたのだ。

「ほんじゃ、これやるよ」老人は、つぶれた箱からつぶれた煙草を差し出してきた。

「えっ？　ああ、こりゃ――どうも。いただきます」この申し出にとっさにたじろいだものの、ダークはその煙草をありがたく受け取って、老人自身が吸っている煙草の先から火を借りた。

「ほんで、ここになにしに来たんだね」老人は尋ねた。詰問調ではなく、ただ不思議がっているようだった。

ダークは、じろじろ見ていると思われずに老人を観察しようとした。歯は大幅に失っていて、爆発したようなもじゃもじゃの髪をしていて、古ぼけた衣服が身体を包むさまはわらや落ち葉で保護した樹木のようだったが、顔から外れそうに落ちくぼんだ目はずいぶん穏やかだった。対処できないほどの災いなど、わが身に降りかかることはないと心得ているのだ。

「いやその、じつはこれが欲しくて」と、ダークは煙草をいじった。「恩に着ますよ。どこへ行っても売ってなくてね」

「ふむふむ」老人は言った。

「家には頭のおかしい鳥がいて」とダーク。「しつこく襲ってくるし」

「ふむふむ」老人は悟った人のようにうなずいた。

「本物の鳥なんですよ（英語の「バード」には隠語で「女」の意味がある）」ダークは言った。「鷲なんです」

「ふむふむ」

「でっかい翼の」

「ふむふむ」

「郵便受けのすきまから、鉤爪でがっちりつかまれちゃって」

「ふむふむ」

この会話をこれ以上続ける甲斐があるのだろうか。ダークは黙り込んであたりを見まわした。

「あんた、運がよかったな。くちばしでざっくりやられなかったんなら」しばらくして老人が言った。「怒るとな、鷲はそういうことをするもんだ」

「やられたよ！」ダークは言った。「やられましたよ！　ほら、この鼻のここ。これも郵便受けのすきまからやられたんだ。まったく信じられない！　すごい力で、まさかあそこから届くとは。ほら、この手を見てくださいよ！」

気の毒がってもらおうと、彼は手を出してみせた。老人はそれを値踏みするように眺めている。

「ふむふむ」としまいに言って、自分の考えごとに戻った。

ダークは傷ついた手を引っ込めた。

「鷲にくわしいんですね」

老人は答えず、いっそう殻にこもってしまったようだった。

「今夜は人がおおぜい来てるな」しばらくしてから、ダークはまた言ってみた。

老人は肩をすくめた。長々と煙草を吸い、煙そうに目をすがめた。

「いつもこんななのかな。つまりその、ここはいつも、夜中にこんなにおおぜい人がいるんですか」

老人はなにも言わずにうつむき、口や鼻からゆっくりと煙を吐き出している。

ダークはまたあたりを見まわした。一、二メートル先に座っている男は、ダークの話し相手ほどの年寄りではなさそうだが、その物腰にはひどく調子っぱずれなところがあって、しじゅう料理用ブランディの壜をあおっては激しく頭をふりつづけていた。それが徐々に頭をふるのをやめたかと思うと、おぼつかない手つきでねじぶたを締め、ぼろぼろの古いコートのポケットにその壜をすべり込ませた。またこちらの太った老婆は、さっきからずっと、所持品でふくれた黒いビニール袋を思い出したように引っかきまわしていたのだが、それがいまになって袋の口をねじって結んでいた。

「なにか始まるのかと思うところだな」とダークは言った。

「ふむふむ」老人は言った。両手をひざに当て、前かがみになって、苦労しいしい立ちあがった。腰は曲がっているし、動きは緩慢だし、着ているものは汚れほうだいのぼろではあったが、その物腰はどことなく権力と威厳を感じさせた。

しかし、立ちあがったとき空気がかき乱されたせいで、強烈きわまる刺激臭が老人の身体や衣服のひだから噴き出してきて、ダークのマヒした鼻孔にすら突き刺さってきた。そのにおいは弱まることなく襲いかかりつづけ、強烈さがついに最高潮に達したと思うたびに、壮絶さも新たにさらなる高みを目指して上昇していく。しまいに、ダークは脳みそが蒸発するかと思った。

彼はむせそうになるのをこらえた。それどころか、目から涙をこぼすまいとしながら、礼儀正しく笑顔を作ろうとした。というのも、老人がこちらをふり向いてこう言ったのだ。「橙花を煎じて、まだ熱いうちにセージを少々加えるがいい。鷲の傷にはこれがよく効く。なかにはそれに杏仁油やアーモンド油を足す者もおるし、あきれたことにセドラを入れる者までおる。しかしまあ、いつの時代にも、なんでもやりすぎる者はおるもんだ。ときにはそういう者が必要になることもある。ふむふむ」

そう言うと、老人はまた向こうを向き、哀れにもやつれ打ちひしがれた人々の流れに加わった。その流れはしだいに大きくなりつつ、駅の正面出口に向かっている。全部で二十人か三十人ほどがここを出ていこうとしていた。とくに連れ立って歩いているふうには見えなかった。ひとりひとりが、それぞれべつべつの理由で立ちあがったように見え、互いに互いのあとを急いで追っているわけでもない。しかし、観察しようとする者がいれば、と言っても観察どころか目を向けようとする者もいなかったが、ともかくもしいれば、それと見てとるのはむずかしいことではなかった。人々はひとつの流れを作って、ともにどこかへ行こうとしている。

ダークは一分かそこら、もらった煙草を大事に吸いながら、かれらがひとりひとり出ていくのをじっと見守っていた。もうひとりも残っていないことを確認し、最後の二、三人が出口に達したのを見定めると、煙草を床に落として靴のかかとで踏み消した。そのとき、つぶれた煙草の箱を老人が置き忘れていったのに気がついた。なかをのぞくと、まだみすぼらしい煙草が二本残っている。その箱をポケットに入れて立ちあがり、あまり失礼にならないと思う程度の距離をおいて、静かにあとをついていった。

ユーストン・ロードに出ると、夜気が不機嫌にぶつぶつ言っていた。ダークは出口のあたりでしばらくぐずぐずして、かれらがどっちへ向かうか見守った。西のほうだ。煙草を一本取り出して火をつけてから、自分でもぶらぶらと西に向かい、タクシーの列をまわり、セントパンクラス・ストリートに向かった。

セントパンクラス・ストリートの西側、ユーストン・ロードからほんの数メートルほど北に階段があって、それをのぼると旧ミッドランド・グランド・ホテル（一八七三年建造、一九三五年に廃業した。セントパンクラス駅と一体化していて一九八〇年代まで駅事務所として使われていたが、いまは改修されてセントパンクラス・ルネッサンス・ホテルになっている。また上層階は昔から「セントパンクラス・チェンバーズ」という高級フラットだった）の前庭に出る。このホテルは巨大で陰気なゴシック建築のお化けで、それがセントパンクラス駅の正面にうつろな寂れた姿をさらしている。

その階段のうえには、駅の名前をかたどった目立つ金色の錬鉄細工がかかっていた。ダークはゆっくり時間をかけて、年老いた浮浪者や宿なしの集団のあとをついていった。階段をのぼると、駐車場として使われている小さなずんぐりしたレンガ造りの建物の側面に出る。右手には古いホテルの巨大な暗い影が横たわり、それが夜闇の奥に続いていた。その屋根には、それこそ種々さまざまの突飛な塔やごつごつした尖塔や櫓が立ち並び、まるで夜空を突つきまわしているようだった。

ぼんやりした闇の高みに、もの言わぬ石像が長い盾を構えて見張りに立っていた。錬鉄の柵の向こう、それぞれ付柱《つけばしら》のまわりに集団を作っている。彫刻のドラゴンがうずくまって空に牙を剝き出すのを横目に、革のコートをばたつかせてダーク・ジェントリーは大きな鉄の門に近づいていった。この門をくぐれば向こうにはホテルが、そしてセントパンクラス駅の巨大な円蓋つきプラットホームがある。付柱のてっぺんから、有翼の犬の石像がうずくまってこちらを見おろしていた。

ここに、ホテルの入口と駅の切符売場をつなぐこのエリアに、なんのマークもないメルセデスの大型ヴァンが駐まっていた。その前面をひと目見ただけで、ダークにはあのヴァンだとわかった。何時間か前にコッツウォールド丘陵で、こいつのせいで危うく脱輪しそうになったのだ。

ダークは切符売場に歩いていった。鏡板張りの大きな壁に囲まれた広い空間で、その壁は松明差しをかたどった太い大理石の柱で区切られている。

夜のこの時間には、切符売場は閉まっていた――セントパンクラス駅からは、ひと晩じゅう列車が出るわけではないのだ。そして切符売場の向こう、駅の本体をなす巨大な広間、ヴィクトリア朝の広壮なプラットホームも闇と影に包まれていた。

ダークはひとり離れて切符売場の入口に静かに立ち、年老いた浮浪者やバッグレディたちを見守っていた。前庭から正面入口を通って駅に入ってきて、薄闇のなかに寄り集まっている。いまでは二十人どころか、たぶん百人は集まっていると思われ、あたりには押し殺した興奮と緊張の気配が漂っていた。

かれらは動きまわっていた。それをしばらく見ているうちに、最初来たときはその数の多さに驚いたのに、それがどんどん少なくなってきているような気がした。暗がりのなかに目をこらし、なにが起こっているのか見定めようとした。切符売場の入口という目立たない場所を離れて、彼は駅本体の円蓋の下に入っていった。できるだけ側面の壁に張りつくようにしてこっそり近づいていく。

いまでは明らかに人数が減っていて、もう数えるほどしか残っていない。どう見ても、かれらは影のなかにすべり込んでいったきり、二度と出てこないようだった。

ダークは眉をひそめた。

たしかに影は濃いが、そこまで濃くはない。彼は急いで飛び出した。用心などかなぐり捨てて、残り少ない集団に追いつこうとした。しかし、かれらが集まっていたコンコースの中央にたどり着くころには、もう人っ子ひとり残っていなかった。広大で暗くてがらんとした鉄道の駅にひとり残され、ダークはわけがわからずしきりにきょろきょろするばかりだった。

26

空に放り投げられたときにケイトが悲鳴をあげなかったのは、ひとえに肺のなかに殺到してくる空気のすさまじい風圧のせいだった。数秒ほどして、目もくらむ加速がやや鎮《しず》まってみると、息は苦しいし喉はつまるし、目はひりひりして涙が止まらず、ほとんどなにも見えないほどだった。そのうえ、全身の筋肉がショックでうわごとを口走っている。空気の波に乱打されて髪も服も持っていかれそうだし、ひざとひざ、指と指、歯と歯が互いに激しくぶつかりあっている。

じたばたしたいという衝動を抑え込もうと彼女はじたばたしていた。いっぽうでは、トールの手から逃れたいとはまったくこれっぽっちも望んでいなかった。いまなにが起こっているのかちゃんと理解できているとすればだが、手を離されたら困るのはよくわかっている。だがそのいっぽうで、身体的なショックに勝るとも劣らない強烈な怒りを感じてもいた。なんの断わりもなくいきなり空に投げ飛ばされて、その屈辱にはらわたが煮えくり返っていたのだ。そんなわけでずいぶん中途半端にじたばたすることになり、そんなことをした自分にも腹が立った。なにしろそのせいで、威厳もへったくれもないかっこうでトールの腕にしがみつくことになってしまったのだ。

夜の闇は深く、おかげで助かったと思った。地面が見えないからだ。遠くにぽつんぽつんと見えていた明かりは、いまでは足の下も下、胸が悪くなるほど遠くで揺れていて、彼女の直感はそれが地面の位置だとは頑として認めようとしなかった。こんなとんでもないことが起こる数秒前にちらと見た、あの滅茶苦茶に塔の林立する建物ののろしのような火明かりも、いまではるか後方で揺れていた。しかもその距離はどんどん開きつつある。

まだ上昇は終わっていないのだ。

暴れることも、口をきくこともできない。その気になれば、この低能のけだものの腕に噛みつくことはできるかもしれないが、やればできると考えるだけで満足することにして、実行には移さなかった。

空気は濁《にご》っていて、肺がひりひりする。涙と鼻水で前が見えない。一度だけ無理に見てみたときには、ぼやけた視界にハンマーのヘッドがちらと見えた。ヘッドは前方の黒い空を切り裂いて飛び、その短い柄を握るトールの腕がそれに引っ張られていた。彼はもういっぽうの腕では彼女の腰を抱えているのだから、その怪力は想像をはるかに超えている。しかし、それで彼女の怒りが少しでもやわらぐわけではなかった。

いまは雲のすぐ下をかすめて飛んでいるようだった。ときどき冷たい湿ったものがぶつかってきて、そんなときはさらに息が苦しくなり、空気はいっそうすえたにおいがする。湿った空気はいやな味がし、おまけにぞっとするほど冷たく、濡れて乱れた髪が鞭のように飛んで顔を打つ。

この寒さで自分はまちがいなく死ぬのだと彼女は思い、しばらくすると今度は気が遠くなってきたと確信した。だが気づいてみれば、実際には気絶しようとしてできずにいるだけなのだった。それでも、時間は灰色のもやのなかに滑り落ちていき、どれぐらい経ったものかますますわからなくなってきた。

ついに、速度が落ちてきたような気がしはじめた。弧を描いて下降にかかっているような気がする。そのせいでまた吐き気の波に襲われ、方向感覚もなくなってきた。胃袋がローラーのあいだをゆっくり通されているようだ。

いずれにしても、空気は悪くなってきていた。悪臭が強まり、味はえぐみが増し、また乱流も格段に強まっているようだった。いままでは速度は明らかに落ちてきており、そのせいで進むのがしだいにむずかしくなってきた。ハンマーはもうはっきり下方に向かっていたが、がむしゃらに突進しているというより苦労しいしい進んでいるようだ。

いよいよ高度は下がっていき、雲は周囲で渦を巻きつつ厚くなっていく。それをかき分けかき分け進むうちに、そろそろ地面が近いはずだと感じられるほどになった。

速度がかなり落ちてきたおかげで、これなら前が見えるのではないかとケイトは思ったが、空気に目が刺されるようで、ちらと見るのが精いっぱいだった。そのちらと見たときに、トールがハンマーから手を離した。信じられない。しかし手を離したのはごく一瞬で、ただ手を持ち替えただけだった。ハンマーに引っ張られて飛ぶのではなく、ゆっくり前進するハンマーの柄からぶら下がるかっこうになる。この新たな体勢に重心を移動させるとき、トールはケイトを放りあげてしっかり抱えなおした。靴下でも引っぱりあげるように無造作に。進むにつれて、いよいよ高度は下がっていく。

前方から吹きつける風が、なにかの砕けるすさまじい音を運んでくる。と、だしぬけにトールは走っていた。低木のしがみつく岩がちの砂地を飛びはね、もつれたやぶを突っ切り、しまいにどしん、どすどすと足で地面を叩いて止まった。

気がつけばケイトはようやく地面に立っていた。まだふらふらするが、足の下には固い地面がある。

しばらく身体を折り曲げて息をした。呼吸を整えたところでぐいと背筋をのばし、いまの出来事に関する感想を微に入り細をうがって声をかぎりに説明してやろうとしかけたが、そのときだしぬけに頭のなかで警報が鳴りだした。いまどういう場所に立っているか気がついたのだ。

暗くてなにも見えなかったが、吹きつける風と、それが運んでくる鼻を刺すにおいからして、海かなにかがすぐそばにあるようだった。さらに、激しく波の砕ける音からすると、その海はじつはほとんど足の下にあって、つまりいまふたりは崖っぷちに立っているらしかった。ケイトは、こんなところへ連れてきてくれた憎たらしい神の腕にぎゅっとしがみついた。むだなのはわかっているが、これで痛い思いをすればいい気味だ。

目まいの感覚が徐々に収まってくると、目の前がぼんやりと明るいのに気づいた。その光は遠くまで広がっている。ややあって、それが海から来ているのがわかってきた。海全体が汚染されたように光っている。海は夜闇のなかで盛りあがり、突進し打ちかかって渦を巻き、苦悶に狂って岸壁の岩にわが身を叩きつけては砕け散る。海と空が、どす黒い憤怒を抱いて互いに荒れ狂っている。

ケイトは声もなくそれを見つめていたが、やがてトールがすぐ後ろに立っているのに気がついた。

「空港で会ったろう」と言う彼の声が風で割れている。「飛行機でノルウェーに戻ろうとしていたんだ」海を指さした。「どうしてこの方法で戻れなかったのか、おまえにわかってもらいたかった」

「ここはどこ？　これはどこの海？」ケイトはおびえて尋ねた。

「おまえの世界で言えば北海だ」トールは言って、また陸のほうを向くと、ハンマーを引きずりながら重い足どりで歩きはじめた。

ケイトは濡れたコートをかき寄せて、急いでそのあとを追った。

「それで、どうしていまやったみたいな方法で戻らなかったの、つまりその、わたしたちの世界では」

その言葉の意味にぼんやり不安を感じて、そのせいで怒りは鎮まっていた。

「戻ろうとした」トールは足を止めずに答えた。

「そしたら？」

「その話はしたくない」

「いったいなにが言いたいの」

「その話をするつもりはない」

ケイトは憤怒に身体が震えた。「それが神さまらしい行動ってわけ?」彼女は怒鳴った。「気に入らないことは話さないっていうの?」

「トール! トール、戻っておいでかい」

細い声が風の向こうからたなびいてくる。ケイトは、風に目を細めて闇のなかをのぞき込んだ。低い丘の向こうから、ランタンの明かりがひとつ、揺れながらこちらに近づいてこようとしていた。

「お戻りかい、トール」現われたのは小柄な老婦人だった。頭上にランタンを掲げ、足を引きずり引きずり、興奮して歩いてくる。「あんたのハンマーが見えたと思ったんだよ。ようこそお帰り!」さえずるように言った。「まあでも、暗い時期に戻ってきたもんだね。わたしはやかんを火にかけて、なにか一杯飲んだら自殺しようかと思っていたところなんだよ。でもね、そのとき自分にこう言い聞かせたんだよ、二、三日待ってごらん、ツリワ……ツリワ……スウリ……ツリワエンシス——ひとりごとを言うときは、自分の名前をちゃんと発音できたためしがなくてね、そのたびに気が狂いそうにいらいらするんだよ、あんたはわかってくれると思うけどね、昔からわたしが言ってたとおりあんたは賢い子だから、ほかの者がなんと言おうと気にすることじゃないよ。それでね、ツリワエンシス、だれかが遊びに寄ってくれるかもしれないじゃないか、もしだれも来なかったら、そのときこそそろそろ自殺を考えていい時期かもしれないよって言い聞かせていたんだよ。そうしたらどうだい、こうしてあんたが来てくれたじゃないかね！　ほんとによく来てくれたね、うれしいよ！　それに、お友だちを連れてきてくれたんだね。紹介しておくれよ。こんにちは、お嬢ちゃん、わたしの名前はツリワエンシスだよ。大丈夫、つっかえつっかえ話したってちっとも気にしないからね」

「わた……わたしはその、ケ、ケイトです」ケイトはすっかり面食らっていた。

「ああそう、大丈夫、それぐらいならちゃんと通じるからね」老婦人はぴしゃりと言った。「とにかく、来るならおいで。ひと晩じゅうここでぶらぶらしてるつもりなら、わたしはいますぐさっさと自殺して、お茶は気が向いたときにあんたがたに自分で淹れてもらったほうがいいぐらいだよ。さあ、おいで！」

　いそいそと歩きだす老婦人についていくと、ほんの数メートル先に、板と泥でできた恐ろしく粗末《そまつ》なあばら家があった。半分つぶれたところで、なぜかつぶれるのをやめたようなふぜいだ。ケイトはちらとトールに目をやった。これはどういう状況なのか、彼の反応から読みとれないかと思ったのだが、向こうは考えごとに没頭していて、しかもなにを考えているのか教える気はなさそうだった。とはいえ、トールの態度が変わってきているような気はした。知り合ってまだ間もないが、ともに過ごしたその短い時間、彼はずっと抑圧された怒りを身内に抱えていて、それとたえず闘っているように見えた。

それがここに来て薄れてきたような気がする。もっとも、薄れただけで完全に消えたわけではない。ツリワエンシスのあばら家の前で、彼はわきによけて、身ぶりで先に入れとケイトにそっけなく合図してきた。その後、大きな身体を不器用に縮めて入ってきたが、その前に数秒ほど戸口で立ち止まり、ほとんど見えない周囲の景色を見まわしていた。

なかは狭苦しかった。数枚の板にわらを敷いたものが寝床で、火になべがかかってぐつぐつ言っていて、すみには椅子代わりの箱が押し込んである。

「それでね、この包丁を使おうと思っているんだよ」と、ツリワエンシスはさかんにしゃべりだした。「ほら、きれいに研いだばっかりなんだよ。石をこうじょうずに滑らせると、すごくよく研げるのさ。それでね、ここでやるのがいいと思ってたんだよ。ほら、壁のこのひび割れに柄を差し込めばしっかり固定できるだろう。そうしておいて、ばったり行くんだよ。これを目がけてばったり倒れ込むの。ばたって。ほらね。もう少し低いところに差したほうがいいかね、どう思う？　お嬢ちゃん、こういうことにくわしいかね」

あまり取り乱さないように自分を抑えながら、ケイトはくわしくないと説明した。

「ツリワエンシス」トールが口を開く。「おれたちはあんまり長居は……ツリ――包丁をおろしてくれよ」

ツリワエンシスは心から楽しそうにふたりを見あげていたが、それでいて包丁を離そうとはせず、その大きく重たげな長い刃を自分の左の手首にかざしていた。

「あたしのことは気にしないでおくれ」彼女は言った。「ちっともつらくなんかないんだからね。いつでもぱっと消えてしまうつもりだよ、気が向いたら、浮き浮きしながらね。いまは生きていける時代じゃないもの。もうね、無理なんだよ。あんたたちは楽しくやっておいきよ。悲鳴なんかあげて、ひとの楽しみに水を差したりなんかしないからさ。この包丁なら、このままだってほとんど音も立てずに逝けるよ」彼女は震えながら、挑むようにそこに立っていた。

慎重に、やさしいと言いたいほどのしぐさで、トールは手を伸ばしてその包丁をどけ、老婦人の震える手から取りあげた。とたんに彼女はぺしゃんこになったかのようで、それまでのはしゃぎっぷりが影をひそめたかと思うと、箱のうえにへたへたと腰をおろした。トールはその前にしゃがみ込み、ゆっくりと引き寄せて抱擁した。そうするうちに少しずつ生気が戻ってきたようで、彼女はしまいにトールを押しのけて、ばかなことをするもんじゃないと言った。それからちょっとあたふたして、手の施しようもないほどぼろぼろで汚れた黒いドレスを整えようとした。

やっと気をとりなおすと、老婦人はケイトに顔を向けてきて、頭のてっぺんからつまさきまでしげしげと眺めた。

「あんたは人間なんだね」しまいに言った。

「えっ……はい」ケイトは答えた。

「見ればわかるよ、きれいな服を着てるもの、ねえ。それで、こっち側からは世界がどんなふうに見えるかわかったろう。どうお思いだね」

ケイトは、まだどう思っていいかわからないと説明した。

トールは床に腰をおろし、大きな頭をのけぞらせて壁に預け、目をなかば閉じている。なにかに備えて覚悟を決めようとしている——ケイトはそんな印象を受けた。

「昔はね、そんなにちがっていなかったんだよ」老女は続けた。「昔はここはきれいなところだったよ、ほんとにね。あっちとこっちでちょっとやったりとったりがあってね、そりゃ、恐ろしい争いもあったよ、恐ろしい戦いがね、だけどほんとうになにもかもきれいだった。それがいまでは……」疲れたように長くため息を漏らし、少し壁を払ったが、ほとんど効果はなかった。

「みんな悪いことばかり」彼女は言った。「ほんとうに悪いことばっかり。ほら、物事はほかの物事に影響を受けるじゃないかね。わたしらの世界はあんたがたの世界に影響するし、あんたがたの世界はわたしらの世界に影響する。ときどきは、どんな影響があるのかはっきりわかりにくいこともあるし、それがどうにも気に入らないってこともよくあるんだよ。近ごろでは、たいてい厄介でよくないことばかりだ。でも、どっちの世界もね、いろんなところがすごくよく似ているんだよ。あんたの世界に建物ができると、こっちにもなにかしらできてくる。小さな泥だらけの丘だったり、蜂の巣だったり、こんなふうな住まいだったりね。もう少し立派なものだったりもするよ、でもとにかくなにかはできてくるんだよ。トールや、あんた大丈夫かい」

雷神は目を閉じてうなずいた。両ひじをひざに乗せて腕を楽にたらしている。左の前腕には、ケイトのナイトガウンを裂いて作った包帯が巻いてあったが、それが湿ってゆるんできていた。トールはそれを無意識にむしりとった。

「あんたの世界でちゃんと始末してないことがあるとね」老婦人はぺちゃくちゃしゃべりつづける。「それはおおかた、こっちの世界にも現われるんだよ。なにも消えやしない。後ろ暗い秘密とか、口に出されない考えとかね。こっちの世界では、それは新しい強力な神になるかもしれないし、ただのブヨになるかもしれないけど、とにかくこっちにも現われるんだよ。ただ付け加えるなら、このごろは新しい強力な神よりブヨのほうが多いね。ほんとに、ブヨばかり増えて、不死の神々は昔よりずっと少なくなっちゃって」

「どうして不死の神々が少なくなったりするんですか」ケイトは尋ねた。「理屈をこねたくはないんですけど、でも――」

「そりゃあね、不死は不死でもね、やっぱりいろいろあるんだよ。つまりね、この包丁をちゃんと固定できて、ほんとにうまくばったりいけたら、だれが不死でだれがそうでないかすぐにわかるだろうよ」

「ツリ……」トールがたしなめたが、そのために目をあけようとはしなかった。

「でもね、ひとりまたひとりと、あたしたちは減ってるじゃないかね。ほんとにそうなんだよ、トール。あんたみたいに、いまもがんばってる者も少しはいるけどね、いまじゃみんな、アルコール中毒かオンクスにかかっちゃって」

「オンクスって？　病気のようなものですか」ケイトは尋ねた。彼女はまた腹が立ってきていた。望みもしないのにフラットから引っぱり出されて、ハンマーに連れられてイーストアングリア地方をまるごと飛び越えてきて、そのあげくほっぽりだされて、正気をなくした自殺願望のある老女の相手をさせられていらいらしている。いっぽう、トールはただ黙って座っているだけで、彼女だけがしたくもない苦労をさせられているのだ。

「病だよ、神々だけがかかるの。ほんとうは、もう神でいることに耐えられないって意味でね、だから神々しかかからないのよ」

「なるほど、そうなんですか」

「末期になるとね、ただ地面に横になっていると、しばらくしたら頭から木が生えてくるの。それでおしまいなんだよ。大地とまたひとつになって、そのはらわたにしみ込んでいって、その血管を流れるの。それでしまいには、立派な澄んだ流れになってまた地表に現われるんだよ。それでたぶん、有毒な排水を流し込まれて汚染されるんだろうね。このごろは神でいるのは楽じゃないんだよ、死んでからもね。

　それはそうと」とひざを叩き、トールのほうに視線を泳がせた。トールは目をあけていたが、それで見ているのは自分の指関節と指先だけだ。「それはそうと、今夜は予定があるんじゃないかね、トール」

「うん」トールは身じろぎもせずにうなった。

「今夜は大広間にみんなを集めて、『異議申立の刻』をやると聞いたよ」

「うん」トールは言った。

「『異議申立』とはねえ。あたしもね、聞いてはいたよ、お父さんとずいぶん前からあんまりうまく行ってないんだって？」

トールは話に乗ってこなかった。黙っている。

「ウェールズのことは、ほんとうにひどいと思っていたんだよ」ツリワエンシスは続けた。「なんであんたが反抗しなかったのかわからないよ。そりゃ、あのひとはあんたのお父さんで全父なんだから、大変なのはわかるけどね。でも、オーディンはねえ、あたしはもう長いことあのひとを知ってるけど、ほら、あのひとは昔取引をしたじゃないかね。自分のいっぽうの目と引き換えに知恵を手に入れたんだよ。もちろんあんたは知ってるよね、あんたのお父さんのことだもの。でもねえ、あたしはずっと言ってたんだよ、あの取引のことじゃね、オーディンはおとなしく黙ってないで、目を返してもらわなくちゃ。あたしの言いたいことはわかるだろう、トール。それにあのおぞましいトウ・ラグのやつ。あいつには用心しなくちゃいけないよ、トール、くれぐれも用心するんだよ。ともかく、どうなったか明日の朝にはすっかり聞かせてもらえるだろうね」

トールは壁に背中をすべらせて立ちあがり、老女の手を暖かく握って小さく笑ってみせたが、やはりなにも言わなかった。かすかにうなずいて、出発しようとケイトに合図する。ここを出ていくのには両手《もろて》をあげて大賛成だったから、彼女は誘惑に屈することなく、「ひとりで行けば」とも言わず、こんな扱いへの不満をぶちまけることもしなかった。おとなしく老婦人に丁重な別れのあいさつをすると、じっとりする夜気のなかへ出ていった。トールがあとからついてくる。

ケイトは腕組みをして言った。「それで？　今度はどこへ行くの。今夜はこれから、どんな楽しいことが待ってるのかしら」

トールは少しうろうろして地面を調べていた。ハンマーを取り出し、重さを確かめるように両手で持ち、夜闇の奥を透かし見て、二度ほど軽くふりまわした。自分でも軽く二回転し、そこで手を放すと、ハンマーはバウンドして闇のなかへ飛んでいき、二十メートルほど先にたまたまあった岩を打ち割って、またバウンドして戻ってきた。トールはそれをやすやすと受け止め、空中に投げあげ、またやすやすと受け止めた。

それからこちらをふり向き、初めて彼女と目を合わせた。

「いいものを見せてやろうか」彼は言った。

27

無人の駅の巨大な円蓋に一陣の風が吹き抜け、ダークはいらだちのあまり大声でわめきだしそうだった。こんなにも突然に手がかりが消え失せてしまうとは。見あげれば、冷たい月光がガラスパネルの部分からしどけなく垂れ下がってきていた。ガラスパネルは長々とのびて、セントパンクラス駅の屋根のてっぺんまで続いている。

月光はがらんとした線路に落ち、それを輝かせていた。発車時刻表に落ち、「今日は往復割引の日」という看板にも落ち、その両方を輝かせていた。

円蓋の向こう端の形作るアーチに切り取られて、異世界のもののような五基の巨大なガスタンクが見える。それを支える上部構造のおぼろげな輪郭は、まるで手品師の使う輪っかのように、不思議にからまりあって見えた。月光はそれも輝かせていたが、ダークの抱える謎に光を当ててはくれない。

彼の目の前で、百人かそこらを超える人々が煙のように消え失せた。まったく不可能なことだが、問題はそこではない。不可能事が起こったぐらいでは大して気にならない。起こるはずのないことが起こったとすれば、あるはずのない方法があったに決まっている。問題はその方法だ。

かれらがみんな消えてしまったあたりを歩きまわり、そこにあるあらゆるものをあらゆる角度からためつすがめつした。手がかりはないか、どこか異常なところはないかと探し、ついさっき百人の人間がそこになにもないかのように通り過ぎていった、なんだか知らないがそのなにか、彼自身も通れそうななにかを探した。すぐ近くで盛大なパーティが開かれているのに、自分は招待されていないという気がする。破れかぶれになって、両手を広げてぐるぐるまわってみたが、まったく無益だと思って代わりに煙草に火をつけた。

煙草の箱を引っぱり出したとき、ポケットからひらひらと紙切れが落ちたのに気がついた。ちゃんと煙草に火がついたのを確認してから、かがんで拾った。

とくに面白いものではなかった。ただの勘定書、喫茶店で扱いにくい看護師から渡されたものだ。「ぼったくりじゃないか」と思いながら、項目を上からたどっていった。丸めて捨てようとしたところで、その全体的な文字の配置にふと引っかかるものを感じた。料金を請求する品目が左側に並んでいて、実際の料金が右側に並んでいる。

彼が自分で請求書を出すときも、というのは依頼人がいるときの話で、それはいまではめったにないことであり、しかも珍しく依頼人が来たときは、請求書を受け取ってぼったくりだと激昂するまもなく死んでしまったりするのだが、とにかく彼はつねに、請求項目については多少の手間を惜しまないことにしている。数段落にわたる小文を書いて、くわしく説明しているのだ。少なくともこの点に関しては、払った金に見合う仕事をしていないと文句を言われることはないと思うと気分がいい。

要するに、文字の配置という点では、彼の出す請求書はほぼ完全に対応しているのだ——数時間前にまるでちんぷんかんぷんだった、あの解読不能なルーン文字で書かれた分厚い書類と。これがなにかの役に立つだろうか。それはわからない。あの紙の束が契約書でなく請求書なのだとしたら、いったいなんの請求書だろう。どんなサービスが提供されたのか。まちがいなく複雑なサービスだったにちがいない。少なくとも、複雑に説明されたサービスではある。それにぴったり当てはまる職業といったらなにがあるだろう。少なくともこれは考える甲斐のある問題だ。彼は喫茶店の勘定書を丸めて、捨てようとごみ箱に近づいていった。

たまたまだが、これが幸運をもたらした。

なぜなら、駅の中央の開けた場所を離れて壁ぎわに近づくことになったからで、そのおかげですぐに壁に張りついて身を隠すことができたからだ。というのも、そのときだしぬけに、駅の正面入口から入ってくるふた組の足音が聞こえてきたのである。

数秒後、そのふた組は駅の本体部分に入ってきたが、そのころにはダークは壁のかどに隠れて完全に死角に入っていた。

完全に死角に入っているのは、べつの面ではあまりありがたくなかった。つまりしばらくのあいだ、その足音の主が彼のほうからも見えなかったのだ。その姿がちらと見えるころには、ふたりはまさにあの同じ場所、数分前にちょっとした群集が静かに、あたりまえのように消えた場所に達していた。

ダークは驚いた。女は赤い眼鏡をかけていて、男は地味に仕立てたイタリア製のスーツを着ていて、しかもそのあとすぐにぱっと消えてしまったのだ。

ダークは声も出せずに突っ立っていた。あのいまいましいふたり、今日一日彼の破滅のもとになってくれた（このささやかな誇張も、あのふたりのすさまじい鼻につき加減からすれば許されるだろうと思った）夫婦が、彼の目の前で破廉恥にもあてつけがましく消えてくれたのだ。

ふたりが完全にまちがいなく消え失せて、たんにお互いの陰に隠れているのでないことが百パーセント確実になったところで、問題の謎の空間に思い切ってまた足を踏み入れてみた。

不可解なほどふつうだった。タールマカダム舗装もふつう、空気もふつう、なにもかもふつうだ。それなのに、バーミューダ・トライアングル業界がまる十年は食べていけるほどの数の人間が、ものの五分のうちにぱっと消えてしまったのだ。

腹の底からむかついた。

あんまりむかついたので、このむかむかをだれかに分けてやりたいと思った。電話をかけてむかつかせてやろう。ほぼまちがいなくむかつくはずだ、いまは午前一時二十分なのだから。

これは完全に気まぐれな思いつきというわけではない。あのケイト・シェクターというアメリカ人女性のことはいまも引っかかっているし、さっき電話をかけたときは留守番電話で、無事は確認できなかった。いまごろは家に戻ってベッドに入っているはずだから、今度はお節介な電話に叩き起こされてまちがいなく激怒するだろう。

硬貨を二枚にちゃんと動く公衆電話を見つけて、ケイトの電話番号にかけた。また留守番電話だった。

留守番電話は、彼女は今夜ちょっとアスガルドに出かけていると言った。アスガルドのどのあたりに連れていかれるのかよくわかりませんが、たぶんことと次第によってはヴァルハラに寄ることになると思います、メッセージを残してくだされば明日の朝お返事します、まだ生きていてそんな元気があればですけど。ピーと音がした。鳴りやんだあとも、そのピーはしばらく耳に残っていた。

「ああ」彼は言った。留守電がいませっせと録音していることに気がついたのだ。「まいったな。ありえないことをやる前には、おれに電話してくれるはずだと思ってたよ」

受話器をおろしたが、怒りで頭がくらくらした。ヴァルハラだと？　今夜は、彼以外はみんなそこへ行っているのか。家に帰りたくてたまらなくなった。帰って寝て、明日起きたら食料雑貨屋でも始めようか。

ヴァルハラか。

また周囲を見まわした。ヴァルハラの名が耳のなかでこだましている。これぐらいの広さがあれば、神々や死んだ英雄たちが宴会をする場としてはじゅうぶんにちがいないと思った。それにからっぽのミッドランド・グランド・ホテルなら、ノルウェーから大挙して押し寄せる甲斐もなくはなかろう。

どこへ行こうとしているか知っていたら、なにかちがいがあるだろうか。

びくびくと、ためらいがちに、問題の空間を歩き抜けた。なにも起こらない。くそ。まわれ右をして、しばらく立ち止まって観察しながら、さっきの老浮浪者から手に入れた煙草を深々と二度ほど吸った。この空間にはとくに変わったところは見当たらない。

反対方向からまた歩いてみた。今度はさっきのようなおっかなびっくりの足どりではなく、ゆっくり確実に一歩一歩足を運んだ。やはりなにも起こらなかったが、その空間の端から外へ出るとき、一瞬とも言えないほどのあいだ、ざわざわと騒がしい音を拾いかけたような気がしないでもなかった。ラジオのダイヤルをまわすときに、一瞬ホワイトノイズが入るのに似ていた。またまわれ右をして、問題の空間に足を入れながら、注意深く頭をまわして、かすかな音も聞き逃すまいとした。しばらくはなにも聞こえなかったが、急にその断片を拾った。周囲に音が噴き出した、と思うとすぐに消える。少し動く、また噴き出す。そろそろと、慎重に足を進める。ごくごくかすかに、静かに動きながら音を拾おうとし、十億分の一の十億分の一度と言いたいほどわずかに頭をまわし、分子一個の裏にするりとまわり込み、そうして彼は消えた。

と同時に、あわてて首をひっこめなくてはならなかった。広大な空間の向こうから、大きな鷲が彼を目がけて滑空してきたのだ。

28

それはあの鷲ではなく、べつの鷲だった。次のもべつの鷲で、その次のもそうだった。空中の鷲の密度がやたらに高くて、少なくとも五、六羽の鷲に襲いかかられなくてはヴァルハラには入れないようだ。鷲どうしですらお互いに襲いかかられあっていた。

ダークは両手を頭上にあげ、激しくばたつく突風をかわしながら、後ろを向き、足をすべらせ、大きなテーブルの陰に倒れ込むと、床には湿った泥まみれのわらが分厚く敷かれていた。帽子がテーブルの下に転がり込むのを、あわててあとを追い、しっかり頭に押し込んで、そろそろとテーブルのうえをのぞいた。

広間は暗かったが、大きなかがり火がいくつも焚かれていた。

騒音と薪の煙が充満し、あぶった豚のにおい、あぶった羊のにおい、あぶったイノシシのにおい、汗のにおい、鼻を突く酒のにおい、それに焦げた鷲の翼のにおいが垂れ込めている。

ダークの隠れているテーブルはオークの一枚板を架台に載せたもので、同様のテーブルがどちらの方向を見てもずらりと並び、湯気の立つ死んだ動物のかたまり、大きなパン、酒で汚れた鉄の大盃、それにろうの蟻塚のようなろうそくで埋まっていた。巨大な汗まみれの人々が、その周囲でもそのうえでも飲み食いして騒ぎ、料理をとりあって喧嘩をし、料理にまみれて喧嘩をし、ついでに料理相手にも喧嘩をしていた。

　ダークから一メートルほどのところで、ひとりの戦士がテーブルのうえにのり、六時間あぶられていた一頭の豚と戦っていたが、明らかにその戦士のほうが劣勢だった。しかしその負けっぷりが正々堂々としていたので、ほかの戦士たちは盛んに声援を送っては、おけから酒を汲んで彼にぶっかけていた。

　天井は、この距離から見分けられるかぎりでは、そしてまたこの暗がりとちらつく火明かりで見えるかぎりではだが、盾を革ひもでつなぎ合わせて作ってあるようだった。

　ダークは帽子を押さえ、頭を低くして走りだし、広間の側壁にたどり着こうとした。走りながら、彼の姿はほとんどだれにも見えないらしいと感じた。なぜなら完全にしらふで、しかも彼自身の基準でいえばごくふつうのかっこうをしているからだ。おかげで、およそ想像できるかぎりのあらゆる身体的活動を目にすることになった。もっとも歯磨きをしている者はいなかったが。

　立ち込める悪臭は、キングズクロス駅で会った老浮浪者——まちがいなくこの騒ぎに加わっているはずだ——のそれと同じく、絶え間なく襲いかかってくるたぐいのにおいで、慣れるどころかどんどん強烈になっていくようだった。嗅ぐごとに溜まっていって、どんどん頭が膨らんでいくような気がする。剣が剣を打つ音、剣が盾を打つ音、剣が肉を打つ音、肉が肉を打つ音がひとつになって、鼓膜《こまく》が震えよろめいて泣きだしそうだ。

ダークは殴られ、ころび、ひじ打ちを食い、押し飛ばされ、酒を浴びせられながらも、大騒ぎの人群れをよけたり押しのけたりしてちょこまかと走り、ようやく側壁にたどり着いた。壁は分厚い木と石の板でできていて、悪臭のする牛の生皮で覆われていた。

そこでしばし止まって、荒い息をつきながら後ろをふり向き、広間の様子を目を丸くして眺めた。

これはヴァルハラだ。

絶対にまちがいない。どこかのケータリング業者が演出できるような場面ではない。そしてこの沸き返るようなエネルギーにあふれた集団、どんちゃん騒ぎをする神々と戦士たち、そしてその騒ぎの的になっている女たちの集団は、盾や火やイノシシとともに、セントパンクラス駅の広大さにまさるとも劣らない空間をいっぱいに埋めているようだった。そのすべてからもうもうと熱が発していて、頭上を狂ったように飛びまわる鷲の群れが窒息しないのが不思議なほどだ。

いや、たぶん窒息しかけているのかもしれない。窒息しそうだと思っているとき、怒れる鷲の集団がどんな行動をとるのか知らないが、いま彼が目の当たりにしている鷲の多くの行動とさほど大きく異なるとは思えないからである。

それはさておき、人波を命がけでかき分けるのに忙しくて、いぶかるのをあとまわしにしていたことがあるが、それをそろそろいぶかるべき時が来た。

あのドレイコット夫婦はなんなのだろう、と彼はいぶかった。

こんなところにドレイコット夫婦はなんの用があるというのか。ドレイコット夫婦は、この乱痴気騒ぎのいったいどこにいるのだろう。

目をすがめてうねる人波を透かし見ようとした。ブランドものの赤い眼鏡か地味なイタリア製のスーツが、がちゃがちゃやかましい胸甲や汗まみれの革の防具のあいだに見えはしないだろうか。むだなのはわかっていたが、いちおう探してみないわけにはいかない。

いや、やはり見当たらない。だいたい、あのふたりは人種がちがいすぎる。しかし、その先へ考えを進めるのは中断せざるをえなかった。柄の短い重い斧が空を切って飛んできて、飛びあがるほどの音とともに壁に深々と突き立ったからだ。彼の左耳から十センチほどしか離れておらず、一瞬頭のなかが真っ白になった。

そのショックから立ち直り、ほっと息を吐き出したとき思ったのだが、これは悪意をもって狙って投げてきたのではなく、たんに戦士らしい陽気なおふざけだったのだろう。とはいえどんちゃん騒ぎに加わりたい気分ではないし、長居は無用だ。彼は壁ぎわをじりじりと進みはじめた。ここがヴァルハラの大広間ではなく、セントパンクラス駅だったとしたら切符売場があるはずの方向をめざす。なにがあるかはわからないが、たぶんここととは違うだろうから、行ってみても悪くはあるまい。

広間の端のほうに近づくと、雰囲気が全体的に落ち着いてきたようだった。最も盛大で派手に騒いでいる集団は、広間の中心に近づくほど密に分布しているらしい。対してこの端近くのテーブルに着いている面々は、不死の生涯のなかでもそれなりの年代に達していて、かつて取っ組み合いをしていた時代をしのんだり、死んだ豚と取っ組み合うときのコツについて、達人として意見を交換したりするほうが好ましいと感じているようだった。いまさら自分で取っ組み合う気はないというわけだ。

ふと会話の断片が耳に入った。完全に気絶してぶっ倒れかけているという最後の重大な局面では、左手の三本指を伸ばして豚の胸骨をつかむのがなにより重要なことだという。それに対して、聞き手は愛想よく「ふむふむ」と答えていた。

ダークは立ち止まり、そちらに目を向け、後戻りした。

背を丸めて座り、鉄の皿に考え込むようにかがみこんでいたのは、いまは汚れほうだいでごわごわの毛皮を留め金で留めて着ているが、ちなみにさっきダークと会ったときに着ていた衣装より、むしろこちらのほうがぼろぼろで悪臭も強そうだったが、ともあれそれは、キングズクロス駅で出会ったダークの話し相手だった。

ダークは迷った。どんなふうに近づいていけばいいだろう。軽く背中を叩いて、「やあ、いいパーティだね、にぎわってるね」と声をかけるのもひとつの手だが、それはうまいやりかたとは思えなかった。

迷っているあいだに、いきなり一羽の鷲が頭上から急降下してきて、派手に翼をばたつかせつつ、その老人の前のテーブルに着地した。翼を畳んで老人に近づいていき、餌をくれとねだる。老人は苦もなく骨から肉片をむしって差し出し、大きな鳥はそれを鋭く、しかし正確につついてその指から食べた。

親しく声をかけるよい手段になると思い、ダークはテーブルに身を乗り出して小さな肉のかたまりをつまみ、それを鳥に差し出した。鳥は襲いかかってきて彼の首に嚙みつこうとし、その凶悪な攻撃をそらそうとダークは帽子をふりまわしたが、ともあれこれで自己紹介にはなった。

「ふむふむ」老人は鷲を追い払うと、少しずれてベンチにすきまを作ってくれた。正式な招待とは言えないが、少なくとも招待にはちがいない。ダークはよいしょとベンチをまたいで腰をおろした。

「すみません」ダークは息を切らしながら言った。

「ふむふむ」

「あの、さっき――」

そのとき、耳を聾する大音響がヴァルハラじゅうに轟《とどろ》いた。それは太鼓の音だったが、その音からして途方もなく巨大な太鼓にちがいない。なにしろ、喧騒渦巻く大広間のすみずみにまでその音を届かせなくてはならないのだ。太鼓は三度打ち鳴らされた。そのゆっくりと大きく響く音は、この大会堂じたいの鼓動のようだった。

ダークはどこから音が来るのかと顔をあげた。それで初めて気づいたが、広間の南端、彼がさっき向かっていたほうに、大きなバルコニーというかブリッジが張り出していた。広間の横幅ほぼいっぱいにまたがる大きさだ。人影がいくつか見える。熱で室内はもやっているし、鶩が飛びまわっているしではっきり見分けはつかないが、だれにしろあの上にいる者が、だれにしろこの下にいる者を支配しているのは感じられた。オーディンだ、とダークは思った。あのバルコニーの上には全父オーディンがいるのにちがいない。

どんちゃん騒ぎはたちまち鎮まったものの、太鼓の反響がついに消えるまでもうしばらくかかった。

やがて広間はしんと静まりかえったが、その静寂には期待が感じられる。そのとき、大音声がバルコニーから呼ばわって広間に響きわたった。

その声は言った。「『異議申立の刻』はまもなく果てる。『異議申立』を求めたのは雷神トールだ。三たび尋ねる、トールはどこだ」

広間じゅうにつぶやきの声が広がっていく。どうやらだれもトールの居場所を知らず、なぜやって来て異議申立をしないのかもわからないらしい。

声は言った。「これは、全父の尊厳に対するきわめて重大な侮辱である。時間切れになる前に申立がなされなければ、トールにはそれに応じて重大な懲罰が下されるだろう」

また太鼓が三度打ち鳴らされ、広間に驚愕の声が広がっていく。トールはどこにいる?

「女といっしょなんだろう」とひときわ高く声があがり、どっと笑い声が起こった。また先ほどの喧騒が戻ってくる。

「そのとおりだ」ダークは低い声で言った。「たぶんいっしょだろう」

「ふむふむ」

ダークはひとりごとを言ったつもりだったから、老人から返事が戻ってきたのに驚いた。もっとも、その戻ってきた返事じたいにはとくに驚かなかったが。

「今夜の集会はトールが要求したんですか」ダークは尋ねた。

「ふむふむ」

「なのに顔を出さないのはちょっと失礼ですよね」

「ふむふむ」

「みんな、ちょっと怒ってるんでしょうね」

「怒りやせんよ。豚がじゅうぶんまわっておれば」

「豚ですか」

「ふむふむ」

ダークは、ここからどう会話を続けていいかすぐには思いつかなかった。

「ふむふむ」そこでしかたなくそう言った。

「本気で気にしておるのはトールだけなのさ」老人は言った。「だからしょっちゅう異議申立をするが、証明ができん。やりこめられる。それでこんがらがって腹を立てて、ばかなことをしでかして、にっちもさっちも行かなくなって罰を食らう。ほかの者はみんな、豚が目当てで集まっておるんだ」

「ふむふむ」ダークはこの新しい会話術を完全に体得して、それがあまり役に立つので驚いていた。新たな尊敬をこめて彼は老人に目を向けた。

「ウェールズにいくつ石ころがあるか知っておるかね」老人はだしぬけに尋ねた。

「ふむふむ」ダークは用心深く言った。なんのジョークかわからない。

「わたしも知らん。トールはだれにも教えようとせんのだ。自分で数えろと言ってぷいっとどこかへ行ってしまう」

「ふむふむ」あまり面白いジョークではないと思った。

「それで今度は、とうとう顔も出さなんだ。無理もないとは思うが、残念なことだ。トールの言うとおりかもしらんとわたしは思っておるんでな」

「ふむふむ」

老人は黙り込んだ。

ダークは続きを待った。

「ふむふむ」と期待をこめてまた言ってみた。

返事はない。

「それでその」と、ダークは用心深く水を向けにかかった。「トールの言うとおりかもしれないと思ってるんですね」

「ふむふむ」

「それでと。トールの言うとおりかもしれないと。それはそれは」ダークは言った。

「ふむふむ」

「それで、どういうところが」ダークはだんだんしびれが切れてきた。「トールの言うとおりだって思うんですか」

「それは、なにもかもさ」

「ふむふむ」ダークはあきらめて言った。

「神々がいま不遇をかこっておるのは秘密でもなんでもない」老人はむっつりと言った。「だれの目にもそれは明らかだ。ただ豚のことしか考えておらん者にとってもな、というのはつまりほとんど全員のことだがな。もう必要とされておらんと感じたら、次の豚のこと以外は考えるのがつらくなるものさ。たとえ昔は全世界をその手に所有しておったとしてもな。それもしかたのないこととみなあきらめておる。つまりトール以外はな。しかし、そのトールもついにあきらめた。もう顔を出そうともせず、みなと豚を分けあおうともせん。異議申立をあきらめたのだな。ふむふむ」

「ふむふむ」ダークは言った。

「ふむふむ」

「それで、その、トールの異議申立というと」ダークはためらいがちに言った。

「ふむふむ」

「それはどういう……？」

「ふむふむ」

　ダークはついに完全にしびれを切らして、老人に食ってかかった。

「トールはなんで、オーディンに異議申立をしたんです？」嚙みつくように尋ねた。

　老人はこちらに顔を向けた。ゆっくりと驚いて、大きな落ちくぼんだ目でダークをじろじろ眺める。

「おまえさんは人間だな」

「そうですよ」ダークはぶすっとして言った。「おれは人間です。もちろん人間ですよ。おれが人間なのが、それとなんか関係があるんですか」

「どうやってここに来たんだね」

「みなさんのあとをついてきたんです」と言って、つぶれた煙草のから箱をポケットから取り出し、テーブルに置いた。「どうも、おかげで助かりました」

　あまり大した言い訳になっていないような気はしたが、これしか思いつかなかったのだ。

「ふむふむ」老人は顔をそむけた。

「トールはどうして、オーディンに異議申立をしたんですか」今度は、いらいらが声に出ないように気をつけながら言った。

「おまえさんになんの関係がある」老いた神は吐き捨てるように言った。「おまえさんは人間だ。なにを気にすることがある。おまえさんたちは、あれのおかげで欲しいものを手に入れたじゃないか。いまとなってはほとんど価値のないものと引き換えに」

「おれたちが、なんのおかげでなにを手に入れたっていうんですか」

「取引さ」老いた神は言った。「オーディンがそういう契約を結んだとトールは言っておるんだ」

「契約？」とダーク。「どういう契約です？」

神の顔に怒りの色がのろのろと広がっていく。ダークに目を向けたとき、ヴァルハラのかがり火の光がその目の奥で躍っていた。

「売ったのさ」陰にこもって言った。「不滅の魂を」

「えっ」ダークは言った。その可能性はすでに考えて、ありえないと却下していたのだ。

「人間が魂をオーディンに売ったっていうんですか。どの人間です？　そんなばかな」

「そうではない」神は言った。「そんなばかなことがあるものか。不滅の魂と言うただろう。トールが言うには、オーディンは自分の魂を人間に売ったのだ」

ダークはぞっとしてその目を見返し、それからゆっくりと目をあげてバルコニーを見やった。なにかが起こっている。大きな太鼓の音がまた轟き、ヴァルハラの大広間じゅうがまた静まりはじめた。しかし、二度め、三度めの太鼓は聞こえてこない。なにか予想外のことが起こったらしく、バルコニーの人影の動きがあわただしくなっている。

「異議申立の刻」はそろそろ時間切れだったが、どうやらなんらかの異議申立がついになされたらしかった。

ダークは両手のひらでひたいをぴしゃりと叩き、勢いあまってぐらついた。ありとあらゆる手がかりが一挙につながって、だしぬけに真相が明らかになったのだ。

「人間にじゃない」彼は言った。「ひとりの男と、ひとりの女だ。弁護士と広告屋に売ったんだ。あの女に会ったとき、みんなこいつが悪いと思ったのは、いまにして思えばまさに大当たりだったわけだ」彼は食いつかんばかりに老人に迫った。「あの上に登らなくちゃならない」彼は言った。「神よ、どうか手を貸してください」

29

「オー……ディーーーーンンン！！！！」

トールの吐き出す怒りの咆哮に、空が揺れた。重く垂れ込めた雲が、下から噴きあげてくる風圧に驚いて雷をごろごろと鳴らした。恐怖とショックに青ざめてケイトはあとじさった。耳鳴りがする。

「トウラーーグ！！！！！」

トールはハンマーを両手でつかみ、自分のすぐ足もとに叩きつけた。これほどの怪力で投げるには距離があまりに短すぎ、ハンマーは跳ね返ってたちまち三十メートルほども飛びあがった。

「うおおおおおお！！！！！」肺から爆発的に噴き出す風に押され、トールは自分でもハンマーのあとを追って飛びあがり、落ちてきはじめたところをつかまえると、また地面目がけて真下に力いっぱい投げつけ、跳ね返ってきたところをまたつかまえ、空中で猛然と身体をひねり、渾身の力をこめて海に向かって投げ飛ばすと、自分は背中から地面に墜落した。足首とひじとこぶしが大地を叩く音は、あっと驚く怒りの太鼓のようだった。

ハンマーは、恐ろしく低い弾道を描いて海上を飛んでいった。ヘッドは水中に潜っていて、つねに二十センチほど海面をえぐって滑走している。ハンマーが外科医のメスのように海面を切り裂いて進むにつれ、尖ったさざ波がゆっくりと、しかしやすやすと海面に広がっていき、しまいにその幅は二キロ近くに達した。ハンマーの圧倒的な力に押しのけられ、その航跡を追うようにさざ波の内壁がするすると深まっていき、やがて海面に大きな谷間が口をあけた。谷の両壁は不安定にぐらぐらと揺れ、しまいに崩壊して互いにぶつかりあい、滅茶苦茶に泡立ち、渦を巻く。やがてハンマーは、ヘッドをあげて空中に跳ねあがった。トールは弾かれたように立ちあがってそれを見守りつつ、あいかわらずボクサーのように地面を足で蹴っている。といってもただのボクサーではなく、おそらくは大地震を引き起こしかねないボクサーだ。ハンマーがその弾道の頂点に達したとき、トールは指揮者のようにこぶしを下に突きおろし、するとハンマーは急降下して、波の逆巻く海に飛び込んだ。

一瞬、海は鎮まったように見えた。顔にキスをされて、ヒステリーが収まったかのようだ。しかしその一瞬が過ぎ去ると、そのキスのあとから巨大な水柱が噴き上がった。そして数秒後には、爆発する水柱の真上にハンマーがまっすぐ飛び出してきて、それに引っ張られるように第一の水柱の中央から第二の水柱が噴き上がってきた。

上昇の頂点に達したところでハンマーは宙返りし、向きを変え、スピンし、主人のもとへ飛んで戻ってきた。正気をなくすほど興奮した小犬のようだ。トールはそれをつかまえたが、その勢いを止めようとはせず、ハンマーに引っ張られるままに後ろ向きにすっ飛んでいった。いっしょになって岩のあいだを転がり、百メートルほど転がったところで、軟らかい土の地面を掘り返すようにして止まった。

トールは間髪を入れずにまた立ちあがった。交互に足を入れ換えて地面を蹴りつつ、ぐるぐるまわりながら、三メートルもの歩幅で助走をつけた。ハンマーを持つ腕はいっぱいに伸ばして大きくふりまわしている。ふたたび放ったとき、それはまた海に突進していったが、今度は巨大な半円を描いて海面を切り裂いた。その円弧の外では波が逆巻いて立ちあがり、一瞬巨大な水の円形劇場が出現した。やがてその壁は内向きに倒れ込み、津波のように沸騰して、短い崖に殺到するや怒り狂って体当たりを食わせた。

ハンマーが戻ってくると、トールはすぐに大きく腕を振りかぶってまた投げた。ハンマーは飛んで行って岩を打ち、盛大に真っ赤な火花を飛ばした。ハンマーはさらに跳ね返り、またべつの岩、べつの岩と跳ねては火花を飛ばす。トールは身体を投げ出して地面にひざをつくと、ハンマーが岩を打つたびにこぶしで地面を打って、岩をハンマーに向かって飛びあがらせた。次の岩、次の岩と火花が次々に噴き上がっていく。そのたびごとにハンマーはいっそう激しく岩を打ち、その火花のすさまじさに、ついに雲から稲妻の舌が脅すようにひらめきはじめた。

そうするうちに、空がゆっくりと動きだした。巣穴のなかで丸くなっていた巨大な獣が、腹を立ててむくりと起きあがったかのようだ。岩を打つハンマーの生み出す火花は、いっそう速く激しく飛び散り、それに応えて空からは盛んに稲妻の舌がひらめく。恐怖しつつ興奮を抑えられないかのように、大地全体が震えはじめていた。

トールは両腕のひじを頭上に大きくふりあげ、それを思いきり地面に叩きつけて、同時にふたたび空に向かって咆哮した。

「オー……ディィィーーン！！！」

空がまっぷたつに裂けるかと思われた。

「トウラーーーーーーーーグ！！！！！！！！」

トールは地面に突っ込んでいき、石ころだらけの土がダンプカー二台ぶんも押しのけられて周囲に小山を作った。彼はつのる怒りに震えている。その彼に押され、揺さぶられて、腹に響くうめき声をあげつつ、崖の側面全体がゆっくりと前のめりに海に倒れていく。そしてさらに数秒後、足もとの沸騰する逆巻く渦に壮大に落ち込んでいき、トールはそれと同時に穴からはいあがってくると、グランドピアノほどもある岩を頭上に高々と持ちあげた。

そのせつな、すべてが動きを止めたかのようだった。

トールはその岩を海に投げ込んだ。

戻ってきたハンマーをつかむ。

「オー……」彼は吠えた。

「……ディィーーンンン！！！！！！！！！」

ハンマーがふりおろされる。

地面から鉄砲水が噴き出してきた。空が爆発した。稲妻が降り注ぎ、海岸にそって左右数キロにわたる白光の壁が出現した。世界と世界が衝突したかのように雷鳴が轟き、雲が滝の雨を吐き出して大地を打ちすえた。トールは勝ち誇ってその滝のなかに立っている。

数分もすると、その大荒れも鎮まってきた。雨は土砂降りだが、一定の強さで降りつづけている。その雨に浄化されて、分厚く空を覆っていた雲も薄くなってきた。あちこちのすきまから、弱々しい曙光が射し込んでくる。

トールは立っていた場所から重い足どりで内陸へ引き返していった。両手についた泥を払い、雨に洗わせた。飛んで戻ってきたハンマーをつかまえる。

気がつけば、ケイトがそこに立ってこちらを見ていた。驚愕と恐怖と怒りに震えている。

「いったいなんのまねなの」と怒鳴りつけてきた。

「まともに癇癪も起こせなくなっていたからな」ケイトが納得していない様子なので、さらに付け加えた。「神なんだから、たまにはひけらかしたっていいだろう」

雨のなか、ツリワエンシスが背を丸めて急ぎ足で近づいてきた。

「トール、なんて騒ぎだい」彼女は叱った。「あんなやかましい音を立てて」

しかし、トールはもういなかった。ふたりは目をあげ、あの小さな点がトールにちがいないと思った。雪の切れはじめた空を、その点は北へ向かっていた。

30

シンシア・ドレイコットは不快げに眉をひそめ、バルコニーから眼下の騒ぎを眺めていた。ヴァルハラの宴《うたげ》はまた最高潮に盛りあがっている。

「気に入らないわ」彼女は言った。「こんなことに関わりあいたくないのに」

「関わりあう必要はないさ」クライヴ・ドレイコットが静かに言った。背後に立ち、両手を彼女の肩に置く。「すぐにすっかり片がついて、なにもかもうまく行くとも。実際、これ以上は望めないぐらいだよ。まさに願ったりかなったりさ。なあ、その眼鏡はじつにいいね。よく似合ってるよ。いや、ほんとに。とても上品だ」

「クライヴ、そもそも最初にすべて片がついたはずだったじゃないの。わたしたちが面倒に巻き込まれないっていうのが肝心だったのよ。ただ手配して、処理して、あとは忘れてしまえるはずだった。それが肝心なことだったじゃない。それなのに、もうさんざんいやな思いをさせられてきたわ。なにもかもうまく行くと思ってたのに。なにもかもよ。もうこんなのはたくさん」

「そのとおりだ。だからこそ、これはぼくらにとって完璧な事態なんだよ。まったく完璧だ。なにしろ明らかな契約違反だからね。これで望んでいたことがすべて現実になり、しかもあらゆる責任から解放されるんだ。言うことなしだよ。きれいさっぱり縁が切れるんだ。これからは百パーセント、非の打ちどころのない人生が送れる。百パーセントだ。おまけにこちらにはなんの責任もない。まさにきみが望んだとおりだよ。ほんとうに、これ以上は望めないくらいだ。心配は要らないよ」

シンシア・ドレイコットは、不満げに両腕を身体に巻きつけた。

「それじゃ、あの新しい……人のことはどうなの。また厄介な問題が出てきてるじゃないの」

「大した問題じゃないよ。まったく大したことはない。あんな男、なんてことはないさ。こっち側に取り込むか、さもなければ排除するかだ。ここを出る前にはもう片づいているだろう。なにか買ってやればいい。新しいコートとかね。あるいは新しい家を買ってやらなくちゃならないかもしれないが、それにいくらかかるって言うんだね」彼は耳に快い笑い声をあげた。「痛くもかゆくもないじゃないか。そのあとは、二度と思い出す必要もなくなるよ。思い出さなくていいってことすら、思い出さなくてよくなるとも。それぐらい……簡単な……ことなんだ。わかるだろう」

「まあね」

「よかった。すぐに戻るよ」

彼はまわれ右をして、ずっと笑みを浮かべたまま、全父の広間の前室に戻っていった。

「それで、ミスター……」と、わざとらしくまた名刺に目をやって、「……ジェントリー、ここの人々の代理人を務めたいとおっしゃるんですね」

「ここの不死の神々の代理人だ」とダーク。

「そうでした、神々のね」とドレイコット。「けっこう。たぶんあなたのほうがちゃんとした仕事をなさるでしょう。なにしろこれまでずっと、わたしはあのいかれた小悪党を相手にしなくちゃならなかったんですからね。あれはじつにちょっとした人物ですよ、あのミスター・ラグは。まさにミスター・ぼろくず《ラグ》でね。いやまったく、じつに驚くべき人物でしたよ。あの手この手を使って、それも手垢のついた古くさい手管を用いて、わたしをだまくらかそう、裏をかこうとしてきてね。そういう相手にどう対処したらよいかおわかりですか。簡単ですよ。無視するんです。そう、ただ無視すればいいんです。言い逃れようとしたり、脅したりわめいたりしてきても、または五百十七も下位条項を突っ込んできてわたしを困らせようとしても、気にする必要はないんです。おかげでずいぶん時間はとられましたがね、それがなんです。時間ならいくらでもありますからね。ミスター・ラグのような人物に対処する時間はたっぷりあるんですよ。というのも、ほんとうに滑稽なのはどこだと思います？　ほんとうに滑稽なのはですね、あの人はまともな契約書の作りかたがまるでわかっていないことなんです。これは嘘じゃありません。まるっきり……わかっていない。言わせていただけば、これはわたしにとってむしろ好都合なんです。好きなだけあばれて、悪口雑言を吐き散らして、いい加減疲れてきたところで、おもむろに糸をたぐって釣り上げればいい。なにしろわたしは、レコード業界で契約書を作成してる人間ですからね。あそことくらべたら、ここの人たちはただの雑魚ですよ。未開の野蛮人です。あなたもお会いになって、取引をなさったでしょう。まさに未開の野蛮人だ、そうじゃありませんか。レッド・インディアンと同じです。自分の持っているものの価値すらわかってない。実際の話、ここの人たちは本物の冷血漢につかまらなくて幸運だったんですよ。これはわたしの本心です。アメリカがいくらで買われたかご存じですか。アメリカ合衆国をひとつまるごと買うのに、いくらかかったかご存じですか。ご存じないでしょう、わたしも知りません。なぜだかわかりますか。ほとんどただ同然だったからですよ。値段を人に聞かされても、二分後には忘れてしまえるぐらいの額なんです。だからすっかり頭から抜け落ちてしまう。

それにくらべたらですね、わたしは良心的ですよ。ほんとうに良心的なものです。ウッズヘッド病院の特別室ですよ。手厚い看護、贅沢な食事、破廉恥なほど大量のリネン。まさに破廉恥ですよ。すべてひっくるめたら、アメリカ合衆国が買えるぐらいの金がかかってるんです。現在の貨幣価値になおしてですよ。でもいいですか、いま言ったとおり、向こうが欲しいと言うからこちらはリネンを提供する。文句も言わずにね。それはいいんです。あの人はそれに見合う働きはしていますから。リネンが欲しければ……欲しいだけ……手に入る。こちらによけいな手出しさえしなければいいんです。

つまり言わせていただけば、あの人は快適な暮らしをしているわけですよ。じつに快適な暮らしをね。思うに、それこそだれしも望むことでしょう。快適な暮らし。あの人はまさにそれを手に入れた。ところが、自分ではどうしたらそれが手に入るものか知らなかったんです。ここの人たちはみんなそうです。現代の世界では、まったく無力な人たちなんです。いまはかれらにとってつらい時代ですから、わたしはただ助けの手を差しのべようとしてるだけです。言わせていただけば、まったくものを知らないんですよ。正真正銘ものを知らないんです。

妻のシンシアにはお会いになったでしょう。言わせていただけば最高の女性です。言ってみれば、シンシアとわたしはじつに幸福な——」

「おたくの夫婦仲の話なんか聞きたくないんだがね」

「そうですか、わかりました。それならいいんです。わたしはただ、いくらかご説明しておいたほうがいいかと思っただけですから。しかし、お望みでないとすれば省きましょう。さて、シンシアは広告会社で働いています。これはご存じですね。ただの広告会社じゃない、ひじょうに大きな広告会社で、しかもそこの上級パートナーです。この会社が以前、大々的なキャンペーンを打ちました。じつに大々的なキャンペーンで、数年前の話ですが、そのコマーシャルで俳優が神を演じてたんです。なにを宣伝していたんだったかな、清涼飲料水かなにかです。子供が飲みすぎて虫歯になるやつ。

そのころ、オーディンはすっかり落ちぶれていました。ホームレスになってたんです。まったくなにひとつまともにできなかった。この世界に居場所がなかったからですよ。あれだけの力を持ちながら、それを今日の世界でどう使っていいかわからなかったんです。それで、ここからがこの話の滑稽なところなんですがね。

　オーディンはテレビでこのコマーシャルを見て、『なんだ、あれならおれにもできる。おれは神なんだから』と思ったんです。コマーシャルに出て、出演料がもらえるかもしれないと思ったんですよ。どうなっていたかわかるでしょう。出演料なんぞ、アメリカ合衆国がひとつ買えるほどの金額にもなりませんよ、言ってみればね。考えてもみてください。オーディンですよ。北欧の神々の王で、そのすべての力の源泉なんですよ。それが、清涼飲料水のテレビＣＭに出て出演料をもらおうっていうんですから。

　それでこの人は、いえこの神は、自分をテレビＣＭに使ってくれるところを本気で探そうとしたんです。ものを知らないにもほどがある。しかし、欲深でもあります。欲深だってことを忘れちゃいけない。

　ともかくそれで、オーディンはシンシアの目に留まったわけです。当時はまだ下っぱの顧客担当《アカウント・エグゼクティヴ》でしたがね、ともかく最初はまともに取り合わなかったんですよ、頭のおかしい変人だと思って。ところがそのうち、あんまり変わっているのでちょっと興味を惹かれて、それでわたしと会わせることにしたわけです。それでわたしたちはですね、これは本物だと気がついたんです。この男は本物だと。ほんとうに本物の神で、神の奇跡の力をすべて持っているんだと。それもただの神じゃない、なんというか、大物なんです。ほかの神々が力を持っているのも、すべてこの神のおかげなんです。それなのに、言うに事欠いてコマーシャルに出たいと。何度でも言わせていただきますがね、コマーシャルですよ。

　あきれてものが言えない。この男は、自分がなにを持っているのか知らないのか。その力でなにができるか気づいていないのか。

　どうやらほんとうに知らないらしい。こう言ってよければ、あれはわたしたちの人生で最も驚くべき瞬間でした。まさに……驚くべき……瞬間。言わせていただけば、シンシアとわたしは以前から気がついていました。つまりその、わたしたちは特別な人間で、いつか特別なことが起こるはずだとわかっていて、そこへこれですよ。まさに特別なことが起こったわけです。

　ですがね、わたしたちは強欲じゃありません。この世のすべての権力、すべての富が欲しいなどとは思いません。これは本心です。この世界を見てごらんなさい。この……腐った……世界を。その気になれば、世界をまるごと所有することもできたでしょうが、こんな世界を所有してどうなります。どれだけ厄介なことになるか。また、巨万の富すら欲しいとは思いません。そんなものを持っていたら、何人も弁護士や会計士を雇わなくちゃならない。それに言わせていただけば、わたし自身弁護士ですしね。金があれば、雇った弁護士や会計士のためにまた弁護士や会計士を雇うこともできるでしょうが、今度はその弁護士や会計士のためにまた弁護士や会計士を雇わなくちゃならない。ですからね、わたしたちはそんな責任を背負いこみたいとすら思わないんです。あまりに厄介すぎますから。

それで思いついたのがいまのやりかたですよ。たとえて言えば、大きな財産を買っておいて、要らない部分を人に売るわけです。こうすれば自分の欲しいものは手に入るし、ほかのおおぜいの人たちも欲しいものを手に入れる。ただちがうのは、ほかの人々はこちらを通じて手に入れるので、こちらにいささか恩義を感じるということですね。それで、だれを通じて手に入れたか忘れないように、どれだけ恩義をこうむったかという書類にサインをしてもらう。こうして得た収益で、ミスター・オーディンの法外なうえにも法外な私立病院の治療費がまかなわれているのです。

ですからね、ミスター・ジェントリー、わたしたちの財産は大したものじゃありません。そこそこ高級な住宅を一、二軒、そこそこ高級な車を一、二台、そんなところです。それでじつに快適な生活を送っています。じつに、まことに快適な生活と言うべきでしょう。わたしたちは多くは望みません。必要なものはつねに手に入る、そういうことになっているからです。こちらが求めた条件は、これは状況を考えればじつに穏当な条件だったと思いますが、わたしたちはなにも知る必要がないということでした。それでそこそこのものを手に入れて、礼儀正しく退散したわけです。わたしたちが求めているのは、平穏で静かな日々が絶対に乱されないこと、快適な暮らし、それだけです。シンシアはときどき、ちょっと神経質になることがありますのでね。ええ、そうなんですよ。

それが今朝になって、なにがあったと思います。わが家のすぐそばで。おぞましいことです。正真正銘、ほんとうにおぞましいペテンですよ。どうしてこんなことになったと思います？

それがですね、例によってあのミスター・ラグのせいなんです。あの人は、抜け目のない切れるヴードゥー弁護士を演じようとしたんですよ。まったくお話にならない。ありとあらゆる手管や駆け引きやごまかしを使って、さんざんわたしの時間をむだにして喜んでいたんですが、あるとき、自分の働きに対する請求書を作ってきて、わたしを困らせようとしたんです。なにが働きですか。たんなる仕事の捏造《ねつぞう》ですよ。弁護士はみんなやっていることです。ある程度はね。それでわたしは、わかった、なんでもいいから請求書をくれと言いました。請求書をくれればちゃんと処理しておくから、かまいませんよと言って、請求書を受け取ったわけです。

ところがあとになって、その請求書の小計に小細工が仕込まれているのに気がついたんですよ。しかしそれがなんです。彼はわたしの裏をかこうとして、無理難題《ホット・ポテト》を渡してよこしたわけですが、レコード業界にはホット・ポテトなどごろごろしてるんです。そんなもの、だれかに押しつければすむことです。成り上がるためならなんでも進んで引き受けるという人間が、この業界にはかならずいるものでしてね。その人間に成り上がるにふさわしい実力があれば、またべつの人間に押しつけることができる。ホット・ポテトを受け取って、だれかにまわす。わたしもそうしたまでです。なにしろね、わたしのためなら喜んで引き受けるという人間はおおぜいいましたよ。こう言ってはなんですが、あれを見ているのはじつに愉快だったたな。あれよあれよという間に、どんどん遠くへ渡されていくんです。だれが賢くてだれがそうでないのか、あれでずいぶんいろんなことがわかりましたよ。ところがそれが、いつのまにかわが家の裏庭にまわってきていた。遺憾ながら、これは違約条項に抵触すると思いますね。ウッズヘッドの特別室はとてつもなく金がかかりますから、この件がもとでもう維持できなくなるかもしれませんね。この点ではわたしたちのほうが有利な立場でしてね、契約はすべて破棄することもできるんです。言っておきますが、わたしはもう欲しいものはすべて手に入れてしまいましたので。

ですがね、ミスター・ジェントリー、わたしの立場はおわかりでしょう。こうして腹蔵なく話し合えて、ずいぶん気が楽になりましたよ。むずかしい問題がいくつかからんでいるのはたしかですし、わたしはこれで、かなりいろいろなところに顔が利く立場でもあるんです。ですから、話し合って合意に達することができたら、いくらでも便宜をご提供できますよ。なんでもですよ、ミスター・ジェントリー。なんでも希望がかなうんです」

「おれの希望はあんたがくたばることだよ、ミスター・ドレイコット」ダーク・ジェントリーは言った。「あんたがくたばるところが見たい」

「それはお互いさまだな」

ダーク・ジェントリーは、まわれ右をして部屋をあとにした。そして、問題が発生したようだと新たな依頼人に伝えに行った。

31

それからまもなく、人けのないセントパンクラス駅の玄関前から濃紺のBMWが静かに走りだし、ひっそりした通りを遠ざかっていった。

いささか落胆して、ダーク・ジェントリーは帽子をかぶり、獲得したばかりにして失ったばかりの依頼人のもとを立ち去った。依頼人は、いまはひとりになりたいと言うのだ。そしてネズミかなにかに変身したい、過去にそういうことをした仲間もいるからと。

ダークは大きな両開きドアを閉じて、ゆっくりバルコニーに出ていき、神々と英雄たちの広大な円蓋の広間――ヴァルハラを見渡した。宴会に来ていた浮浪者たちの最後の数名が、ちょうど消えようとしているところだった。たぶんこちらで消えると同時に、セントパンクラス駅の広大な円蓋のプラットホームに出現しているのだろう。彼はしばらくそこに立って、がらんとした広間を眺めていた。かがり火もいまは消えかけて、熾《おき》火《び》が残るだけになっている。

ややあって、彼自身も同様にもとの世界へ移動した。今回はほんの少し頭をひねるだけでよかったが、そうして移動した先は、無人のミッドランド・グランド・ホテルの荒れ果てた吹きさらしの廊下だった。セントパンクラス駅の広大な暗いコンコースを見やると、さっきの浮浪者たちの姿がまた見えた。ヴァルハラから最後に戻ってきて、足を引きずりながら寒いロンドンの通りへ出ていこうとしている。そこで、眠れないようにデザインされたベンチで眠ろうとするのだろう。

ため息をつき、この廃業したホテルから外へ出ようとしたが、これが予想を上まわる難事業だった。なにしろ迷宮そこのけに広大で暗いのだ。ついにゴシックふうの曲がりくねった大階段を見つけ、ドラゴンやグリフィンやどっしりした鉄細工に装飾されたその階段を延々おりて、巨大なアーチの並ぶエントランスロビーにたどり着いた。正面玄関は何年も前から閉鎖されており、ダークはようやくわきの廊下の先に非常口を見つけた。ところが、そこには大きな汗っかきのしみのような男が夜間の守衛に立っていて、どうやってなかに入ったのかと問い詰めてきた。なんと説明しても納得しようとしなかったが、しまいにはそのまま出ていかせてくれた。ほかにどうしようもなかったからだ。

その非常口を出ると、そこは駅の切符売場の入口だった。ダークはそこからさらに駅本体に入っていき、しばらくそこに突っ立ってあたりを見まわした。それから駅の正面玄関から外へ出て、セントパンクラス・ロードにくだる階段をおりた。通りに出たとき、通りすがりの鷲がただちに急降下して襲ってこなかったのでたいへん驚き、その拍子につまずいてころんで、早朝のバイク便の最初の一台にはねられた。

32

轟音とともに端の壁を突き破り、トールはヴァルハラの大広間に飛び込んでいった。そしてすっくと立ち、集まった神々と英雄たちに向かって声を張り上げようと身構えた。ついにノルウェーに突入することに成功して、オーディンが署名した契約書の写しが山腹深くに埋められているのを発見したのだ。しかしそれを発表することはできなかった。なぜなら、神々も英雄もみな立ち去ったあとで、そこにはだれも残っていなかったからである。

「だれも残ってない」彼はケイトに言い、彼女をつかんでいた大きな手を離した。「みんな帰ったあとだ」

トールはがっくりと肩を落とした。

「いったい――」ケイトは口を開きかけた。

「親父の部屋に行ってみよう」トールは言ってハンマーを投げ、それにつかまってケイトともどもバルコニーに飛びあがった。

ケイトの頼みも抗議もさまざまな抵抗も無視して、彼は大きな部屋部屋をどすどすと見てまわった。

オーディンの姿はない。

「このどこかにいるんだ」ハンマーを後ろに従えながら、トールは憤懣やるかたなげに言った。

「世界の合わせ目を抜けるぞ」またケイトの腕をつかみ、たちまち世界を移動した。

そこは、ホテルの大きな客室のなかだった。

床はごみや腐りかけたカーペットの残骸に覆われ、長年放置されて窓は汚れている。いたるところに鳩のふんが落ちているし、塗装があちこちはがれているのが、ヒトデの数家族が壁にはりついて爆発したあとのようだった。

部屋の中央に、世話をする人もなくストレッチャーが放置されている。その美しくプレスされたリネンに包まれて、ひとりの老人がひとつ残った目から涙を流していた。

「契約書を見つけたぞ、このくそ親父」トールは怒鳴り、契約書をふってみせた。「あんたがどんな取引をしたのか突き止めたんだ。よくもおれたちの力を売り飛ばしてくれたな、その……弁護士と……えーと……広告屋と、それからいろんな人間どもに。よくもおれたちの力を盗みやがって！　ただ、おれの力は強すぎて残らず取りあげることができなかったもんだから、ずっとたぶらかして煙《けむ》に巻いて、おれが腹を立てるたびにとんでもないことが起こるようにしてくれたんだ。ノルウェーに戻ろうとすれば、そのたびにあの手この手でずっと邪魔してくれたが、それはこれを見つけられたら困るからだったんだ！　あの腹黒いドワーフのトウ・ラグとつるんで、何年も前からずっとおれをいたぶって、ばかにして――」

「ああそうだとも、もうみんな知っておる」オーディンは言った。

「そうかい、そりゃよかった！」

「トール――」ケイトが口を開こうとした。

「おれはみんな、そういうのを振り払ってきたんだ！」トールは怒鳴った。

「ああ、見ればわか――」

「安心して腹を立てられる場所へ出かけてきたんだ、あんたがほかのことに気をとられてて、おれがここに来ると思い込んでるすきに。それで思いきり怒鳴ったりものを吹っ飛ばしたりして、おかげですっかり調子がよくなったぜ！　手はじめに、こんなもの引っちゃぶいてやる！」

彼は契約書を引き裂き、破片を投げあげて、ひとにらみで燃えあがらせた。

「トール――」とケイト。

「あんたがいろいろやってくれたせいで、おれは腹を立てるのがこわくなってたが、次はそれをぜんぶもとに戻してやる。まずは空港のチェックイン係の女だ。気の毒に、自動販売機なんかに変身しちまって。ヒュー、ボン！　戻ったぞ！　次は、おれがノルウェーに飛んで帰ろうとしたとき、撃ち落とそうとしてきたジェット戦闘機だ！　ヒュー、ボン！　これも戻った！　見ろ、おれはまた自分の力を制御できるようになったんだ！」

「ジェット戦闘機ってなに」ケイトは尋ねた。「そんな話、初めて聞いたわ」

「北海上空でおれを撃墜しようとしたんだ。それで喧嘩になって、かっとなった拍子に、その、そいつを鷲に変身させてしまったのさ。それからずっとつきまとわれてたんだが、これでもう大丈夫だ。そんな目で見るな、できるだけのことはしたんだ。そいつの女房が困らないように、くじを当ててやったりな。しょうがないだろ」と腹立たしげに付け加えた。「こういうあれこれのせいで、おれ自身ほとほと困ってたんだ。よし、ほかになにかあったかな」

「わたしのテーブルランプ」ケイトは静かに言った。

「そうだ、ケイトのテーブルランプだ！　もう子猫じゃなくなるぞ！　ヒュー、ボン！」トールが言えばそのとおりになるんだ！　いまのはなんの音だ？」

ロンドンの暗い空に赤い光が広がっていた。

「トール、あなたのお父さん、お加減が悪いみたいなんだけど」

「ふん、だったらざまあ見ろだ！　あれ。親父、どうしたんだ。大丈夫か」

「わたしはほんとうにほんとうにばかだった。知恵が足りなかった」オーディンは泣いた。「ほんとうに不埒《ふらち》で腹黒くて――」

「ああ、おれもそう思うよ」トールは言い、ストレッチャーの端に腰をおろした。「それで、これからどうする？」

「わたしは生きていけそうな気がせんのだ、リネンもなく、ベイリー師長もいなくなって、ほかにもいろいろ……あまりにも長く生きてきて、こんなに年寄りになってしまった。トウ・ラグはおまえを殺せと言っていたが、わたしは……それぐらいなら自殺したほうがましだと……すまん、トール……」

「うん」とトール。「そうだったのか。えーと。これからどうしたらいいかな。くそ。なにもかも滅茶苦茶だ」

「ねえ、トール――」

「うん、なんださっきから」

「トール、すごく簡単なやりかたがあるわ。お父さんとウッズヘッドのこと」ケイトは言った。

「ほんとか。どうするんだ」

「教えてもいいけど、ひとつ条件があるの」

「なんだって、条件？　言ってみろ」

「ウェールズにいくつ石ころがあるのか教えて」

「なんだと！」トールは逆上して叫んだ。「冗談はよせ！　あの時代のことは思い出したくもない！」

ケイトは肩をすくめた。

「だめだ！」トールは言った。「それだけはだめだ！　それに」とぶすっとして付け加えた。「もう言ったじゃないか」

「聞いてないわ」

「いいや、言った。ミッドグラモーガンのどこかで数がわからなくなったと言ったろう。まさかまた最初から数えなおしたとでも思うのか。少しは頭を使えよ！」

33

ヴァルハラの北東、厄介な地域（おそらくアダムスの住んでいたイズリントンのこと）――ここの道は入り組んだ網の目のようで、どこをどうたどってももとの道に戻ってしまい、最初からやりなおしになってしまうのだ――の道を抜けて、ふたつの影が先を急いでいた。いっぽうは大きく、鈍重で狂暴な生物だ。緑の目をして大鎌をベルトから下げているが、その大鎌にしょっちゅう足をとられてなかなか思うように進めずにいる。そしてもうひとつは小さな頭のおかしい生物だ。大きいほうの背中にしがみつき、逆上して急げ急げとわめいているが、実際にはますます足を引っ張る結果になっていた。

それでもようやくたどり着いて、横長で屋根の低い、悪臭ただよう建物に息せき切って飛び込むと、馬を出せと怒鳴った。年老いた厩舎係《きゅうしゃ》が出てきたが、ふたりがだれだかわかると逃走に手を貸すのを渋りだした。その悪評はすでにここまで聞こえていたのだ。大鎌がひらめいて空を切り、厩舎係の首はびっくりして飛びあがった。いっぽう胴体のほうは当惑したように一歩後退し、自信なげにぐらついていたが、その後はなんの命令もなく、禁じる者もなかったので、自分の好きなように後ろざまに引っくり返った。首のほうはバウンドして干草の山に飛び込んだ。

殺人者ふたりは急いで二頭の馬を二輪車につなぎ、やかましい音を立てて廏舎の庭に出ていくと、先ほどまでより広い通りをたどって北へ向かった。

ふたりは通りを一、二キロほどすっ飛ばした。トウ・ラグは半狂乱で、長い鞭を容赦なくくれて馬を駆り立てていたが、しばらく走ったところで馬の足どりが重くなり、そわそわとまわりを気にするようになってきた。トウ・ラグは鞭を当てる手にいっそう力をこめたが、それでも馬の不安はつのるばかりで、ついにはまったく言うことをきかなくなり、とつぜんおびえて棹立《さおだ》ちになった。おかげで車は引っくり返り、乗り手は地面に放り出されたものの、すぐにかっとなって飛び起きた。

トウ・ラグはおびえる馬を怒鳴りつけたが、とそのとき、二頭がなにをこれほどこわがっているのか、それが目のすみにちらと見えた。

とくべつ恐ろしげなものではなかった。ただの大きな白い金属製の箱だ。それが道路わきのごみの山に引っくり返って、ひとりでにがたがた揺れていた。

馬は後足で立ちあがり、その大きな白いがたがた言うものから逃げようとするが、引き綱がからまっていて身動きができない。パニック状態で、泡の汗を飛ばしてあばれるばかりだった。トウ・ラグはすぐに気がついた。あの箱を片づけないかぎり、馬を落ち着かせようとしても無理だ。

「なんだか知らんが」と緑の目の巨人に向かってわめいた。「ぶっ殺せ！」

緑の目の巨人はベルトからまた大鎌を抜き、ごみの山を登って、がたがた揺れる白い箱に近づいていった。蹴飛ばすと、箱はいっそう激しく揺れはじめた。片足を裏にあてがい、力いっぱい山の下に蹴落とした。三、四十センチばかりすべり落ちたところで、大きな白い箱は裏返り、さらに倒れ込むようにして地面に転げ落ちた。そこでいったん動かなくなったが、やがてついにドアがはずれてさっと開いた。馬が恐怖に悲鳴をあげる。

トウ・ラグと緑の目の巨人は、不安と好奇心にかられて箱に近づいていき、そこでぞっとたじろいであとじさった。強大な力をもつ新たな神が、なかからいきなり飛び出してきたのだ。

34

時は翌日の午後、ところはこういう騒ぎから快適に離れた部屋。ちょうどいい大きさの窓から午後の陽光が流れ込んでいて、その窓から快適に離れた場所に真っ白なベッドが置かれていて、そこにひとつ目の老人が横たわっていた。新聞が一部、崩れかけたテントのように床に落ちている。いまから二分前にそこへ放り出されたのだ。

老人は目が覚めていたが、よい気分ではなかった。純白のリネンのシーツのうえで、繊細に華奢な両手が軽く握られて、ごくかすかに震えていた。

老人は、ミスター・オドウィンとかウォーディンとかオーディンとか、さまざまな名で呼ばれていた。彼は神だった、というかいまも神である。さらに言えば、いまは混乱し、仰天した神になっていた。

混乱して仰天しているのは、いま読んだ新聞の一面の記事のせいだった。べつの神がほっつき歩いて世間に迷惑をかけたとあったのだ。もちろん新聞にはっきりそう書いてあったわけではなく、たんに昨夜のできごとが書いてあるだけだ。それによれば、行方不明だったジェット戦闘機が、どういうわけか北ロンドンの一軒の住宅から出力全開でいきなり飛び出してきた（理屈で考えて、とうていそんな家に収まるとは考えられないにもかかわらず）という。戦闘機はただちに両翼を失い、轟音をあげて落下し、大通りに墜落して爆発した。パイロットは、墜落前の数秒間に緊急脱出に成功していた。着陸時にショックを受け、打撲傷を負ったものの、それ以外には大きなけがもなかったが、北海上空を奇妙な男たちがハンマーを持って飛んでいたとわけのわからないことを口走っているという。

幸い、この説明不能な大惨事が起こった時刻には通りは閑散としており、物的被害は甚大ではあったものの、死者は一台の車に乗っていた人々だけだった。犠牲者の身元はまだ特定されておらず、車はおそらくＢＭＷで色は紺と思われるが、なにしろあまりに途方もない事故だったので、はっきりしたことはわかっていない。

彼はすっかり疲れきっていたから、そのことは考えたくなかった。昨夜のことは考えたくなかったし、いま考えていたいのはただリネンのシーツのこと、そして彼が寝ているときに、周囲のシーツを手できれいに整えてもらうのがどんなに快いかということだけだ。たったいまベイリー師長がやってくれたように。そしてその五分前、さらにその十分前にもやってくれたように。

ケイトなにがしというアメリカ人女性が病室に入ってきたが、彼はただ眠りたいだけだった。彼女はなにもかもうまく片づいたというようなことを言っていた。そして、彼の血圧がとんでもなく高く、コレステロール値が高く、心臓も完全にぽんこつでほんとうによかったとお祝いを言った。病院側は、全財産と引き換えに彼を終生の入院患者として引き受けられて喜んでいるだろう。彼の入院はごく短期で終わるだろうし、それをまかなうのにじゅうぶんなのは明らかだったから、その全財産がいくらあるのか調べようともしなかった。

喜ぶだろうと思っているようだったので、彼は愛想よくうなずき、もごもごと礼を言うと、うとうとと気持ちよく眠りの世界にすべり込んでいった。

35

その同じ日の午後、ダーク・ジェントリーもやはり病院で目を覚ました。軽い脳震盪《のうしんとう》とすり傷と打撲傷と脚の骨折で担ぎ込まれたのだ。入院の手続きのさい、彼は説明するのに大いに苦労した。つまり、けがの大半は少年と鷲にやられたものであって、バイク便のバイクにはねられたのはむしろ安らかな経験だったということだ。なにしろほとんど横になっているだけでよく、二分おきに飛びかかってこられるわけではないのだから。

午前中、彼はほとんど鎮静状態だった。言い換えれば眠っていた。そして恐ろしい夢にうなされていた。緑の目の大鎌を持った巨人とともに、トウ・ラグがヴァルハラから北東へ逃げていて、そこで思いもかけないことに、新たに生まれ出でた強大な罪悪感の神につかまり、食い尽くされてしまうのだ。神がそのときまで閉じ込められていた箱は、まさかそんなはずはないと思うのだが、どう見ても建設現場の大きなごみ箱に引っくり返った冷蔵庫のようだった。

ようやく夢から覚めたときはほっとしたが、それはほがらかな声のおかげだった。

「あら、あなたはあのときの人ね。わたしの本を盗《と》っていったでしょう」

目をあけると、そこに見えたのはサリー・ミルズの姿だった。前日あの喫茶店で、彼に容赦なく襲いかかってきた若い女である。たんに、彼がコーヒーを（本をかっぱらう前に）かっぱらったというだけの理由で。

「でもよかったわ、とにかくわたしの言うことを聞いて、ちゃんと鼻の手当てをしてもらいに来たのね」とせかせか動きまわりながら言った。「ずいぶん遠まわりしてきたみたいだけど、ともかくこうして来たんだから、肝心なのはそこよね。そう言えば、あの女の人には会えたんでしょ、ほら、あなたが知りたがってた人よ。不思議よね、あの人もこのベッドを使ってたのよ。また会うことがあったらね、このピザを渡してくれないかしら。退院する前に配達を頼んでたのよ。もうすっかり冷えてるけど、どうしても配達してくれって言われたって言って配達の人が聞かないの。

でもね、ほんとは本を盗られたの気にしてるわけじゃないのよ。どうしてあの作家の本を買うのか自分でもわからないんだもの。大して面白くないし、ただみんな買ってるのよね。なんでも、悪魔かなにかと契約を結んでるってうわさがあるんですってね。くだらないうわさだとは思うけど、それとはべつにもっと面白いうわさも聞いたことがあるのよ。なんのためかわからないけど、ホテルの部屋にいつもニワトリを持ってこさせるんですって。だけど、なんに使うのかみんなこわくて訊けないし、それどころか想像もつかないって言うの、だってニワトリは跡形もなく消えちゃって、そのあとはだれも二度と姿を見てないから。でもね、それがなんのためなのかちゃんと知ってる人に、わたし会ったことがあるのよ。一度会っただけなんだけど、その人はね、そのニワトリをこっそりホテルの部屋から持ち出す仕事をしてたの。ハワード・ベルはそれで、すごく不思議な悪魔的な人だって評判をとって、だからみんなあの人の本を買うわけよ。そういう評判のためなら、悪くないアイデアじゃないかと思うわよね。それはともかく、午後じゅうぺちゃくちゃしゃべられたらあなたに迷惑だろうし、迷惑でなかったとしてもわたしほかにやらなくちゃならない仕事があるのよね。看護師長さんがね、今日の夕方にはたぶん退院できるだろうって言ってたから、そしたら家に帰って自分のベッドで寝られるわよ。そのほうがずっといいでしょう。それはともかく、気分がよくなったらこの新聞でも読んで。二紙あるわよ」

やっとひとりになれてほっとしながら、ダークは新聞を手にとった。

まずは、大ザガンザが今日の彼の運勢をなんと言っているか読んでみた。大ザガンザによれば、「あなたは太りすぎのノータリンで、いつでもみっともない帽子をかぶっていますね。恥を知りなさい」

これを読んで彼は小さくうなり、もう一紙の星占いのページを開いた。

それには「今日は快適なわが家で楽しく過ごしましょう」と書いてあった。

たしかに、今日は家へ帰れたらうれしいだろうと思った。古い冷蔵庫を処分できて、いまも不思議なほどほっとしていたし、冷蔵庫所有の新次元に進むのが楽しみだった。

いま彼の家のキッチンには、まっさらの最新型の冷蔵庫が鎮座しているのだ。

鷲をなんとかしなくてはならないが、それはあとで、家へ帰ってから考えよう。なにか面白いニュースはないかと、彼は新聞の一面を広げた。

訳者あとがき

本書は、一九八八年に発表されたダグラス・アダムスの *The Long Dark Tea-Time of the Soul*（『ダーク・ジェントリー全体論的探偵事務所』の続編）の全訳である。

ダグラス・アダムスの遅筆は有名だが、本シリーズでもそれは遺憾なく発揮されている。一九八四年に「銀河ヒッチハイク・ガイド」シリーズ第四作を発表したのち、アダムスは「銀河〜」以外の作品が書きたいと言っていて、そんなわけで一九八五年末に「ダーク・ジェントリー」シリーズ二作の執筆の契約を結んだ。翌八六年一月にはアメリカの一流出版社サイモン&シュスターとも出版契約を結び、二百二十七万ドルという巨額のアドバンスを受け取っている。当初は第一作の締め切りは八六年十二月、第二作は八七年十一月に設定されており、アダムスは「いますぐ執筆にとりかかって今年じゅうに二作とも仕上げたい」などと大口を叩いて、もとい楽観的なことを言っていた。しかし、八六年の年末に書きあがっていたのはたったの一文（前作第二章冒頭の「岩がちの高い崖のうえ、退屈した馬に電動修道士はまたがっていた」）だけだった。したがって当然ながら、第二作である本書の執筆は八八年に入っても終わらず、しかし八八年にはアダムスは動物学者マーク・カーワディンとともに絶滅に瀕した動物を見に世界じゅうをまわる旅に出ることになっていたし、その前には本の宣伝のためにキャンペーン旅行にも出なくてはならず、そんなこんなで旅先のホテルでゲラを直したり新たに書き直したりしていたらしい。

だからというわけではないだろうが、第一作がミステリーとしても完成度が高かったのに対して、本作は純然たるミステリーとして見るといろいろ粗《あら》が目立つのはやむをえない（なお、以下では本書の内容に触れるので、まだ本文をお読みでないかたはこのあとは読んではいけません）。前作で奇矯ながらも切れる探偵としてさっそうと（？）登場したダーク・ジェントリーだが、本作ではどちらかというと滑稽な狂言まわしの役割を振られていて、冴えない貧乏探偵という伝統的なミステリーの探偵像が踏襲されている。しかし伝統的なのはそこまでで、起こる事件は前作同様かあるいはそれ以上に突拍子もないし、その真相もそれってありなんですかと言いたくなるほどぶっ飛んでいる。それはいいのだが、その解決にダーク・ジェントリー自身が大して関与していない（その点でもまさに狂言まわしである）し、序盤から中盤にかけて真犯人というか黒幕の出番がきわめて少なく、終盤も終盤になってから本人の告白が延々数ページも続いて真相が明らかにされるあたり、典型的なだめミステリーと言われてもしかたがないのではないだろうか。

しかし本作の場合、真の読みどころは「不死の神々は不死という以上いまも生きているはずで、とすればいまどんな暮らしをしているのか」という思いつきを、アダムスがいかに料理しているかというところにある。ダーク・ジェントリーの依頼人のおぞましい最期も、本書の主人公のひとりであるケイト・シェクターが遭遇する謎の空港爆発事故も、そしてそれがあっと驚く形で結びついていくところも、すべてが不死の神々の悪あがきというか苦悶から発しているのだが、それは終盤の種明かし以前にすでに明らかになっており、最後の「契約書の謎解き」はもはや付け足しにすぎない。本書はあくまでも、実験的精神病院の地球人離れした精神科医とか、人間に忘れられて落ちぶれた北欧神話の主神オーディンが、清潔な真っ白いリネンのシーツになみなみならぬ愛情を注いでいるとか、その息子の雷神トールがパスポートもクレジットカードも持てなくて飛行機に乗れず、癇癪を起こしたらチェックイン係員がコカ・コーラの自販機に変身するとか、ずっと開かれていなかった古い冷蔵庫から強大な新しい神（それも「罪悪感の神」――！）が生まれ出でるとか、そういうアダムスらしい突き抜けた奇想で読ませる作品だ。とくに、セントパンクラス駅という威容を誇る有名なゴシック建築に、ヴァルハラが重ね合わせで存在するというアイデアはまさに秀逸と言うしかない。

ちなみにこのセントパンクラス駅だが、訳注でも少し触れたとおり、ここはミッドランド・グランド・ホテルと駅舎がつながった構造になっていた。このホテルは一八七六年に開業したものの、一九三五年には維持費がかかりすぎるということで閉鎖され、アダムスが本書を書いたころにはすっかり荒れ果てていた。ロンドンのどまんなかに、大きなホテル（それも見ようによってはおどろおどろしいゴシック建築だ）の廃墟がいわば屍をさらしていたわけで、それが本書のアイデアの種ぐらいにはなっていたのではないかと思われる。なお、近年このホテルは大々的に改修され、名前も「セントパンクラス・ルネッサンス・ホテル」と改めて二〇一一年に再開業している。また、ホテルの上階はこれも訳注で触れたように高級フラット（日本ふうにいえばマンション）になっていたが、ここも二億ポンドをかけて大改修され、古いゴシック建築を活かしながらも、現代的な設備も整ったさらに高級なフラットに生まれ変わったらしい。アダムスが生きていたらどう思っただろうか、聞いてみたいところである。

ところで原題の *The Long Dark Tea-Time of the Soul*（長く暗い魂のティータイム）だが、これは『銀河ヒッチハイク・ガイド』シリーズ第三作『宇宙クリケット大戦争』のあとがきでも触れたとおり、十六世紀スペインの神学者サン・ファン・デ・ラ・クルス（十字架の聖ヨハネ）の書いた『暗い魂の夜』のもじりらしい。「魂の夜」というのは、真の信仰に目覚める前の迷いの時期を夜に見立てたキリスト教的な表現だが、つらいのは夜よりむしろティータイム（つまり夕方）だというのがアダムスの実感だったのだろう。ああ今日もなにもできずに終わってしまったという、後悔と罪悪感にさいなまれる時間というわけだ。一年かけて二冊小説を書くはずがたったの一文しか書けなかったのだから、アダムスは毎日のようにこの罪悪感にさいなまれていたにちがいない。自業自得とはいえまことに身につまされる話である。

これがタイトルになっていることからもわかるように、この「罪悪感」こそ本書のキーワードである。ダーク・ジェントリーは、依頼人の話を頭からたわごとと決めつけて相手にせず、にもかかわらず報酬のためだけに引き受けて、しかもしょっぱなから約束を守らず、おかげで依頼人を死なせてしまったという強烈な罪悪感にさいなまれている（最初から最後までさんざんな目にあうのも当然の報いと言えよう）。そのうえ、何か月も冷蔵庫をあけずに掃除もせず、掃除婦に処理を押しつけようとしているという、比較的ささやかな罪悪感も抱えている。また主神オーディンは、わが身かわいさから（というか清潔なリネンのシーツへの深い愛情から）ほかの神々を裏切り、息子のトールすら消滅させようと目論んでしまったという罪悪感を抱いている。またそのトールも、癇癪を起こしたあげくにひとに迷惑をかけまくったという後ろめたさに悩んでくよくよしている。そんなこんなが重なって、しまいにダークのあかずの冷蔵庫から罪悪感の神が生まれてくるという驚愕の結末に至るわけである。

なお、本書には電子易占計算機という荒唐無稽なガジェットが登場するが、それに表示される屯《ちゅん》という卦の「封建領主を置くのがよい」という意味不明な解は、本来「王が諸侯に各地の統治を任せたように、自分では手を出さずに人に任せるのがよい」という意味らしい。もともと易は統治者が立てるものだったそうだから、こういうところにもそれが表われているのだろう。ちなみに、答えが四より大きいときに表示される「全面の黄色（A Suffusion of Yellow）」というのは、「数値が大きすぎて計算機の記憶場所に収まりきれない」という意味のオーバーフロー（overflow）の込み入ったもじりではないかと思う。suffusionが「いっぱいになる」という意味のもじり、yellowが「overflow」と韻を踏んで音のもじりになっているというわけだ。いまの高機能のコンピュータに慣れてしまうと信じられない話だが、ほんの二、三十年前まではコンピュータの容量不足は関係各所にとっては悩みの種で……とかそんな昔話はどうでもいいが、このA Suffusion of Yellowという表現は、いまでも英米のそっち方面では「四より大きい数」という意味だと了解されているようだ。

前作のあとがきにも書いたとおり、「ダーク・ジェントリー」シリーズはＢＢＣアメリカでドラマ化され、今年一月からNetflixで第二シーズンの配信も始まっている。内容も登場人物も共通点はほとんどない（主役の名前がダーク・ジェントリーだという以外は）が、不可解な事件が次々に起こり、それがしまいに収束して驚愕の結末に至るという構成や、とくに前半の五里霧中の雰囲気は原作の精神に通じるところがあると思うし、原作のせりふや文章があちこちに出てくるのもアダムスのファンにはうれしいところだ。原作の忠実な映像化も見てみたいと思わないではないが、へたに原作に合わせなかったのはむしろ賢明だったのかもしれないという気もする。

それはさておき、ダグラス・アダムスの遺した「ダーク・ジェントリー」二作をこうして翻訳することができて、翻訳者としてほんとうにうれしく、またありがたく思っている。にもかかわらずいつものとおり仕事が遅いせいで、ご担当くださった河出書房新社の松尾亜紀子氏にまたしてもたいへんご迷惑をおかけしてしまった。最後になったが、この場をお借りして心よりお礼とお詫びを申し上げます。

二〇一八年一月

ダーク・ジェントリー全体論的《ぜんたいろんてき》探偵《たんてい》事務所《じむしょ》
長《なが》く暗《くら》い魂《たましい》のティータイム

二〇一八年 三 月一〇日 初版印刷
二〇一八年 三 月二〇日 初版発行

著 者 D・アダムス
訳 者 安原和見《やすはらかずみ》
発行者 小野寺優
発行所 株式会社河出書房新社
〒一五一‐〇〇五一
東京都渋谷区千駄ヶ谷二‐三二‐二
電話〇三‐三四〇四‐八六一一（編集）
〇三‐三四〇四‐一二〇一（営業）
http://www.kawade.co.jp/

ロゴ・表紙デザイン 粟津潔
本文フォーマット 佐々木暁
印刷・製本 中央精版印刷株式会社

Printed in Japan ISBN978-4-309-46466-4

ダーク・ジェントリー全体論的探偵事務所

ダグラス・アダムス　安原和見〔訳〕　46456-5

お待たせしました！　伝説の英国コメディＳＦ「銀河ヒッチハイク・ガイド」の故ダグラス・アダムスが遺した、もうひとつの傑作シリーズがついに邦訳。前代未聞のコミック・ミステリー。

銀河ヒッチハイク・ガイド

ダグラス・アダムス　安原和見〔訳〕　46255-4

銀河バイパス建設のため、ある日突然地球が消滅。地球最後の生き残りであるアーサーは、宇宙人フォードと銀河でヒッチハイクするはめに。抱腹絶倒ＳＦコメディ「銀河ヒッチハイク・ガイド」シリーズ第一弾！

宇宙の果てのレストラン

ダグラス・アダムス　安原和見〔訳〕　46256-1

宇宙船が攻撃され、アーサーらは離ればなれに。元・銀河大統領ゼイフォードとマーヴィンがたどりついた星で遭遇したのは⁉　宇宙の迷真理を探る一行のめちゃくちゃな冒険を描く、大傑作ＳＦコメディ第二弾！

宇宙クリケット大戦争

ダグラス・アダムス　安原和見〔訳〕　46265-3

遠い昔、遙か彼方の銀河で、クリキット軍の侵略により銀河系は絶滅の危機に陥った——甦った軍を阻むのは、宇宙イチいい加減なアーサー一行。果たして宇宙は救われるのか？　傑作ＳＦコメディ第三弾！

さようなら、いままで魚をありがとう

ダグラス・アダムス　安原和見〔訳〕　46266-0

十万光年をヒッチハイクして、アーサーがたどり着いたのは、八年前に破壊されたはずの地球だった‼　この〈地球〉の正体は⁉　大傑作ＳＦコメディ第四弾！……ただし、今回はラブ・ストーリーです。

ほとんど無害

ダグラス・アダムス　安原和見〔訳〕　46276-9

銀河の辺境で第二の人生を手に入れたアーサー。だが、トリリアンが彼の娘を連れて現れる。一方フォードは、ガイド社の異変に疑問を抱き——。ＳＦコメディ「銀河ヒッチハイク・ガイド」シリーズついに完結！

著訳者名の後の数字はISBNコードです。頭に「978-4-309」を付け、お近くの書店にてご注文下さい。